HEYNE BÜCHER

BLAUE REIHE

Lia Matera

DER AUFRECHTE GANG

Ein Laura Di Palma-Kriminalroman

Aus dem Amerikanischen übersetzt
von Ekkehart Reinke

Deutsche Erstausgabe

WILHELM HEYNE VERLAG
MÜNCHEN

HEYNE BLAUE REIHE
02/2351

Herausgegeben
von
Bernhard Matt

Titel der Originalausgabe:
THE GOOD FIGHT

Printed in Germany 1991
Umschlagillustration: Photodesign MALL, Stuttgart
Umschlaggestaltung: Atelier Ingrid Schütz, München
Satz: Kort Satz GmbH, München
Druck und Bindung: Presse-Druck Augsburg

ISBN 3-453-05443-1

Prolog

Hal Di Palma kletterte aus dem Bett. Das dauerte einige Zeit. Sein rechtes Bein gehorchte ihm nicht. Es war wie aus Gummi. Den rechten Arm konnte er anheben und drehen, die Hand öffnen und schließen. Aber es kribbelte noch in der Hand, und in den Fingern war kein Gefühl. Wenn er etwas aufhob, mußte er genau hinsehen, ob er auch kräftig genug zugegriffen hatte, sonst wäre es ihm wieder entglitten. Aber das war okay. Das würde keinem auffallen.

Er tastete sich durchs Zimmer. Nahe der halb offenen Tür glänzte im weichen, fluoreszierenden Licht ein trapezförmiges Stück Linoleum. Auf dem Flur war niemand zu sehen. Sein Zimmer befand sich weit entfernt vom Aufnahmeschalter und dem Empfangssaal mit den Couchs. Es lag in der Nähe der Küche. Mehrmals am Tage hörte er Geschirr klappern. Jetzt war es dort noch still. Er hatte es fertiggebracht, lange vor dem Frühstück wachzuwerden.

Er schloß sich im Badezimmer ein und schaltete das Licht über dem Spiegel an, einer Leichtmetallplatte, in der er fast lila aussah. Die Haare waren noch vom Schlafen zerzaust. Es überraschte ihn, so viele weiße Haare zu sehen. Er konnte sich entsinnen, daß sie vorher fast schwarz gewesen waren. Im übrigen sah er so elend aus, wie er erwartet hatte.

Die Augen waren gerötet und wäßrig, besonders das rechte. Im Militärlazarett (mein Gott, war das schon sechzehn Jahre her?) hatte es monatelang gedauert, bis er das Lid richtig schließen konnte. Wie viele Monate würde es diesmal dauern?

Außerdem war die rechte Gesichtshälfte etwas schief. Die rechte Wange wirkte schmaler als die linke, und der Mundwinkel hing leicht herab. Hal fuhr sich über die Bartstoppeln am Kinn. Rechts hatte er noch ein ziemlich taubes Gefühl.

Er zog den Wandschrank auf und schaute hinein. Ein schnurloser Elektrorasierer. Er hatte schon einmal hineingeschaut, aber damals nicht gewußt, was für ein Ding das war. Gott sei Dank erkannte er es jetzt.

Er hatte sich noch nie mit einem elektrischen Apparat rasiert. Lange fummelte er daran herum, bis er den Einschaltknopf fand. Das plötzlich einsetzende Summen erschreckte ihn so, daß er das Ding beinahe fallengelassen hätte. Dann fuhr er sich mit dem konturierten Rasierknopf ruckartig übers Kinn.

Danach wusch er sich. Das Wasser lief ihm aus der rechten Hand und spritzte über den Pyjama bis auf den Fußboden. Er machte die Haare naß und strich sie mit den Fingern aus der Stirn.

Im Spiegel sah er sich noch einmal scharf in die Augen. Er mußte sich vergewissern, daß er noch derselbe Mensch war: siebenunddreißigjährig, einigermaßen kräftig, von robustem Gemüt. Bei Gott, er sah zum Erschrecken aus. Ausgezehrt und zornig. Ihm fiel eine Bar irgendwo im Südwesten ein. Da hatte so ein verrückter, gespenstisch hagerer Betrunkener eine Münze auf den Tisch geschmettert und geblökt: »Ein Dollar, daß ich jedem hier die Fresse polieren kann!«

Dem sah er jetzt ähnlich. Angeekelt wandte Hal sich ab.

Im Dunkeln die Kleidungsstücke aus dem Schrank zu nehmen, erwies sich als knifflige Angelegenheit. Noch kniffliger wurde das Anziehen. Der Gang durch das kleine Zimmer hatte ihm das Mark aus den Knochen gesogen. Es war harte Arbeit, Pyjamaoberteil und Hose loszuwerden und in seine steifen, weniger nachgiebigen Klamotten zu steigen.

Als Hal es hinter sich hatte, legte er sich für ein paar Minuten aufs Bett. Sein Herz hämmerte, und von der Anstrengung war ihm der Schweiß ausgebrochen. Das Zähneputzen hatte er vergessen, aber jetzt kam es ihm vor, als wäre das Badezimmer meilenweit weg, und die erforderlichen Tätigkeiten – Zahnbürste festhalten, Tube drücken, die Zähne putzen, selbst das Ausspucken nachher, und zwar so, daß er sich keinen Fleck auf dem Pullover machte, traute er sich nicht mehr zu.

Da hörte er Schritte auf dem Flur. Weil es sein mußte, nahm er alle Energien zusammen, konzentrierte sich und brachte es fertig, die Bettdecke über sich zu ziehen – bis zum Hals, damit der Zopfmusterpullover nicht zu sehen war. Keinen Augenblick zu früh. Denn da sagte schon eine Schwester: »Oh je, hab' ich Sie aufgeweckt!«

Sie waren hier alle so verdammt fröhlich. Man kam sich vor, als wäre man in einem Kaufhaus eingesperrt.

»Macht nichts«, krächzte er.

Sie lächelte. »Junge, Sie machen aber rasche ...« irgendwas. Wahrscheinlich Fortschritte. Dann sagte sie noch etwas anderes. Es ging ihm zu einem Ohr hinein und zum anderen hinaus, ohne daß er begriff, was sie meinte. Sie klopfte an die Plastikflasche, die seitlich am Bett an einem Haken hing.

»Nein.« Vor Verlegenheit verfiel er in einen barschen Ton. Wenn er jetzt einen Wunsch frei hätte, dann würde er sich wünschen, nie wieder in eine Flasche pinkeln zu müssen, die ihm ein fremder Mensch hinhielt. Dieser Wunsch war so stark, daß ihm beinahe übel wurde.

Sie nickte, lächelte wieder und hielt ihm eine kleine weiße Tablettenschale hin. »Zeit für die Medikamente.«

Verdammt! Wenn er sich aufsetzte, würde sie sehen, was er anhatte.

Er reckte den Kopf und machte den Mund auf.

Sie reichte ihm die Schale und streckte den anderen Arm aus, um seinen Kopf anzuheben. Mit Lippen und Zunge bugsierte er die Pillen in den Mund und schluckte sie runter. Dann machte er den Mund auf, um ihr zu zeigen, daß er sie eingenommen hatte.

Die Schwester war richtig erschrocken. »Na, so was! Warten Sie, ich hole Ihnen Wasser.«

Er wußte nicht genau, ob sie Wasser gesagt hatte, aber das ergab jedenfalls einen Sinn. »Kein Wasser«, erwiderte er.

Die Pillen waren ihm in der Kehle steckengeblieben, und beinahe hätte er sich übergeben. Er war so verdammt müde. Mehr als das – überanstrengt. Heißer Schweiß, Angst. Erschrocken fragte er sich, welche Wirkung die Pillen hätten. Würde er irgendwo ohnmächtig werden? Oder noch schlimmer, hielten nur sie ihn am Leben? Würde er ohne sie einen Anfall bekommen?

Er redete sich selber gut zu. Mensch, denk doch an die ganzen Pharmaartikel, die man dir im Lazarett in den Hals gestopft hat! Alles, von Antibiotika bis zu Antipsychotika. Kein Wunder, daß er da mehr als ein halbes Jahr nur vegetiert hatte.

Ohne diesen ganzen Scheiß würde er jetzt im Leben zurechtkommen. Nicht gerade eine große Rolle spielen, aber eben zurechtkommen. Als Mensch anerkannt werden.

Und sein jetziges Leiden war doch nur so was wie ein Rückfall. Die Ursache? Er erinnerte sich, daß er aufgewacht war und mit dem Gesicht nach unten auf einem

Teppich lag. Keine Ahnung, wie er da hingekommen war. Ein Schlag von hinten?

Was zum Teufel auch passiert war, jedenfalls hatte er nicht wie damals eine Kugel in den Kopf gekriegt. Wie schlecht ging es ihm eigentlich?

Die Schwester winkte ihm fröhlich zu und ging.

Er redete sich ein, er wolle vorsichtshalber warten, bis sie ihre Runde gemacht hatte. Aber er wußte es besser, warum er noch liegenblieb. Menschenskind, wenn ihn das Rasieren und Waschen schon so anstrengte, wie zum Teufel sollte er dann hier rauskommen?

Er dachte an Orte, die er einmal als sein Zuhause angesehen hatte – einen durchgerosteten Kleinbus, ein windiges Stück Strand, Waldgegenden jeder Art, von Zuckerahorn über Mangroven bis zu nasser Macchia. Er würde es schon schaffen. Hatte es ja immer geschafft.

Den Bruchteil einer Sekunde glaubte er in einer Sinnestäuschung gefirniste Holzwände und den Gully der Hintergasse zu riechen: wie in seinem Kinderzimmer. Er lag ganz still und trotzte der Erinnerung – der Erinnerung und allem, was damit zusammenhing. Wie seine Mutter ihn ausschimpfte, weil er den Sohn ihres Arztes zum Abendessen eingeladen hatte. Wie sein Vater ihm diesen demütigenden Sportwagen gekauft hatte. Wie sein Foto jedesmal in der Zeitung erschienen war, wenn er wieder eine Scheißurkunde bei einem Schwimmwettkampf oder sonstwas Tolles gewonnen hatte.

Luxus macht aus einem Ort noch kein Zuhause. Luxus ist nichts als ein Lockmittel, wenn du oder andere Leute große Erwartungen in dich setzen.

Sieh dir Laura an! Sieh dir an, was sie für ihre handgewebten Teppiche und signierten Lithografien tun muß! Ihre Laufbahn war ein endloser Kasernendrill – eins, zwei, drei, vier – und sie sah einfach nicht ein, daß es sich nicht lohnte. So was tat man bestenfalls für seine Ehre, aber nicht für leblosen Besitz.

Er drückte die Augen zu, sonst wären ihm Tränen gekommen. Laura... Nein, er würde nicht wegen einer Frau sentimental werden, die ihn in einem Hundestall eingepfercht hatte.

Oh, es war ein luxuriöser Hundestall, ganz sicher – Einzelzimmer, erstklassiges Essen, Designertapeten an den verdammten Wänden. Der Ort hatte wahrscheinlich auch einen Klassenamen, Green Oaks oder so. Laura warf ihren Problemen immer einen Haufen Geld nach.

Und dann ihr Mercedes und die Schränke voller Anzüge – sie ließ sich von all diesem Zeug blenden. Begriff sie denn nicht, daß es unwichtig war, wie die Vorhänge aussahen oder ob auf dem gemeinsamen Eßtisch Blumen standen? Begriff sie denn nicht, daß dieses Krankenhaus im Grunde nicht anders war als das verdammte Lazarett?

Wie die Ärzte im Lazarett – wie alle Ärzte, denen er begegnet war – hatte Laura ihn aufgegeben.

Ach, Scheiß auf Laura! Er war früher allein auf sich gestellt gewesen, und er konnte es wieder sein. Aber diesmal würde er nicht erst abwarten, bis ihm diese Hirnklempner ihren Segen gaben. Vor sechzehn Jahren hatten sie ihm eingeredet, er brauche für sein ganzes ferneres Leben ›tatkräftige Hilfe‹. Aber in dem Augenblick, als sie ihm seine Packtasche, die Entlassungspapiere und – als wäre das eine große Ehre – das Verwundetenabzeichen ausgehändigt hatten, hatte er sich auf eigene Füße gestellt. Ja, wirklich auf eigene Füße. Außer in dem einen Monat im Gefängnis. Und in den drei Jahren mit Laura.

Mit Mühe setzte er sich auf. Im Magen rumorte es, und Kopfschmerzen hatte er auch. Das Zimmer war dunkel, und er fühlte sich ausgehöhlt und unsicher. Wo genau war eigentlich die Tür? Schwankend stand er auf und tastete sich, die linke Hand an die kühle Tapetenwand gestützt, durchs Zimmer. In zwei Stunden würde die Schwester den Rollstuhl bringen. Die Schwestern waren strikt dagegen, daß jemand herumspazierte, es sei denn, unter fachmännischer Aufsicht im Übungssaal. Wahrscheinlich war Laura auf ihrer Seite. Als Anwältin verstand sie, daß sie sich gegen eventuelle Schadenersatzklagen absicherten.

Plötzlich gab das linke Bein unter ihm nach. Er konnte sich gerade noch an der Holzverkleidung festhalten. Sein Herz pochte. Was für einen Krach er gemacht hatte! Er massierte kurz das Bein und spürte zu seiner Genugtuung harte, gutausgebildete Muskeln. Na also, körperlich war er gut in Form. Das Problem war sein Gehirn. Es sandte nicht die richtigen Signale aus.

Der Trick war: zu bewegen, was sich bewegen ließ, und dann zu beten, daß der Schwung ausreichte. Das hatte er in den Lazarettagen gelernt.

Sitzt du in der Falle, beiß die eingeklemmte Pfote ab und hinke davon!

Auf einen Nachttisch gestützt, arbeitete er sich zur Tür vor. Wieviel Konzentration er brauchte, um etwas zu tun, was früher automatisch ging!

Jetzt spähte er in den Flur. Der Kopf brummte ihm, und die linke Stirnseite war so empfindlich, daß sie zu brennen schien. Sie hatten ihn ein dutzendmal im Rollstuhl diesen Flur entlang geschoben, hin und her. Warum also, zum Teufel, konnte er sich nicht mehr erinnern, welche Richtung er einschlagen mußte? An einem Ende erblickte er die von den Innenarchitekten verordneten Couchs. Am anderen zusammengeklappte Rollstühle, ineinandergeschoben wie Einkaufskarren im Supermarkt. Nichts kam ihm bekannt vor.

Er entschloß sich, nach links zu gehen, an den Rollstühlen vorbei. Mit der Linken packte er das rechte Bein und schleppte es wie ein an die Hüfte geschnalltes Gewicht mit sich.

Als er um die Ecke bog, wäre er beinahe mit einem bärtigen jungen Mann zusammengeprallt. Offenbar überrascht, sah ihn der Mann blinzelnd an. Hal stand da, spürte, wie sein Herz raste, fühlte, wie sich der Schweiß im Nacken sammelte und bis zum Gürtel hinunterrann.

Er überlegte, wer der Mann war. Jemand, den er aus dem Gemeinschaftsraum kannte? Vielleicht sogar ein Arzt?

Im siebten oder achten Monat seines Lazarettaufenthalts hatte er eine ähnliche Begegnung gehabt, eine mitternächtliche Kraftprobe mit einem Mann im weißen Kittel. Sie hatte damit geendet, daß man Hal gewaltsam ins Bett zurückbrachte und mit Beruhigungsmitteln in einen Schwebezustand versetzte. Danach einen Monat lang Thorazin, um seinen Gemütszustand zu ›verbessern‹. Es war, als würde man gewürgt, ständig langsam gewürgt.

Jetzt sagte der Bärtige etwas zu ihm. Es hörte sich an wie japanisch. In der Zeit, als Hal die Drecksarbeit für einen Landschaftsgestalter machte, hatte er viele Japaner sprechen hören. Aber wahrscheinlich hatte der Mann eben englisch gesprochen.

Hal hoffte das beste und sagte lächelnd: »Ja, das stimmt.«

Der Mann erwiderte sein Lächeln und ging weiter.

Hal schleppte sich durch den hell erleuchteten Flur und spürte sein rechtes Bein. Um die Hüfte zu entlasten, lehnte er sich beim Weitergehen mit der Schulter an die Blümchentapete der Wand.

Endlich kam er an eine offene Tür. Der Saal für Physiotherapie sah aus wie ein Basketballspielfeld ohne Körbe. Auf den gebohnerten Holzfußboden waren farbige Linien gemalt. An der hinteren Wand lag ein Stapel Matten. Hier war er selber, einen Arm schwer auf die Schulter eines anderen Mannes gestützt, die Linien entlang gegangen. Hatte rücklings auf einer Matte gelegen, das Bein anzuheben versucht und dabei das widerliche Ermunterungssalbader des Therapeuten vom Tonband erduldet.

Oh Gott, dachte er, bring mich hier raus!

Am anderen Ende des Saals führten Glasschiebetüren auf eine kleine Terrasse.

Geduckt schlich er hinein. Sein Atem ging jetzt keuchend. So weit war er nun gekommen. Er durfte nicht zulassen, daß sie ihn einfingen und in dieser Wattebauschhölle weiter festhielten.

Der Saal war leer, aber so groß, daß Hal schwindlig wurde, wenn er darüber hinblickte. Er studierte den Fußboden wie eine Landkarte. Die weiße Linie schien die kürzeste Route zu sein. Er stellte den linken Fuß auf die Linie und zerrte den rechten mit. Keine Wand zum Anlehnen. Rasender Schwindel erfaßte ihn. Eine Zeitlang erwog er sogar, auf allen vieren weiterzukriechen.

»Scheiße!« hörte er sich sagen. Dann krampfte er die linke Hand um das rechte Bein, um es zum Weitergehen aufzufordern.

Gegenüber rahmten die Glastüren die fahle Morgendämmerung ein. Er erblickte eine zementierte kleine Terrasse, die von einer halbhohen Mauer umgeben war, und bewegte sich darauf zu. Er wollte gehen wie andere Leute, für die Gehen etwas Selbstverständliches war. Und schließlich trugen ihn die Beine auch hin. Allerdings war er weit von der weißen Linie abgewichen und auf eine rote geraten.

Die Stirn an die Glastür gelegt, ruhte er sich mit einem dankbaren Seufzer aus. Durch Zufall bemerkte er, daß sein Hosenschlitz offenstand. Er ließ ihn so. Es könnte ihn zuviel Zeit kosten, den Reißverschluß zuzumachen. Und er hatte Angst vor einer ungeschickten Bewegung, wobei er womöglich die Glasscheibe mit dem Ellbogen zertrümmerte.

Erleichtert merkte er, daß sich die Tür leicht aufschieben ließ. Wahrscheinlich war es dem Personal noch nie in den Sinn gekommen, daß ihnen die Schlackerbeine mit den schlaffen Gesichtern davonlaufen könnten.

Die frische Luft kühlte angenehm sein heißes Gesicht. Er nahm an, daß es bald anders sein würde, daß der kalt gewordene Schweiß ihm Übelkeit bereiten würde. Aber er hatte winterliche Schneeregen in Washington und Britisch-Columbia gut überstanden. Und wie oft war er zwischen Ost- und Westküste nachts aufgewacht, wenn seine schneebedeckte Wange am Schlafsack anzufrieren drohte! Okay, ihm würde schon nicht übel werden.

Nach den verstreuten Ansammlungen kahler Baumwipfel hinter der Hohlziegelmauer zu urteilen, ging die Terrasse auf einen neugestalteten Parkplatz hinaus. Hal stolperte an einem Steingarten mit Bonzaibäumen vorbei. Er blickte auf eine verkrüppelte Zypresse hinab, und Entsetzen schnürte ihm die Brust zusammen. Aber es war ja nur ein Baum und kein Symbol. Der panikartige Adrenalinstoß half ihm jedoch, sich über die Mauer zu wälzen. Er landete hart auf Schulter und Hüfte und spuckte Kies aus.

Eine Zeitlang hockte er schlapp an der Mauer. Auf dem Parkplatz standen nur wenige Autos, alle dicht beieinander und in seiner Nähe. Dahinter, wo der Teerbelag endete, erstreckte sich ein langsam ansteigendes Feld, auf dem hier und da eine knorrige Eiche oder ein Haufen Kojotensträucher standen. Entschieden eine Landschaft, die nicht an San Francisco denken ließ. Wo zum Teufel war er denn?

Er rieb sich die Stirn, als wollte er ihr einen Geistesblitz entlocken. Abrupt hörte er damit auf und verbarg die gekrümmte Hand zwischen den Oberschenkeln. Im Lazarett hatte er zu den Stirnreibern gehört. Auf der Station für Kopfverwundete war eine ganze Horrorschau von Ticks zu besichtigen gewesen – Kinnkratzer, Nasenklopfer, Ohrläppchenzupfer.

Schwankend stand er auf. Am Ärmel seines Anglerpullovers war auf einmal ein rotbrauner Fleck. Er zog den Ärmel hoch. Aus einem blutgetränkten Wattebausch, der mit Klebeband in der Ellbogenbeuge befestigt war, tropfte es. Er riß den Verband ab. Er fühlte sich gezeichnet: der gelbe Stern des Patienten. Das Zeug fiel auf einen zerdrückten Seven-eleven-Kaffeebecher und trockene Eichenblätter.

Dann schaute er sich um. Hinter ihm lag das Rehabilitationscenter, und vor ihm erstreckte sich ein etwa hundert Meter großer Parkplatz. Am anderen Ende erhob sich ein langes zweistöckiges Gebäude mit quadratischen Schildern, den Symbolen für das Rote Kreuz und für Krankenwagen. Ein Krankenhaus.

Gleich neben Hals Standort war der Parkplatz zu Ende. Hier begann hügliges Gelände mit zottigen Sträuchern. Im ersten Morgenlicht trugen sie die stumpfgelbe Farbe von Papiertüten.

Einmal war er mit Laura an einer ähnlich aussehenden Landschaft vorbeigefahren; niedrige dürre Hügel mit Eichen und Gebüsch. Sie waren aus der Stadt gekommen, wo Laura Einkäufe gemacht hatte.

Er sah die Szene vor sich: Laura in einem Geschäft, wie sie dem Angestellten ihre Kreditkarte gab. Er roch das Duftgemisch von hundert verschiedenen Parfüms. Der Angestellte verstaute Lauras Einkäufe in einer Tüte. Hal erinnerte sich an irgend etwas mit Fransen. Er wußte nicht mehr, was alles in der Tüte war. Nur, daß er gemekkert hatte, weil sie das Geld zum Fenster hinauswürfe. Laura hatte ihm geantwortet, nur schäbige Leute würfen Geld zum Fenster hinaus. Dann hatten sie gefrorenes Joghurt gegessen, auf einem mit Keramikfliesen ausgelegten Innenhof, der dem Einkaufsviertel für die Snobs unter den Kunden einen Hauch von Klasse verleihen sollte.

Ja, das paßte zusammen. Städtische Krankenhäuser sehen wie Krankenhäuser aus. Also hatte ihn Laura hierher in den Süden der Stadt verfrachtet, dort, wo sie ihre Partykleider gekauft hatte (er konnte sich noch entsinnen, daß es im Süden gewesen war). Wenn sie in einem Pseudopark einkaufte, war es nur folgerichtig, daß sie ihn in eine Pseudopension mit Frühstück eingeliefert hatte.

Er näherte sich dem schmalen kiesigen Streifen zwischen Teerbelag und Gras, den linken Arm balancierend hochgereckt wie ein Hochseilakrobat.

Nachdenken konnte er später. Jetzt mußte er hier erst mal schleunigst verduften.

Das feuchte Gras gab unter seinen Schritten nach und näßte ihm die Stiefel und die umgekrempelten Hosenbeine der Jeans. Das Gehen auf dem unebenen Boden fiel ihm schwer. Das eine Bein wollte nicht so wie er. Er mußte es erst dazu überreden, ihn den Hügel hinaufzutragen.

Er stellte sich die Landkarte, die Laura im Wagen hatte, vor. Sie zeigte das Land rund um die San-Francisco-Bucht. Im Südwesten flachten die graugrün eingezeichneten niedrigen Hügel ab. Dort lagen ein Dutzend Städte, die ineinander übergingen. Vor seinem geistigen Auge zeichneten sich keine Namen ab. Dennoch fiel ihm ein Name wieder ein: Stanford.

Außer Atem blieb er mit pochendem Herzen stehen. Gott sei Dank! Jetzt wußte er wenigstens, wo er war. Er hatte seinen Standpunkt im Weltraum gefunden.

Stanford.

Das lag etwas über fünfzig Autominuten südlich der City. Was bedeutete: sechs, sieben Stunden zu Fuß. Wenn er überhaupt in der Verfassung war, so weit zu laufen.

Jetzt war er über den Hügel hinweg. Es ging abwärts. Daher war er vom Parkplatz aus nicht mehr zu sehen. Fast unauffindbar. In einer immergrünen Eiche mit niedrig hängenden Ästen ganz in seiner Nähe trippelte und hüpfte ein Zwerghäher von Zweig zu Zweig. Wenn er es bis zu dem Baum schaffte und sich dort eine Weile hinsetzte, würde alles okay sein.

Hal faßte an seinen Unterarm und fühlte, daß immer noch Blut aus dem Einstich in der Ellbogenbeuge tropfte. Er hatte Schmerzen in der Brust, und in seinem rechten Bein zogen sich die Muskeln – er spürte jeden einzelnen – von Zeit zu Zeit krampfartig zusammen.

Drei Meter vor dem Baum sank er zu Boden.

Früher einmal hatte er gewußt, wie man aus dem Sonnenstand die Nordrichtung bestimmen konnte. Doch jetzt hatte er den Trick vergessen.

Er legte sich lang ins Gras und ließ die Beinmuskeln zucken. Sein ganzer Körper war ermattet, schwer wie Blei. Er starrte zu den flockigen Wolken am heller werdenden Himmel hinauf. Sechzehn Scheißjahre. Was zum Teufel hatte den Rückschlag bewirkt?

Er erinnerte sich an Streitgespräche mit Laura. Es ging immer um dasselbe: um ihren übertriebenen Konsum, ihre gedankenlose Verschwendung, ihre Neigung, sich auf andere zu verlassen, die sich für sie abrackerten – ihre Putzfrau, ihren ›persönlichen Einkäufer‹, ihren Gärtner, ihren Lieferanten. Danach konnte er sich nur noch erinnern, daß er allein auf dem Teppich lag und eine Körperhälfte gelähmt war.

Oh Himmel! Sie hatten eine schlimme Zeit miteinander verbracht. Zank und Streit. Sie nannte ihn arrogant, zynisch, grausam. Er wollte gar nicht daran denken, wie er sie bezeichnet hatte.

Aber das konnte nicht die Ursache für seinen Rückschlag sein. Oder?

Plötzlich krümmte er sich. Die Tabletten kamen ihm hoch. Er richtete sich auf, und das trockene Aufstoßen schüttelte ihn durch.

Es wäre nicht das erstemal, daß eine Frau ihm das Leben versaut hatte.

Er kroch etwas näher an die Eiche heran, bis er zusammenbrach. Mit der Wange schürfte er über trockene Blätter und nadelscharfe Roggen- und Schwingelgrassamen. Der Geruch der dumpfen Erde stieg ihm in die Nase.

Als er damals aufgewacht war, lag er mit dem Gesicht nach unten auf dem Teppich. Mutterseelenallein. Und wenn Laura noch so wütend auf ihn gewesen und im Zorn zu allem möglichen fähig gewesen wäre, niemals hätte sie ihn so liegen lassen. Oder doch? (Er hatte ihr allerdings schlimme Sachen ins Gesicht gesagt!)

Blinzelnd betrachtete Hal die zarten, tausendfach sich überkreuzenden Grashalme. Es war wie ein surreales Bild. Und plötzlich überkam ihn kalte, lähmende Furcht.

Vielleicht würde er es diesmal nicht schaffen.

1

Dan Crosetti spielte den Cleveren, und seine sogenannten Freunde benahmen sich echt niederträchtig. Das Schlimmste war, daß er mich als seine Anwältin betrachtete, und ich war völlig durcheinander. Ich ging auf dem Zahnfleisch und überließ alles dem Zufall.

Schuldbewußt sah ich Danny an. Aber das half mir auch nicht weiter.

Zuerst hatte er in meinem Büro gewartet, um mich zu sprechen. Aber ich war schon weg gewesen. Der Tag hatte mit einer Auseinandersetzung mit meinem Seniorpartner Doron White begonnen.

Es war nicht einfach für Crosetti, irgendwohin zu gehen – ein Lastwagen der Nationalgarde hatte ihm 1972 beide Beine abgefahren. Als er mein Büro leer fand, ließ er sich von einem seiner Radikalinski-Kumpels zu meiner Wohnung fahren. Der half ihm, sich auf Krücken und einer Prothese schwankend die zwei Treppen hochzuquälen.

Jetzt stand Crosettis selbsternannter ›Kamerad‹ in steifer Haltung neben einem Erkerfenster und umarmte die Krücken wie Scrooge in Dickens' Weihnachtsgeschichte. Von meinem Belutschistan-Teppich und den Sesseln mit Daunenbezug hielt er sich so weit wie möglich fern. Finster blickte er auf die Eukalyptusbäume und die dunstigen Rasenflächen des Presidio hinunter. Das ungepflegte dünne Kerlchen tat so, als könnte er sich an meinen extravaganten Luxusmöbeln schmutzig machen.

Dan Crosetti saß auf einem Sessel wie auf einer Riesenwolke. Seine Beine reichten nicht einmal bis zur Vorderkante der Sitzfläche. Neben dem halben Meter des leeren Drillichhosenbeins wirkte das künstliche Bein klotzig und überlang. Mit der faßbreiten Brust, den schwellenden Armen und dem Vollbart unter dem runden Kopf schien er viel zu schwer für das Möbel aus Gußstahl und zwei Holzdreiecken zu sein. »Laura«, brummte er, »du bist nicht okay. Was ist passiert?«

Typisch Crosetti. Als ob er selber nicht genügend verdammte Probleme hätte, wollte er sich auch noch mit meinen belasten. Zur Zeit war nicht viel nötig, um mich in Tränen ausbrechen zu lassen, aber ich wollte mich nicht an Dannys Schulter ausweinen. Nein, nicht bei Danny.

»Tut mir leid, daß du quer durch die Stadt fahren mußtest. Ich hatte angenommen, ich würde den ganzen Tag im Büro sein. Ich...« Ich was? Ich habe für dich noch nicht das Geringste getan? »Ich bedaure das wirklich sehr.«

Sein Blick von unten herauf ließ mich nicht los. In der ledernen Haut um seine Augen erschienen Fältchen, die Mitgefühl verrieten. Hoffentlich roch er den Wodka nicht, der gestern abend Ringe auf dem Beistelltisch hinterlassen hatte und auf den Fußboden gekleckert war.

Wenn aber doch, so ließ er sich nichts anmerken. Nicht wie meine Klienten von den Banken, die bedeutungsvoll auf die zwei Finger breite Laufmasche in der Strumpfhose, auf die herausgerutschte Bluse, auf die zerzauste Frisur und auf die Schuhe, die ich quer durchs Zimmer geschleudert hatte, geblickt hätten. Ich sah aus, als hätte ich einen Ringkampf mit Doron White ausgetragen. Was bestimmt besser gewesen wäre als die mit brandheißer Höflichkeit geführte ›Konferenz‹, an deren Ende ich mir vorkam, als hätte er mich auf Zwergengröße zurechtgestutzt.

Crosetti beugte sich vor, und sein Bauch quoll fast über den ihm verbliebenen Unterkörper. Seine Augen hatten die Farbe von brauner Milchschokolade, warme Augen voller Intelligenz und Einfühlungsvermögen. »Ich dachte, es wäre vielleicht was passiert, worüber wir sprechen müßten. Ich meine – wir sind doch Freunde, stimmt's?«

Freunde... Ich wandte mich ab. Was Crosetti brauchte, war der fachkundige Rat eines guten Anwalts. Er mußte aufhören, sich um andere zu kümmern, und endlich an sich selber denken.

»Möchtest du etwas trinken?«

»Irgendwas.« Noch immer klang seine Stimme besorgt. »Was du gerade da hast.«

Ich konnte ihm doch nicht gut einen Stoli*) anbieten, nicht um zehn Uhr morgens. Auch wenn ich gern einen getrunken hätte.

Verdammtes Krankenhaus mit seiner stur befolgten ›Hausordnung der Besuchszeiten‹! Es konnte noch Stunden dauern, bis ich hinfahren und Hal besuchen durfte.

Rasch begab ich mich in die Küche und verscheuchte das Bild, das in meiner Erinnerung auftauchte: den Ausdruck vorwurfsvollen Erstaunens in Hals Augen, die Art, wie er die Hand aufmachte und wieder schloß, wie um mir zu beweisen, daß er wohl und gesund wäre.

Oh, mein Gott.

Ich brachte drei Tassen, absichtlich nicht zueinander passend, um Crosettis Kameraden milde zu stimmen. Wenn Tassen mit abgebrochenen Henkeln dagewesen wären, hätte ich die genommen. Ich redete mir ein, ich täte es Crosettis wegen. Er sollte meinetwegen nicht noch mehr Kummer mit seinen Freunden haben. Aber eigentlich war es hauptsächlich Schuldgefühl. Crosetti verdiente etwas Besseres für sein Geld als signierte Tassen.

Ich goß Kaffee von gestern ein und machte ihn auf dem Mikrowellenherd heiß. Ich fühlte mich nicht imstande, Kaffeebohnen zu mahlen.

---

*) Wodka Stolitschnaja

Crosetti nahm den Kaffee entgegen. Der andere machte, ohne mich eines Blickes zu würdigen, eine abwehrende Handbewegung. Ich wußte, warum er etwas gegen mich hatte. Weil ich, um Freispruch für Massenmörder zu erreichen, gerade aufgekommene neue Verteidigungsmethoden anwendete, was die üblichen legitimen Methoden in Mißkredit brachte. Weil ich es ›politisch auf der richtigen Linie liegenden‹ Anwälten unmöglich gemacht hatte, eine angemessene Verteidigungstaktik zu entwickeln. Das unterschied sich übrigens kaum von Doron Whites Vorhaltungen, so ungern die beiden es auch sehen würden, etwas miteinander gemein zu haben.

Aber in einer Hinsicht hatte ich Crosetti reinen Wein eingeschenkt. Ich hatte ihm gesagt, daß die düsteren Medienberichte über zwei Mordprozesse in der öffentlichen Meinung den Eindruck erweckt hatten, Laura Di Palma wäre eine käufliche Waffe für schuldige Mandanten, nicht für unschuldige. Der Gegenpol zu Perry Mason.

Crosetti hatte darauf nur gesagt: »Kann für uns beide nur gut sein.«

Und vielleicht wäre es auch so, wenn ich etwas unternommen hätte. »Ich habe in deinem Fall nur Scheiße gebaut, Danny.«

Hinter mir räusperte sich der Kamerad. Crosetti setzte die Tasse mit dem bitteren Kaffee ab.

»Bist du wirklich okay?« Der besorgte Klang in Crosettis tiefer Stimme war wie ein Messer, das sich noch tiefer in die Wunde meiner Schuld bohrte. Er machte sich Gedanken um mein Wohl! Er hatte mir seine Freiheit anvertraut, und ich hatte mir nicht mal die Zeit genommen, frischen Kaffee zu kochen.

»Ich bin okay. Aber ein anderer Anwalt hätte vielleicht...« Ich dachte daran, welchen anderen Anwalt Crosetti wahrscheinlich wählen würde. Einen politischen

Schaumschläger. Es würde wehtun mitanzusehen, wie der Prozeß in die Binsen ging.

Politische Erklärungen abzulegen, war gut, wenn man mit zwei Monaten oder sogar zwei Jahren Haft für eine Übertretung oder Beschädigung von Regierungseigentum zu rechnen hatte. In solchen Fällen zählte vornehmlich Publicity. Aber Crosetti stand unter der Anklage, seinen engsten Mitarbeiter ermordet zu haben – einen Mann, der sich als FBI-Agent entpuppt hatte.

Crosetti setzte die Tasse auf dem Beistelltisch ab. Schnurrbart und Vollbart wuchsen zu einem wilden Gemisch zusammen. »Wir haben Zeit, uns alles zurechtzulegen.«

Ich sank auf die Couch, auf der ich die letzten sechs Nächte verbracht hatte. In den dicken Kissen hatten sich Dauerfalten gebildet. Glättend strich ich darüber hinweg. Ich war mir nicht klar, was ich mit Crosetti anfangen sollte. Meine Entschuldigung wollte er nicht. Mit meinen Problemen durfte ich ihn nicht belasten. Es hätte gegen die Berufsehre verstoßen, und keinem wäre damit gedient gewesen. Vor allem nicht Hal – solange es pro Tag eintausendvierhundert Dollar kostete, ihm sachkundige Pflege angedeihen zu lassen. Entweder angelst du weiter, oder du schneidest den Köder ab.

Ich blickte Crosetti an. Rund und beinlos wirkte er wie ein bärenhafter Humpty Dumpty. Bei allen Pferden des Königs und allen Männern des Königs: Die Bundesregierung hatte angeordnet, daß ihre Fahrzeuge die auf der Straße liegenden Demonstranten überrollen sollten, und einige Bundesgerichte hatten bereits entschieden, daß Crosetti (der einzige Protestler, der wirklich liegengeblieben war) dieses Risiko bewußt eingegangen war.

In einer Zeit, in der die Bürger Schuldgefühle entwikkelten, weil sie die heimkehrenden Vietnamkrieger nicht mit Fanfarenklängen empfangen hatten, verdrängten sie solche abscheulichen Vorfälle. Ja, sie verziehen alles, was im Namen und unter dem Deckmantel des ›Patriotismus‹ geschehen war. Sogar Soldaten der ›Heimatfront‹ distanzierten sich eilfertig von ihren einstigen Handlungen aus ›Gewissensgründen‹.

Doch Dan Crosetti würde nie in Barbara Walters' Fernsehshow auftreten und Entschuldigungen stammeln für seine Versuche, dem Krieg Einhalt zu gebieten.

Ich sah zu Crosettis Kameraden hinüber. Würden meine politischen Ansichten ihn überraschen?

»Eins habe ich jedenfalls getan, Danny. Ich habe auf die Eröffnung eines Schnellverfahrens verzichtet. Unnötige Eile bringt uns keinen Vorteil. Ein Aufschub gibt uns die Möglichkeit, den wahren Hergang aufzuklären.«

Crosetti vergrub die Ellbogen in den weichen Sesselarmlehnen. Sein Gesicht rötete sich. »Wie lange ...?« Er verschränkte die Finger, und einen Augenblick lang dachte ich, er wollte beten. Statt dessen rieb er sich das Kinn an den Fingerknöcheln. »Wird es noch ... sehr lange dauern?«

Seine äußerliche Ruhe verdeckte nur schwach die darunter verborgene Angst. Ich hatte ihn im Krankenhaus besucht, bevor die Operation, die ihm die Beine retten sollte, sich als Fehlschlag erwies. Im gleichen Tonfall hatte er damals den Arzt gefragt, ob sein Kreislauf sich noch nicht gebessert habe.

Das Warten würde ihn zermürben.

Wieder setzten bei mir Magenkrämpfe ein. Ich hatte den Arzt angefleht, mir ein bestimmtes Datum zu nennen, bis zu dem Hals Zustand sich gebessert haben würde, mir zu versichern, daß die Sache sich nicht so lange hinschleppen würde, bis meine Leidensfähigkeit erschöpft wäre.

Crosetti schloß die Augen. Wie auf ein Stichwort kam zornig der Kamerad auf mich zu. Die Krücken hielt er wie Waffen.

»Was mich daran so aufregt...« Er atmete geräuschvoll, und sein finsterer Blick ruhte jetzt auf Crosetti. »Danny hat sich eine Scheißmühe gegeben, um keine Menschen töten zu müssen, wie es angeblich seine Pflicht als guter Amerikaner gewesen wäre. Dann haben sie ihn mit ihrem Scheißkrieg überrollt, weil er keine Waffe anfassen wollte! Und jetzt versuchen sie ihm anzuhängen, daß er jemand aus *Verärgerung* erschossen hätte.«

Crosetti sah seinen Freund an, und Tränen liefen ihm aus den halb zusammengekniffenen Augen über die Krähenfüße. »Ich will es einfach hinter mir haben.«

»Der Scheißregierung sollte der Prozeß gemacht werden und nicht...«

»Danny, hör zu!« Ich wechselte meine Sitzhaltung auf der Couch, um den Kameraden aus meinem Blickfeld und hoffentlich auch aus der Diskussion zu verbannen. »In diesem Fall ist es um so besser für dich, je länger die Verhandlung aufgeschoben wird. Ich weiß, das Warten fällt schwer, aber...« Du mußt Vertrauen zu mir haben, auch wenn ich seit sechs Tagen kaum einen Gedanken an dich verschwendet habe. »Ich setze mich heute vormittag mit meinem Detektiv in Verbindung. Wir brauchen vor allem mehr Informationen.«

Crosetti schien zu schwanken. Sein Blick flatterte von mir weg zu dem Kameraden, der sich jetzt schwer auf die Krücken seines Mentors stützte.

»Es hat Diskussionen darüber gegeben, ob ich mich in den Untergrund begeben solle.« Er fuhr sich mit den Händen über die Augen, als bekäme er dadurch einen klareren Kopf. Oder vielleicht wischte er sich nur die Tränen ab, in der Hoffnung, ich hätte sie nicht gesehen.

»Untergrund? Das wäre Unsinn. Du hast überhaupt keine Veranlassung dazu, jedenfalls nicht im Augenblick.« Ich schaute auf das leere Drillichhosenbein. Es mußte ihm doch klar sein, daß er überall auffallen, daß man ihn leicht aufspüren würde.

»Und was wäre, wenn ich es täte?«

Ich verschränkte die Arme vor der Taille. Erst vor einer Stunde hatte ich Doron White verächtlich gesagt, daß Crosetti nie verschwinden und die Kaution verfallen lassen würde. Daß Crosetti immer den Tatsachen ins Auge sähe.

»Ich halte es für eine beschissene Idee.«

Zum erstenmal ließ Crosetti den Blick durch das Zimmer mit der hohen Decke schweifen. »Sagen wir mal so: ich habe hinter die Kulissen des Systems geguckt. Habe erlebt, daß sie einem dies antun«, er klopfte auf seine Prothese, »und damit durchkommen.«

»Danny...«

»Daß sie einem einen FBI-Agenten schicken, damit er mein bester Freund wird, und dann behauptet, daß ich...« Sein Mund wurde zu einem zuckenden roten Rechteck.

Ich versank tiefer in den Kissen. Auch ich hatte hinter die Kulissen des Systems geschaut. Jedesmal, wenn ich Hal besuchte.

»Danny?« Er war mein letzter Klient in einem Strafprozeß, das hatte mir Doron White deutlich zu verstehen gegeben. Außerdem war er mein erster Klient, der unschuldig war. Der erste, der mein Gewissen angerührt hatte. Dessen Prozeß ich eher seinet- als meinetwegen gewinnen wollte. »Ich bringe dich da durch. Aber du darfst nicht kneifen. Du mußt durchhalten. Bitte.«

Crosetti fiel in sich zusammen. Lautlos bebte sein runder Rücken.

Ich stand auf und ging auf ihn zu. Aber er streckte abwehrend den Arm aus. Er hatte die Augen fest zugedrückt. Die Tränen strömten. Doch der Arm blieb ausgestreckt wie der eines Verkehrspolizisten.

Auch ich weinte lieber, wenn niemand dabei war. Ich verließ das Zimmer und wanderte über den Flur ins Schlafzimmer. Es war der einzige Ort, an dem zwischen Hal und mir alles gestimmt hatte.

Es könnte drei Monate dauern, aber auch zwei Jahre. Kann sein, daß er wieder voll beweglich und ansprechbar wird. Kann aber auch sein, daß er das Sprechvermögen verliert, nicht mehr lesen und schreiben kann, teilweise gelähmt bleibt, sich nicht mehr zurechtfindet, feindselig wird und Depressionen zurückbehält. Gehirnverletzungen sind unberechenbar, Miss Di Palma. Auf jeden Fall besteht später eine erhöhte Bereitschaft für Schock, plötzliche Anfälle und geistige Verwirrung. Wir können nur das Beste hoffen.

Im Schlafzimmer nahm ich das Telefon (das ›Nachrichtenzentrum‹ – ich hörte förmlich Hals verächtlichen Ton, wenn er das schnurlose, Anrufe aufzeichnende und weitergebende Gerät bei seiner offiziellen Bezeichnung nannte). Dann legte ich mich rücklings aufs Bett. Die Bettdecken lagen noch wild durcheinander, das Kopfkissen ruhte halb auf dem Boden. Ich pflege im allgemeinen fest zu schlafen. Damals war ich plötzlich in panischer Angst aufgewacht und in das Wohnzimmer gerannt. Ich spürte, daß irgend etwas nicht in Ordnung war. Und da fand ich dann Hal in Pullover, Jeans und Stiefeln, wie er sich auf die halb offene Wohnungstür zuwälzte.

Jetzt holte ich einigemal tief Luft. Dann erblickte ich mich plötzlich im Spiegel. Ich sah besser aus als üblich, das war das Tollste: schlehenäugig und mit Wuschelfrisur wie irgendein verdammtes italienisches Mannequin. Schnell wandte ich mich ab.

Vor sieben Tagen hatte die Polizei Dan Crosetti wegen Mordes an John Lefevre verhaftet, und ich hatte gedacht, daß die schlimmsten Probleme der folgenden Woche sich auf taktisches Vorgehen hinsichtlich des Beweismaterials beziehen würden. Ich hatte zwar eine Meinungsverschiedenheit mit Doron White vorausgeahnt (nicht aber sein wütendes Ultimatum). Und ich hatte wie immer ein bißchen Angst gehabt, Hal würde mich verlassen.

Das war erst eine Woche her.

Ich zwang mich zurückzudenken, mich wieder in meine Rolle als Crosettis Verteidigerin zu versetzen. Meine eigenen Probleme mußten eben warten.

Ich hämmerte auf zwei Tasten des Nachrichtenzentrums, und mein Telefon wählte automatisch die richtige Nummer.

2

Sander Arkelett meldete sich mit schläfriger Stimme. Er sprach langsam und gedämpft. »Laura. Entschuldigung. Laß mich erst mal auf die Beine kommen!«

»Auf die Beine? Was ist los?« Ich hatte ihn in seinem Büro angerufen, nicht zu Hause.

Kurze Pause. »Ich habe, äh, sozusagen eine schwere Nacht hinter mir. Muß wohl eingedöst sein. Wie geht's Hal?«

»Besser, glaube ich. Sie haben eine große Show daraus gemacht, ihn im Rollstuhl in den Therapiesaal zu fahren und ihn dann auf mich zugehen zu lassen.« Ich hatte mich, überwältigt von Hals gedemütigtem Gesichtsausdruck, abwenden müssen. »Ich muß ihn da rausholen, Sandy.«

Schweigen.

Dann: »Das haben wir doch schon alles durchgehechelt, Laura. Die pünktliche Medikamenteneinnahme und alles andere.«

»Dafür könnte ich eine Schwester bekommen.«

»Und wenn, Gott behüte...?«

Hal wieder einen Anfall hat oder einen Schock erleidet oder was zum Teufel ihm diesmal zugestoßen ist.

Ich drückte mir die Faust in die Magengrube. »Deshalb rufe ich nicht an. Dan Crosetti ist hier. Ich muß wissen, was du herausgefunden hast.«

»Na ja...«

In den vier Jahren intimer Bekanntschaft mit ihm, bevor ich Hal fand, hatte ich gelernt, was »na ja...« hieß. »Er war es nicht, Sandy. Ich kenne Danny schon lange.«

»Zieh keine falschen Schlüsse! Ich sage ja nicht, daß er es war. Kann ich ja gar nicht wissen. Es sieht nur sehr danach aus, denn er hat sich ein Gewehr gekauft. Warum kauft sich ein Pazifist urplötzlich ein Gewehr?«

»Hat der Waffenhändler Crosetti identifiziert? Positiv?« Nach meinen letzten Informationen hatte der Besitzer der Pfandleihe Ausflüchte gemacht – unter Erinnerungsschwäche gelitten, wie es für einen Händler, dessen Ruf auf Diskretion beruht, vorteilhaft ist.

»Ja.« Das klang etwas erstaunt. »Gestern...«

Das hätte ich inzwischen selber aus der Polizei herausgequetscht haben müssen. Mensch, war ich eine erbärmliche Anwältin! »Crosetti hat nichts davon gesagt...«

Sandy in ungläubigem Ton: »Du hast ihn nicht danach *gefragt?*«

»Nein. Ich nahm an...« Einmal hatte ich Dan im Gefängnis gesprochen, aber ich war in Eile gewesen, mußte für einen Klienten von der Bank ins Gericht. Ich hatte die Kaution erlegt, Prozeßaufschub beantragt und dann über Hal alles andere vergessen. »Oh Gott! Warum sollte er sich ein Gewehr kaufen?«

»Am besten fragst du ihn selber, mein Schatz.«

»Was haben wir sonst noch?«

»Eine Menge Zeug über Lefevre. Geboren in Arkansas. Ging zur Old Miss*).« Er stockte. »Ausbildung zum Reserveoffizier, 1968 Infanterie in Vietnam bis zum großen Auszug, dann FBI-Lehrgang. Arbeitete in Providence, Rhode Island, und in Boston, Massachusetts. Wurde dann Undercover-Agent, und für die nächsten anderthalb Jahre zog ich eine Niete. Der FBI will nicht damit heraus, was er gemacht hat – ich kriegte nur den klassischen Fibbie**)-Scheißdreck zu hören. Vor einem halben Jahr nahm Lefevre Urlaub... da bin ich noch dran. Und dann nahm er vor einem Monat wieder die Arbeit auf und fing an, sich bei Crosetti Liebkind zu machen.« Sandy hüstelte. »Da haben wir nun dieses ganze organisierte Verbrechen im Land, und diese weißen Oberhemdenhengste geben sich einen Monat lang mit *Pazifisten* ab.« Sein Ton verriet wenig Sympathien für beide Gruppen.

»Was ist mit den anderen Leuten in der Vermittlungsstelle? Lefevre hat doch auch bei denen rumspioniert. Hat jemand eine Leiche im Keller?« Im Wohnzimmer hörte ich die beiden Männer sprechen. Crosetti sprach in leisem, traurigen Ton, der andere erregt und schrill.

»Ich habe eine Liste, so lang wie die Golden Gate-Brükke. Meines Wissens gibt es ungefähr dreißig Randgruppen, die Crosettis Laden als Aushängeschild und Anlaufstelle benutzen. Wenn man da anruft, melden sie sich mit ›Vermittlungsstelle Frieden.‹ Man sagt ihnen, welche Gruppe man erreichen will, und sie nehmen die Mitteilung auf.«

»Ich weiß.« Die Vermittlungsstelle befand sich schon

---

*) Universität von Missisippi

**) Spitzname für FBI

1971, als ich in die Stadt zog, an der Ecke 24th und Diamond Street. Ich war zeitweise Mitarbeiterin gewesen, hatte bei der Beratung von Einberufenen geholfen. Hauptsächlich hatte mir die Vermittlungsstelle dazu gedient, über eine gescheiterte Teenager-Ehe hinwegzukommen und der Glasglocke meiner Heimatstadt zu entrinnen. »Aber es muß doch auch einen festen Stamm geben. In solchen Häusern schmeißen immer so etwa acht bis zehn gute Leute den ganzen Laden, die jeweils besten.«

»Also, du willst die kurze Liste. Okay, ich bin dran.«

Jeder der kompromißlosen Mitarbeiter Crosettis mußte in Wut geraten sein, als er die Wahrheit über Lefevre erfuhr. Jeder von ihnen mußte in ihm einen schändlichen Verräter gesehen haben. Bei etwas Glück würde auf der Liste auch der Name von Lefevres Mörder stehen.

Ein Summton klang an meinen Ohr, ein anderer Anruf. »Bleib noch dran, Sandy!«

Ich schaltete auf den Anrufer um. »Ja?«

Eine zittrige, atemlose Stimme: »Miss Di Palma?«

In meiner Kehle bildete sich ein Knoten. Es war bestimmt die Empfangsdame im Rehabilitationscenter. »Ja.«

»Einen Augenblick. Dr. Spane möchte Sie sprechen.« Sie legte um.

Ich schloß die Augen und preßte den Hörer fester ans Ohr. Er konnte doch nicht tot sein! Das durfte nicht sein.

Im Wohnzimmer schrie Crosettis Begleiter: »Hättest merken müssen, daß er dich reinlegen wollte.«

Crosetti antwortete zunächst in ruhigem Ton. Dann steigerte er sich erregt: »... auf *unserer* Seite, daran glaube ich noch immer!«

»Miss Di Palma, hier Dr. Spane. Ich habe leider eine schlechte Nachricht.«

Ich sank aufs Bett.

»Es sieht so aus, als habe Mr. Di Palma die Anstalt verlassen.«

War das eine euphemistische Umschreibung? »›Verlassen‹?«

»Er scheint seine Straßenkleidung angezogen zu haben und durch den Therapiesaal hinausgegangen zu sein. Wir, äh, fanden Spuren, die darauf hindeuten, daß er über die Mauer gestiegen ist – die niedrige Mauer um den Garten – und, ähm, wir haben die nähere Umgebung der Anstalt sorgfältig abgesucht, konnten ihn aber nicht finden.«

Ich hielt die Luft an. »Sie meinen, er ist *ausgebrochen?*«

»Nun, wir wollen keine Wortklauberei betreiben, jedenfalls scheint er sich aus irgendwelchen Gründen entfernt zu haben ...«

Ich drückte die Taste, die mich wieder mit meinem anderen Telefonpartner verband. »Sandy, bist du noch da?«

Ein klirrendes Geräusch. Drüben wurde der Hörer von einer harten Unterlage genommen. »Ja?«

»Sandy.« Mir war, als kriegte ich keine Luft mehr. »Hal ist weg. Er ist ausgebrochen, aus dieser ... Mein Gott, ich wußte, er würde sie hassen, aber sie haben gesagt, die beiden ersten Wochen seien entscheidend und er brauche ... Sandy, was ist, wenn er draußen wieder einen Anfall bekommt?«

»He, wenn er da rausgekommen ist, muß er aber besser in Form gewesen sein, als sie dachten. Er wird bestimmt noch okay sein, wenn wir ihn finden.«

»Hol mich ab!«

»Bin in zehn Minuten da.«

Eine Fahrt von zwanzig Minuten quer durch die Innenstadt. »Mach schnell!«

Bebend erhob ich mich, entledigte mich eilig meiner

Bürokleidung und kramte in Schubläden nach Jeans und einem Hemd. Beim Anziehen verplemperte ich eine Menge Zeit. Meine Glieder wollten mir nicht so recht gehorchen.

Mit halbem Ohr hörte ich, wie Crosetti laut wurde und in zornigem Ton irgendwessen Treue lobte. Er sagte dem Sinne nach, daß Treue wertvoller sei als ihr Bezugspunkt, so wie der Pazifismus wichtiger als irgendein Krieg sei.

Als ich das Durcheinander in meinem Schlafzimmer verließ, hatte Crosettis Kamerad gerade begonnen, ihm darauf eine empörte Antwort zu geben.

»Scheiße, Danny – das ist ja genau dasselbe, was sie über Vietnam gesagt haben! ›Recht oder unrecht, mein Vaterland!‹ Wir dachten alle...«

Ich unterbrach ihn. »Entschuldigung, aber ich muß jetzt gehen. Ich habe mich um eine Familienangelegenheit zu kümmern... Oh nein!« Mir war eben eingefallen, daß ich um vier Uhr nachmittags vor Gericht einen Antrag zugunsten eines Mandanten zu begründen hatte. Ich durfte mir nicht zu meinen ganzen anderen Problemen auch noch der Vorwurf beruflicher Nachlässigkeit aufladen.

Ich raste zum Wohnzimmertelefon und rief meine Sekretärin an. »Rose, ich schaffe es nicht zu der Begründung um vier Uhr, brauche aber eine Gerichtsentscheidung. Jemand muß die Begründung für mich vortragen. Schau mal, ob Jerry frei ist! Oder Hannah. Gib ihnen die Akte – sie ist ja nicht so umfangreich.«

»Alles klar.« Ich hörte ein gewisses Beben in ihrer Stimme. Doron White würde explodieren, wenn er erfuhr, daß ich mich in letzter Minute vor dem Antrag drückte.

»*Scheiß* auf Doron!« platzte ich heraus, was uns beide verblüffte.

Ich legte auf und wandte mich meinen Gästen zu. Dan

Crosetti hatte die Krücken schon unter den Achselhöhlen und versuchte, sich aus meinem Daunenpolstersessel zu erheben. Die Anstrengung, oder vielleicht war es auch der Streit mit seinem Genossen, hatte sein Gesicht gerötet.

Ungeschickt bewegte er sich auf mich zu. Auf dem dikken Teppichbodenbelag sanken die Krücken tief ein. »Was ist passiert, Laura?«

Auf der Straße ertönte eine Autohupe. Dreimal lang, zweimal kurz. Sandy.

Ich vermied Crosettis Blick. »Ich rufe dich später an, Danny. Ich habe noch einige Fragen.«

Ich griff nach meiner Handtasche und rannte die Treppe hinunter.

3

»Habe ich dir schon gesagt, daß ich Lefevre kannte?«

Am Horizont ging hinter den gezackten Hügeln die Sonne unter. Wir konnten beim Gehen kaum noch etwas sehen. Sogar Sandy in seinen Wüstenstiefeln, die ihm sicheren Halt verliehen, mußte aufpassen, wo er hintrat. Meine flachen Lederschuhe waren staubbedeckt, die dünnen Socken mit Kletten übersät wie ein Stachelschwein mit Stacheln.

Es wurde kalt. Scharfe Abendkühle verdrängte die erschlaffende Nachmittagshitze. Ich hatte keine Ahnung, wo wir waren oder wo von unserem Standort aus das Krankenhaus lag. In meinem Kopf schwirrte es. Der Arzt hatte uns eine ganze Wäscheliste voll von Ereignissen aufgezählt, die Hal zustoßen konnten, wenn wir ihn bis Einbruch der Dunkelheit nicht gefunden hätten. Das Schlimmste wäre ein erneuter Anfall. Es könnten auch Tablettenprobleme auftreten: die Pillen gegen Blutgerinnung konnten Blutungen auslösen. Die gegen Anfälle eingenommenen Drogen konnten ungünstig auf Beta-Karotin in Lebensmitteln reagieren. Die Herzmedizin konnte zu vorzeitiger Erschöpfung führen und möglicherweise Herzrhythmusstörungen auslösen. Doch die Wirkung der verschiedenen Medikamente würde inzwischen nachlassen, und nachdem ich mir auch noch die Aufzählung aller möglichen Nebenwirkungen angehört hatte, dachte ich: jetzt reicht's.

»Eine Nacht im Freien.« Im offenen Gelände klang meine Stimme dünn. Es fehlte ihr der Resonanzboden des Gerichtssaals. »Davon hat der Arzt kein Wort gesagt. Aber das war es, was er eigentlich meinte. Wenn Hal in seinem Zustand hier die ganze Nacht zubringt...« Ich hielt inne und hüllte mich enger in Sandys Anorak, den er mir vor einer halben Stunde um die Schultern gelegt hatte, aber mir wurde nicht wärmer. Ich war müde, deshalb fror ich. Und aus Angst.

»Hör schon auf!« sagte Sandy leise. »Wenn er hier draußen steckt, finden wir ihn auch.«

Ich hörte mich selber lachen. Was für eine unsinnige Bemerkung! »Ihn finden? Wir haben jetzt seit über sechs Stunden nach ihm gesucht.«

Der sonst so ruhige und besonnene Sandy verlor die Geduld. »Na, was in Gottes Namen schlägst du dann vor? Wir tun doch, was wir können.«

Im schwindenden Tageslicht war er kaum noch zu erkennen. Aber das war auch nicht nötig. Ich hatte ihn schon in Frack und in Jeans gesehen und ganz ohne. Seine Erscheinung hatte sich in mein Gedächtnis eingeprägt: lang und dünn, leicht vornübergebeugt, aus der breiten Stirn zurückgekämmtes blondes Haar, schmales Gesicht, lange Grübchen beim Lächeln, tiefe Falten beim Stirnrunzeln.

»Geh weiter!« drängte er. »Hat keinen Sinn, bei der Kälte rumzustehen.«

Uns blieb noch eine halbe Stunde Abenddämmerung. Zurück hatten wir einen anderen Weg eingeschlagen. Doch wir wußten beide, daß heute nichts mehr zu machen war. Wir hatten versagt.

Zögernd drehte ich mich um und warf einen Blick auf die dunkle Landschaft. Wie könnte ich Hal hier draußen alleinlassen?

»Laura!« rief Sandy in scharfem Ton. »Hast du mitgekriegt, was ich dir vorhin gesagt habe?« Er legte mir den Arm um die Schulter und zwang mich, mit ihm Schritt zu halten. »Ich kenne Lefevre.«

Der Duft nach verbranntem Stroh war der kühlen Luft gewichen. Man hörte kein Vogelzwitschern mehr, dafür die leisen und hastigen Geräusche von allerlei Nachtgetier. Ich ließ mich von Sandy mitschleppen, aber der Sinn seiner Worte drang nur unvollkommen in mein angsterfülltes Hirn.

»Lefevre! Los, Laura – reden wir mal geschäftlich!«

Geschäftlich! Wie konnte er verdammt noch mal erwarten, daß ich mich jetzt um Geschäftliches kümmerte...

»Dan Crosetti ist doch angeblich ein Freund von dir.« Sein Arm legte sich fester um mich. »Stimmt's?«

»Später.«

»Nein, jetzt!« sagte er mit Nachdruck. »Ich habe Lefevre mal kennengelernt. Warum fragst du mich nicht, wie es dazu kam?«

»Mein Gott, Sandy.« Ich war nicht in der Stimmung, die Fragen zu stellen, die er hören wollte.

»Im Old Miss. Wir besuchten zusammen das College.«

Schweigend legten wir ein halbes Dutzend Schritte zurück. Ich fragte mich, warum er das nicht schon früher erwähnt hatte.

»Lefevre war ein komischer Kauz. Nicht im Aussehen oder so. Er sah sogar wie ein ganz normaler Mensch aus.«

Allmählich bekam ich den Sinn seiner Worte mit. »Du kanntest also den FBI-Agenten persönlich. Das Mordopfer.« Ich machte mich von seinem Arm los. »Warum hast du mir bisher nichts davon gesagt?«

»Weil wir jetzt zum erstenmal dazu kommen, länger als zwei Minuten über den Fall zu sprechen, deshalb.« Sorgfältig enthielt er sich jeder Kritik. »Ich hatte ihn auch nicht so gut gekannt – war mir zunächst nicht sicher, ob er es überhaupt war. Bis ich von Old Miss die Bestätigung erhielt.«

»Was meinst du damit, daß er ein komischer Kauz war?«

»Das habe ich aus zweiter Hand. Heute morgen rief ich einen Freund von mir an, der Lefevres Zimmerkamerad gewesen war. Er sagte, jedesmal wenn etwas geschah, was Lefevre nicht paßte, unbedeutende Sachen, wie sie jedem Collegeschüler widerfahren – Zusammenstoß mit einem Arschloch von Professor, Ärger mit den Leuten in der Registratur, Abfuhr von einem Mädchen – blieb Lefevre die ganze Nacht auf und hackte auf der Schreibmaschine rum.«

Schrieb die ganze Nacht. Tolle Neuigkeit.

»Alles, was ihm zustieß, verwandelte er in eine Niederschrift. Aber in Form einer Geschichte. Hauptfigur: ein Kerl, der immer die richtige Antwort bereit hatte, die den anderen als Arschloch dastehen ließ. In diesen Geschichten nannte Lefevre sich Jones.«

Eine Zeitlang gingen wir schweigend weiter. Auf dem Boden war kaum noch etwas zu erkennen. Er war so dunkel, daß man, wenn man nicht aufpaßte, sich leicht bei den vielen Löchern und Steinen den Knöchel verrenken konnte.

Nur ein kleiner Teil meines Geistes war nicht von der Angst um Hal eingenommen. Der hatte mitgekriegt, was Sandy mir über Lefevre mitgeteilt hatte. Ein unsicherer, leicht zu kränkender Collegestudent, der Trost darin fand, jeden, der ihm einmal zu nahe getreten war, in ausgedachten Geschichten zur Sau zu machen.

»Jones«, überlegte ich. »Kühl und immer Herr der Lage, wie ein FBI-Agent.«

»Wie sie sich vielleicht in ihrer Einbildung sehen.«

»Ja?«

»Diese Arschlöcher!« Von Herzen kommende Verachtung, die mich bei Sandy überraschte, da er selber mal Cop gewesen war. »Als ich noch bei der Polizei war, kamen sie immer angerauscht, wollten von uns Auskünfte haben und nahmen einen Scheißdreck Rücksicht auf die von uns begonnenen Einsätze oder darauf, wie lange wir schon an dem Fall gearbeitet hatten. Nur um ihre Ziele zu erreichen, vereitelten sie unsere Einsätze und ließen unsere Informanten auffliegen. Dann klebten sie sich das Lob für unsere Arbeit an die Brust und hauten wieder ab.« Es war schon fünfzehn Jahre her, daß Sandy bei der Polizei ausgeschieden war, aber es klang immer noch bitter. »Halbgötter«, schloß er. »Von keinem Cop wirst du je ein gutes Wort über sie hören.«

»Jones.« In meinem Hinterkopf klang eine Melodie auf. »Es gibt einen Bob Dylan-Song über einen Mr. Jones, dem allerhand bizarre Dinge zustoßen. Aber er ist zu naiv, um zu begreifen, was dahintersteckt.«

Sandy schnaufte. »Bob Dylan? Wüßte nicht, was ein zukünftiger Fibbie mit solchem Scheiß zu tun hätte.« Offenbar war Sander Arkeletts Mißbilligung gegen den ›Scheiß‹ einer Gegenkultur von 1968 (nach zwei Jahren bei der Army) für ihn die Veranlassung gewesen, zur Polizei zu gehen.

»Vielleicht hat Lefevre den Namen aus Haß auf den Song gewählt.«

»Um zu zeigen, daß er ein richtiger Kerl war? Könnte sein.«

Wir waren oben auf einem Hügel angekommen. Überraschend nahe vor uns flackerten die eben eingeschalteten orangegetönten Lampen vom Parkplatz des Rehabilitationscenters herauf. Das Gebäude selbst war hell erleuchtet, innen wie außen, ein Wegweiser für die Polizisten, Ärzte und Hilfskräfte, die nach Hal suchten.

Ich stand auf der Kuppe und blickte hinab. Bei der Rückkehr mochte uns eine gute Nachricht erwarten: daß Hal aufgefunden und wieder zu Bett gebracht worden war. (Ob Hal das als gute Nachricht ansehen würde?)

Oder meine schlimmsten Befürchtungen würden bestätigt werden.

Ich wandte mich zu Sandy um und ließ es zu, daß er mich in die Arme nahm.

»Sie haben ihn auch nicht gefunden.« Sandys Brust bewegte sich, wenn er sprach. »Ich habe mit ihnen ein Signal vereinbart.«

Ich wollte ihn fragen, was für ein Signal, aber Sandy zog mich enger an seine Brust. Irgendwo unter der dünnen Schicht von feinem Wollstoff trug er die Narben zweier Schußwunden, die er sich bei der Arbeit für mich zugezogen hatte. Es hatte acht Monate gedauert, bis er genesen war.

»Laura, ich kenne dich. Du würdest dich selber verabscheuen, wenn du dir den Fall Crosetti aus den Händen gleiten ließest. Du darfst nicht nur an diese Sache mit Hal denken. Du mußt ein bißchen Vertrauen haben...«

»Vertrauen!« Ich versuchte ihn wegzuschieben.

»Vertrauen zu Hal. Er hat sich aus einer Lage befreit, die ihm nicht zusagte. Kann sein, daß er krank ist. Aber er ist auch clever. Er hat sich viele Jahre lang durchgeschlagen, als es ihm vermutlich schlechter ging als jetzt. Und überhaupt« – jetzt ließ Sandy sich wegschieben – »hast du denn eine andere Wahl? Willst du zusammenklappen? Das würde Hal auch nicht helfen, und ganz sicher nicht Dan Crosetti.«

Er war eine dunkle Gestalt vor dem lilagrauen Himmel. Hinter ihm verschwand der letzte Abglanz der Sonne unter dem Horizont.

Es lag mir auf der Zunge, Sandy vorzuwerfen, daß er Hal haßte. Es war kein Geheimnis, daß er Hal unerträglich ätzend fand. Daß er sich darüber ärgerte, mich an einen Mann verloren zu haben, der mich nicht wie eine Lady behandelte.

»Hör zu«, sagte er bittend. »Ich sage ja nicht, daß du Hal vergessen sollst. Ich sage nur: verlier nicht die Nerven! Andere Menschen brauchen dich. Crosetti braucht dich.«

Rasch ging ich den Hügel hinunter. Hoffentlich hatte sich Sandy mit dem Signal geirrt.

4

»Sie beugen das Recht«, wiederholte ich.

Es waren zwei. Ein Dunkelhaariger mit niedriger Stirn in braunem Anzug und weißem Hemd. Und ein langer, sanfter Blonder mit ausgeprägten Grübchen. Niedrige Stirn saß an einem Stahlschreibtisch. Die Aktenaufschrift hatte er fein säuberlich (und diskret) unter der Löschunterlage verborgen. Zwei Flaggen rahmten ihn ein, dazu ein prachtvolles Regierungssiegel. Der andere hockte auf der Schreibtischkante und sah mich herablassend von oben an.

Der erste wandte sich an Grübchen. »Das liegt mit Sicherheit nicht in unserer Absicht.« Ein verschleierter Blick auf seinen Partner. »Aber Sie wissen selbst, daß wir vertrauliche Informationen nicht weitergeben können.«

»Aber sicher können Sie das. Im Gegenteil, Sie dürfen mir keine Informationen vorenthalten, die für die Verteidigung in einem Kapitalverbrechen unerläßlich sind.«

Wir lauschten dem Ächzen der Klimaanlage.

Schließlich sagte Niedrige Stirn spöttisch: »Ich sehe keine dementsprechende Anforderung.«

Ich bezwang einen Wutausbruch. Es war das übliche Behördenspiel: der FBI verriet mir nicht, ob und welche Dokumente existierten. Dann stellte er es mir frei, Dokumente anzufordern, die ich weder benennen noch beschreiben konnte.

»Mein Mandant ist unschuldig. Was bedeutet, daß jemand anders den FBI-Agenten ermordet hat und unerkannt davonkam. Sie müßten eigentlich mit Freuden die Möglichkeit zur Zusammenarbeit mit mir ergreifen. Ich will ja nur wissen, was Lefevre gemacht hat...«

»Unterliegt der Geheimhaltungspflicht«, sagte Grübchen einmal mehr. »Ich weiß nicht, wie oft wir Ihnen das noch wiederholen sollen.«

»Nennen Sie mir einen Grund, warum ich Ihr Wort für bare Münze nehmen soll!«

Die Grübchen verschwanden vollständig. »Was soll das heißen?«

»Sie haben keine rechtliche Handhabe, mir die Herausgabe von Informationen zu verweigern, auf die ich gemäß Zusatz Vier und Fünf der Verfassung Anspruch habe. Ich stelle Ihre Motive in Frage.«

Der andere lachte. »Da sind Sie an der falschen Adresse. Wir haben Lefevre nicht einmal gekannt.«

Grübchen warf ihm einen ärgerlichen Blick zu. Wenn ich auch nicht viel aus den Bürokraten herausgekriegt hatte, eins hatten sie mir jetzt verraten. Lefevre hatte seinen Auftrag vom Büro einer anderen Stadt erhalten.

Ich entsann mich Sandys Bemerkung, daß Lefevre in verschiedenen Städten Neu-Englands gearbeitet hatte, und sagte aufs Geratewohl: »Oh, wir werden schon noch mit Ihrem Büro in Boston sprechen, keine Sorge.«

»Tun Sie das nur!« Grübchen wirkte zufrieden. Ich hatte falsch geraten. »Aber ich empfehle Ihnen, vorsichtig mit Unterstellungen zu sein.«

Ich war in einem Dutzend überregionaler Magazine und doppelt so vielen Zeitungen scharf kritisiert worden. Ich hatte Debatten im Repräsentantenhaus des Staates mitangehört, in denen die von mir erstmalig angewendete Verteidigungstaktik als ungesetzlich bezeichnet wurde. Man hatte mir alle möglichen höflichen Umschreibungen für ›verdammtes Weibsbild‹ um die Ohren gehauen. Und einige unhöfliche. In der Hitze einer Diskussion hatte ich einen Faustschlag ans Kinn einstecken müssen. Man hatte mir Prozesse angedroht – unter anderem von der Witwe eines US-Senators.

Mit spöttischem Gehabe konnte man mir nicht imponieren. Dagegen war ich mittlerweile abgehärtet.

Dennoch stürzte ich aus diesem Bürozimmer und rannte weinend über den Flur des Bundeshauses.

Ich fühlte mich verwundbar. Ich haßte dieses Gefühl. Und es machte mir Angst.

5

Ich legte den Hörer auf. Gerade hatte ich im Büro eine weitere längere Folge von Entschuldigungsversuchen über mich ergehen lassen: Der Arzt habe alles Erdenkliche getan, vom Verschreiben der richtigen Medikamente bis zur Anordnung der angemessenen Therapie. Man könne doch nicht von ihm erwarten, daß er selber auf den Fluren Streifendienst verrichte, oder? Er schob die Schuld seinen Untergebenen zu. Er machte die Bauweise der Anstalt verantwortlich. Er griff sogar Hal an. Ich drückte meine Wut in einem einzigen Satz aus, der den bloßliegenden Nerv empfindlich traf: *Sie werden von meinem Anwalt hören.*

Hal war jetzt seit dreißig Stunden weg. Ich war einigermaßen sicher, daß er nicht in den Hügeln in der Umgebung der Anstalt zusammengebrochen war. Die Polizei hatte das Gelände seit Sonnenaufgang abgesucht. Entweder war Hal zu Fuß schnell vorangekommen, oder er hatte sich per Anhalter aus der unmittelbar benachbarten Gegend entfernt.

Sandy bezeichnete es als gute Nachricht: Hal war so gut beieinander, daß er den Suchgruppen entkommen war, daß er wenigstens einige Meilen zwischen sich und das Krankenhaus legen konnte.

Eine gute Nachricht? Mein Gott!

Wenn Hal so gut beieinander war, dann hätte er mich auch anrufen können. Ich mußte den Tatsachen ins Auge sehen: er war nicht nur aus dem Krankenhaus ausgebrochen, er war auch vor mir geflohen.

Bevor wir zusammengezogen waren, hatte ich Hal in dreizehn Jahren zweimal getroffen, beidemal durch Zufall.

1981 begegnete ich ihm im Golden Gate Park. Ich hatte ihn seit Dezember 1970 nicht gesehen, als er in einem Bus voller einberufener junger Männer aus unserer Heimatstadt rollte. Zurück blieb eine Mutter, die vor Wut wie versteinert war, weil er sich geweigert hatte, durch den Besuch von Princeton der Einberufung zu entgehen. Sein Vater (Vetter zweiten Grades meines Papas) hatte Zuflucht zu einer Flasche Johnny Walker Red genommen.

Während seine Freunde, lauter Leute in einflußreichen Stellungen, Hals Patriotismus Beifall spendeten, wußte er, daß sein Sohn nur in den Bus gestiegen war, um den strengen Familienbanden zu entfliehen.

An jenem Tag im Golden Gate Park hätte ich beinahe in ihm den Jungen nicht wiedererkannt, mit dem zusammen ich tausend Abendessen im Kreis der Familie erduldet hatte, den Jungen, mit dem ich bis auf einige Verwandte nichts gemein hatte. Es verging eine Minute, ehe ich ihn hinter dem finsteren Blick und den Bartstoppeln, hinter den von tiefen Falten durchzogenen Wangen und den Salz-und-Pfeffer-Haaren erkannte. Hal hatte lange damit gewartet, das Popularitätsgehabe und lässige Benehmen des reichen Jungen abzustreifen. Doch dann hatte er es gründlich getan.

Wir unterhielten uns zehn Minuten lang. Wenn ich die Familie erwähnte, beschattete er die Augen und sah weg. Ich gab ihm meine Adresse, und er zeigte auf einen rostigen Kleinbus.

Es dauerte zwei Jahre, bis ich ihn wiedersah. Und weitere drei Jahre, bis wir erneut zusammenkamen.

Wenn er diesen Rhythmus beibehalten wollte...

Ich schwankte zwischen Angst und Zorn und wußte nicht, welche dieser Gemütsbewegungen angemessener oder leichter zu ertragen war. Den größten Teil der Nacht hatte ich damit verbracht, durch Palo Alto zu fahren, und den größten Teil des Vormittags damit, mich auszuweinen. Mir war, als hätte ich Baumwolle im Kopf und einen Amboß auf jeder Schulter.

Aber das Schlimmste war, daß ich mich selber hassen würde, wenn ich den Fall Crosetti vor die Hunde gehen ließ. Danny hatte besseres verdient.

Ich beauftragte zwei juristische Mitarbeiter festzustellen, wie wir den FBI zur Herausgabe der Informationen zwingen könnten. Einen dritten beauftragte ich herauszukriegen, ob es möglich war, gegen einen Schuldspruch Berufung einzulegen, wenn er eventuell auf zurückgehaltenen Informationen beruhte. Traf das zu, so hoffte ich, den Staatsanwalt zur Unterstützung meiner Anforderung zu bewegen.

Dann hatte ich meine Sitzung mit den FBI-Agenten gehabt.

Und Hals Arzt gedroht.

Als schließlich Doron White wutentbrannt in mein Zimmer kam, machte ich mir gar nichts daraus. Von mir aus konnten wir die Kraftprobe von gestern fortsetzen. Ich war in denkbar schlechtester Stimmung.

White sah auf meine schneeweißen Zimmerwände und die leuchtenden, nicht zur Repräsentation geeigneten Collagen. Er schaute auf meinen silbergrauen Teppich, die roten Ledersessel und den Art-Deco-Schreibtisch. Wie üblich schüttelte er leise den Kopf. Sein Bürozimmer wirkte dagegen wie ein Herrenausstattergeschäft.

Früher war Doron stattlich gewesen. Aber seit seinem Herzanfall war er ziemlich schlank geworden. Er hatte das Gesicht eines alternden Theaterschauspielers, und die Haare paßten dazu. Gewellt in allen Nuancen von Grau und mit einem Scheitel, der eine dramatisch weiße Haarsträhne hervorhob. Er war seemännisch gekleidet, blauer Blazer und scharfgebügelte graue Hosen, was bei ihm durchaus förmlich wirkte.

Überrascht stellte ich einen Anflug wehmütiger Erinnerung an mir fest: früher einmal war er so stolz auf mich gewesen. Stolz auf meine Fähigkeiten, die ich bewiesen hatte, als ich für meinen Mandanten, der vor Hunderten von Augenzeugen zwei Senatoren erschossen hatte, einen Freispruch erkämpfte. White hatte selber als Strafverteidiger begonnen, bevor er beschloß, es sei besser für ihn, sich, wie er es nannte, um die Begleichung der Honorare zu kümmern.

Mißtrauisch belauerten wir uns. Unser letztes Gespräch war in ein Wettgebrüll ausgeartet.

»Laura.«

»Doron.« Mit einer Handbewegung lud ich ihn ein, auf meinem einzigen nicht gepolsterten Sessel Platz zu nehmen, einem Meisterwerk aus Hartholz mit scharfen Ecken.

Er setzte sich ganz vorn auf die Kante und schlug vornehm die Beine übereinander. »San Francisco ist eine kleine Stadt«, sagte er.

Ich hielt den Atem an. Hatte er von Hal erfahren?

»Es sind Gerüchte im Umlauf, daß du Fälle auf Grund ideologischer Erwägungen übernimmst.« Sein Ton war unverhüllt beleidigend.

»Was meinst du?«

»Du hast einem Mann zum Freispruch verholfen, der zwei Senatoren der Vereinigten Staaten ermordet hat, weil sie im Vietnamkrieg als Falken bekannt waren. Jetzt vertrittst du jemand, der im Kampf gegen das Establishment zum notorischen Gesetzesbrecher geworden ist.« Er beugte sich vor und warf mir einen verkniffen tückischen Blick zu. »Kurz gesagt, man fragt sich, ob du damit deine eigene politische Überzeugung ausdrückst.«

»Ob ich Kommunistin bin?« Ich bemühte mich, die Stimme nicht zu heben. »Dan Crosetti ist unschuldig. Das ist keine Frage der Ideologie – weder seiner noch meiner.«

Gestern war es um die Finanzen gegangen: die Firma habe durch ihre (meine) Leistungen in der Strafverteidigung einen derartigen Ruf bekommen, daß potentielle Klienten aus Wirtschaftskreisen uns nicht mehr berücksichtigten, wenn sie Rechtsbeistand suchten. Schlimmer noch, die Firma leide unter abträglicher Publicity, und die Hüter von Gesetz und Ordnung legten der Firma die Sünden ihrer Mandanten zur Last. Und, schloß White, angesichts meiner vielen nicht auf Rechnung gesetzten Arbeitsstunden sehe er keine andere Möglichkeit, als aus finanziellen Gründen jeden Fall erst selber prüfen zu müssen, bevor er mir gestatten könne, ihn zu übernehmen.

Er bildete sich ein, er könnte mich wie einen Teenager behandeln, der ihn um die Wagenschlüssel gebeten hatte – ungeachtet der Tatsache, daß ich den höchsten Bekanntheitsgrad besaß und viele Nächte und Wochenenden wie eine Sklavin schuftete, um meine unentgeltlich gewährten Dienste auszugleichen. Ungeachtet der Tatsache, daß ich Dorons kleine Rechtspraxis, eine unter tausenden, erst ins Bewußtsein der Öffentlichkeit gebracht hatte.

Er wollte meine Fälle vorher selber prüfen! Kam überhaupt nicht in Frage!

»Ich will es mal anders ausdrücken, Laura. Nach unserer gestrigen Diskussion hatte ich angenommen, du würdest dein Mandat für Crosetti niederlegen. Heute erfahre ich, daß du noch drei Gehilfen an die Sache gesetzt hast.«

»Sollte ich gestern den Eindruck erweckt haben, daß ich das Mandat niederlegen wollte, so tut mir das leid. Ich habe mich nun einmal bereit erklärt, Dan Crosetti zu vertreten, und ich beabsichtige, dieser Verpflichtung nachzukommen.«

»Ja«, sagte er trocken, »zum Nachteil deiner anderen Verpflichtungen. Wie gestern dem Begründungsantrag im Fall der Waterford Bank.«

»Ein Notfall in der Familie ist mir dazwischengekommen. Hatte überhaupt nichts mit dem Fall Crosetti zu tun.«

Ich sah, wie White auf den Fotoschnappschuß in meinem Bücherschrank schaute: Hal mit seinem charakteristischen düsteren Blick. White war ihm nur einmal begegnet. Aus einer Laune heraus war Hal im vergangenen Jahr bei der Weihnachtsfeier der Firma aufgetaucht, hatte den Abend über zugeknöpft geschwiegen, Wodka getrunken und jeden Versuch, ihn in ein Gespräch zu ziehen, zu Fall gebracht. Es gehörte nicht viel dazu, Hals Panzer der Ungeselligkeit zu durchstoßen – ein wenig Wärme, ein wenig Ehrlichkeit. Nicht jedoch das einschüchternde Selbstvertrauen eines Doron White.

»Nun, Laura, abgesehen von den Gründen, im letzten Augenblick diesen Antragstermin nicht selbst wahrzunehmen – du weißt doch, daß Jerry mit einem ablehnendem Richterspruch zurückkam? –, was hast du im Fall Crosetti vor?«

»Ihn zu gewinnen.«

White ließ die Hände in die Taschen gleiten. Ich hörte seine Herztabletten in der Plastikschachtel klappern und fragte mich, ob er es bewußt oder unbewußt tat. Ebenso gut hätte er gleich eine ganze Flasche mit dem Zeug hervorziehen können.

Zu meiner Überraschung zog White tatsächlich die bernsteinfarbene Tablettenröhre aus der Tasche. Mein Telefon läutete, aber White sagte: »Nein! Rose soll den Anruf entgegennehmen! Ich habe über dies hier« – er hielt die Röhre hoch – »viel nachgedacht. Es hat mein Leben von Grund auf verändert. Ich befinde mich in jeder Hinsicht, privat und im Beruf, bereits halb im Ruhestand.« Er runzelte die Stirn, als schaute er in sein Inneres. Ich würde auch die Stirn runzeln, wenn ich öfter einige Zeit mit Whites Prinzessin von Ehefrau und ihrer einschläfernden Stimme verbringen müßte. »Du weißt vermutlich, worauf ich meine Herzattacke zurückführe.«

Ich schaute auf das aufgeflammte Lichtzeichen an der Telefonanlage. Wenn White mich für seine Herzattacke verantwortlich machen wollte, würde ich mir das nicht gefallen lassen. Die Schuld hatte er allein seinem übertriebenen Perfektionismus zuzuschreiben.

»Wir haben gestern die finanziellen Probleme der Firma berührt«, fuhr White fort. »Und jetzt sagst du mir, daß du dich trotz meiner freimütigen Darlegung einem Fall widmen willst, der sich womöglich wieder ein Jahr lang hinziehen wird.«

»Sollten meine anrechnungsfähigen Arbeitsstunden geringer werden, kannst du dich immer noch bei mir beklagen. Das war doch auch während des Mordfalls am Juracollege nicht der Fall, nicht wahr? Wenigstens lagen sie nicht unter dem Durchschnitt der anderen Mitarbeiter.«

»Du bist jetzt im sechsten Jahr bei uns, Laura. Es wird erwogen, dich zur Geschäftspartnerin zu machen. Wir erwarten viel mehr von dir als den Mitarbeiter-Durchschnitt!«

»Und ihr bekommt auch mehr. Monat für Monat.« Ich wollte aufstehen, zwang mich aber sitzenzubleiben. »Deshalb müßtet ihr mir *zumindest* so viel Unabhängigkeit gewähren wie den anderen Mitarbeitern.«

Ich hatte eigentlich noch mehr sagen wollen, verschluckte es aber, holte tief Luft und wartete. Es hatte keinen Zweck, wenn ich Doron dazu zwang, mich zu feuern. Es war ein langer Weg gewesen durch College und Jurastudium, bis ich so viel Erfahrung in Rechtsdingen erworben hatte, daß sich eine seriöse Anwaltsfirma wie White, Sayres & Speck für mich interessierte. Ich liebte meine Arbeit – und außerdem hatte ich gerade jetzt Arztrechnungen in Höhe von achtzehntausend Dollar zu bezahlen.

White war wieder am Zug.

Er preßte die Lippen aufeinander, daß sie zu einem dünnen weißen Strich wurden. Auf den Wangen erschienen ungesunde rote Flecken. »Sag mir ehrlich: was willst du erreichen?«

»Ich versuche, einem unschuldigen Mann aus der Patsche zu helfen.«

»Und es ist nichts als... nun, was?« Sein Mund verzog sich ironisch. »Nichts als reiner Zufall, daß er einer politischen Bewegung angehört, für die du früher einmal selber gearbeitet hast?«

Wer zum Teufel hatte da White etwas zugetragen? »Doron, ich habe bewiesen, daß Wallace Bean geistig unzurechnungsfähig war, als er die Senatoren um ihrer Politik willen ermordete. Wer aber glaubt, daß ich deshalb seine Tat gutheiße, ist ein Idiot! Und was meine politischen Ansichten...« In mir sträubte sich etwas, eine so aufdringliche Frage zu beantworten. Doch der Gedanke, was für Rechnungen ich zu bezahlen hatte, gewann die Oberhand. »Du kennst mich lange genug, um selber beurteilen zu können, ob ich ein subversives Element bin.«

Wir musterten einander, nach sechs Jahren Zusammenarbeit immer noch Fremde. Ich versuchte mich an das Wenige zu erinnern, das ich während des Jurastudiums über Arbeitsrecht gelernt hatte. Schließlich hatte ich den Fall Crosetti übernommen, bevor White sein Ultimatum stellte. Konnte White das Ultimatum rückwirkend machen? Mich feuern, weil ich mich weigerte, das Mandat niederzulegen?

Offenbar war auch White sich nicht sicher. Er starrte, die buschigen Augenbrauen zusammengezogen, aus den Fenstern neben meinem Schreibtisch. Ich wartete ein, zwei Minuten, obwohl ich wußte, daß ich noch etwas zu meiner Verteidigung sagen müßte.

Statt dessen nahm ich den Hörer ans Ohr und drückte auf den Schaltknopf. Meine Sekretärin erklärte in heiterem Ton: »Der Anrufer war Hal.«

Ich hielt die Luft an und drehte den Sessel von White ab. »Was hat er gesagt?«

Sie kicherte. »Wenn du das hörst, wirst du ihn gleich zurückrufen wollen, Laura. Er sagte, es sei wegen voriger Woche. Er sagte: ›Ich bin an dem Abend hinter Dan Crosetti hergewesen, weiß aber nicht mehr, warum‹.« Sie las mir die Mitteilung in flachem Singsang vor und fügte hinzu: »Ich soll dir sagen, daß er es für wichtig hielt.« Wieder begann sie zu kichern.

Die Mitteilung interessierte mich nicht. »Hat er gesagt, wo er sich aufhält?«

»Nein.«

»Daß er wieder anrufen wird?«

»Nein. Er sagte, er wolle dich nicht stören, ich sollte es dir nur ausrichten.«

Mich nicht *stören?* Heiliger Himmel! »Ortsgespräch?«

Meine Sekretärin klang überrascht. »Ich habe ihn nicht gefragt.«

»Und das ist alles, was er sagte? Wort für Wort?«

»Na ja – er sagte ›Hallo‹ und so.«

»Was ›und so‹?« Ich hörte, wie White ungeduldig an den Arm den Sessels klopfte.

»Du weißt schon. Ich fragte ihn, wie es ihm geht und so.«

Sie hatte seit drei Jahren Mitteilungen von Hal entgegengenommen. Und Hal verkehrte mit den Büroangestellten entschieden freundlicher als mit den Juristen. »Hat er gesagt, wie es ihm geht?«

»Er sagte, er komme schon zurecht oder so was Ähnliches. Irgendeine höfliche Bemerkung. Ist...? Hätte ich reinkommen und dich holen sollen oder sonstwas?«

»Er hat nicht gesagt, daß er wieder anrufen wird?«

»Nein.«

»Ruf bei mir zu Hause an! Wenn du ihn da erreichst, verbindest du mich unverzüglich mit ihm.«

Widerstrebend legte ich auf. Obwohl es mich drängte, war es sinnlos, ihr immer wieder die gleichen Fragen zu stellen. Nichts schien mir auch nur im entferntesten ähnlich wichtig zu sein.

Dann drehte ich mich wieder zu White um. Er war rot im Gesicht. Voller Ärger, daß ich mich in seiner Gegenwart mit persönlichen Angelegenheiten abgegeben hatte.

Das war mir gleich. Hal lebte – irgendwo.

Ich betete, daß es wieder läutete und mir ein Gespräch durchgestellt würde.

White stand auf. »Nun, Laura, es tut mir leid, daß es dazu kommen mußte.« Er atmete hörbar und rasch durch geweitete Nasenflügel. »Es spricht viel dafür, sich in einer solchen Situation an die Regeln zu halten. Ich habe dir meine Meinung gesagt und du mir deine. Als nächsten Schritt muß ich die Sache wohl mit meinen Partnern besprechen.«

Ich schielte zur Wanduhr und notierte mir die Uhrzeit. Die Telefongesellschaft würde Aufzeichnungen über alle Ferngespräche haben, die die Firma in dieser Zeit erreicht hatten. Sandy könnte den Anrufern aus den letzten zehn Minuten nachspüren. Eine der Nummern könnte ihn dann zu Hal führen. Wenn nicht, würden wir wissen, daß er sich in der Stadt aufhielt.

Ich nickte White zu, wußte aber gar nicht, was er eben gesagt hatte. Dann nahm ich den Hörer ab und drückte wieder die Ruftaste.

»In Ihrer Wohnung meldet sich niemand, Laura.«

Wortlos legte ich auf und wählte Sandy an. Zuerst erreichte ich seinen Antwortbeantworter, dann seinen Antwortdienst. Er war immer noch unterwegs, auf der Suche nach Hal.

Enttäuscht knallte ich den Hörer auf. Dann blickte ich hoch und sah, daß Doron White mich von der Tür her beobachtete.

Mit leicht erhobener Faust umklammerte er seine Herztabletten. Ich erschrak: seine Augen blitzten wütend. Bisher hatte er nach seiner Herzattacke immer sorgfältig darauf geachtet, nie die Beherrschung zu verlieren – wenigstens nicht nach außen.

Ich stand auf. Ich erwartete einen der Wutausbrüche wie sie der sonst so würdige Mann früher oft gehabt hatte.

Aber White drehte sich um und warf die Tür hinter sich zu.

6

Ich hatte keine Ahnung, wo Hal war und wo ich ihn finden könnte. Ich konnte nur auf seine Mitteilung starren. Ich glättete das Papier, auf dem die Mitteilung stand, auf der Löschunterlage und las in Roses langweiliger, vorschriftsmäßiger Handschrift: *Ging an dem Abend Dan Crosetti nach. Kann mich nicht mehr erinnern, warum. (Er meint, es könnte wichtig gewesen sein.)*

Die Kästchen für *Will wieder anrufen* und *Rufen Sie bitte zurück* waren nicht angekreuzt.

Vorige Woche... Crosettis Angelegenheiten hatten mich vor Hals Anfall fast den ganzen Tag über in Anspruch genommen. Mit der Begründung, daß Crosetti wegen seiner Behinderung sofortige Behandlung durch einen Facharzt benötige, hatte ich eine vorgezogene Kautionsverhandlung erreicht. Die Verhandlung verlief gut. Bei Crosetti gab es kein Risiko. Er war mehrmals verhaftet worden und hatte nie die Kaution verfallen lassen. Außerdem hatte der Richter den Staatsanwalt mit der Frage zum Schweigen gebracht, wie ein fast Gelähmter denn aus der Stadt fliehen könne.

Am frühen Abend kam Crosetti aus dem Gefängnis. Die Kaution hatte ich mit Firmengeld ausgelegt. Wie sich herausstellen sollte, war das eine Verletzung des ethischen Kanons, nach dem ein Anwalt seinem Mandanten die Kautionssumme nicht vorschießen dürfe. Aber selbst wenn mir der Kanon im Gedächtnis gewesen wäre, hätte ich ihn ohne Gewissensbisse verletzt: die Bestimmung war offensichtlich zum Schutz des Anwalts und nicht des Mandanten erlassen. Wie ich später erfuhr, war der Kanon für Doron White gerade aus diesem Grunde ein heiliges Buch.

Wegen eines dringenden Termins in einer Bankangelegenheit hatte ich Crosetti in Begleitung seines üblichen Kameraden zurückgelassen. Wir konnten uns am nächsten Morgen immer noch unterhalten. Ich war in mein Büro zurückgekehrt und hatte wie besessen an einem Schriftsatz gearbeitet, der am nächsten Morgen als erstes einzureichen war.

An den Streit mit Hal erinnerte ich mich bis in die letzte schmerzliche Einzelheit. Er war mir in den letzten sechs Tagen nie aus dem Sinn gekommen. Ich hatte jedes Wort, jede Wortnuance analysiert und mich gefragt, ob ich ihn durch irgendeine entgegenkommende Geste hätte gütlich beilegen können. Hundertmal hatte ich mich gefragt, ob ich irgendwie indirekt die Ursache für Hals Anfall gewesen sein könnte. – Der Arzt war nach bestem Wissen und Gewissen von einem Anfall ausgegangen, »gestützt auf die Symptome, denn bei einem wie hier bereits vorliegenden Gehirnschaden werden die Aufzeichnungen der Gehirnströme verzerrt und liefern keine Informationen.«

Ich verdrängte die Erinnerungen. Zuviel von dem, was Hal gesagt hatte, entsprach der Wahrheit. Und zu wenig ließ sich daran ändern. Ich konzentrierte mich lieber auf die Frage: Hatte ich Dan Crosetti erwähnt?

Ich mußte ihn erwähnt haben, denn Crosetti hatte fast meinen ganzen Tag in Anspruch genommen. Irgendwann vor oder während des Streits hatte ich den Fall erwähnt. Zumindest hatte ich erzählt, daß ich meinen alten Freund auf Kaution aus dem Gefängnis herausgeholt hatte. Aber was hatte ich sonst noch gesagt? Was konnte Hal am späten Abend veranlaßt haben, ihm nachzugehen?

Das Läuten des Telefons schreckte mich auf. Ich hatte Rose aufgetragen, nur Anrufe von Hal, Sandy oder dem Woodside-Krankenhaus durchzustellen.

Ich stürzte mich auf den Hörer. »Hallo?«

»Sandy.« Es hörte sich an, als sei er ein wenig außer Atem. »Was ist los?«

»Hal hat angerufen.«

»Was hat er gesagt?«

»Ich habe nicht mit ihm gesprochen.« Verdammt noch mal, Hal hätte sich doch mit mir verbinden lassen können. »Er hinterließ eine Mitteilung.«

»Was hat er gesagt?« Dies mit einem gehetzten Unterton. Stundenlang war Sandy auf Nebenstraßen zu Cafés, Tankstellen und an alle möglichen Orte gerast, an denen er vielleicht auf Hal stoßen konnte.

Ich blinzelte, um die Tränen aus den Augen zu bekommen. Bemühte mich, mir nicht anmerken zu lassen, daß ich weinte. Ich las ihm die drei knappen Sätze vor.

»Das ist alles?«

»Das ist alles.«

»Hat er nicht gesagt, wo er sich aufhält?«

»Nein.«

»Gibst du mir die Genehmigung, die Aufzeichnung über die eingegangenen Telefongespräche der Firma einzusehen?«

Ich zögerte. »Ich habe hier keinem etwas über Hal erzählt.«

Kurzes Schweigen. Aber es kam kein »Warum nicht?« Zwei blutige Mordfälle hatten mich bereits zum Objekt von so viel Klatsch und Spekulationen gemacht, wie ich eben ertragen konnte.

»Okay, ich sehe sie ein. Wahrscheinlich geht es genauso schnell, wenn ich es auf meine Art mache. Aber, Laura...?«

Ich ahnte, was er wissen wollte. Warum sollte Hal sich in den frühen Morgenstunden auf Crosettis Spuren begeben haben? »Ich weiß es nicht, Sandy.«

»Kannte er Crosetti?«

»Hat nie etwas davon gesagt. Er muß aber in den siebziger Jahren von ihm gehört haben.« Damals waren monatelang Debatten über Dan Crosetti geführt worden: Hatte er freiwillig das Risiko, überfahren zu werden, auf sich genommen? Wußte er, was auf ihn zukam, als er den Weg nicht freimachte? Hatte die Regierung das Recht, so extreme Maßnahmen zu ergreifen, um Demonstranten zu entfernen? Durfte sie das Leben und die gesunden Glieder von Bürgern in Gefahr bringen?

»Hast du mit Hal über den Fall gesprochen?«

»Wahrscheinlich. Zumindest flüchtig.«

Sandy hüstelte. »Wenn er Crosetti etwas zu sagen hatte – etwas zu seinem Fall – warum hat er es denn nicht einfach *dir* gesagt?«

Weil wir seit ein Uhr dreißig in dieser Nacht nicht mehr miteinander gesprochen hatten.

»Da muß es irgendeinen Zusammenhang geben«, schloß Sandy.

7

Zweieinhalb Häuserblocks von Crosettis Vermittlungsstelle entfernt parkte ich meinen Mercedes in einer Ladezone – für San Franciscoer Verhältnisse ein guter Parkplatz – und ging die 24th Street entlang. Das Noe Valley war einmal eine Gegend von viktorianischen Dreifamilienhäusern und bescheidenen Tante-Emma-Läden gewesen. Gemütliche Heimat für Angehörige der arbeitenden Bevölkerung, weit genug von den Handels- und Touristenzentren entfernt, um es in seiner wenig ansehnlichen Schäbigkeit zu belassen. Aber in den vergangenen sechs Jahren hatten sich dort junge Manager niedergelassen, deren verfeinerter Geschmack es wie durch die Hand des Midas verwandelte. Jetzt war es renoviert und schick, wie es sich für den Vorhof zum verwirrenden Leben und Treiben der Castro Street gehörte, der ›Welthauptstadt der Schwulen‹. Aber Diamond Street lag doch noch etwas weiter von Castro Street entfernt und hatte sich daher etwas von ihrer alten Häßlichkeit bewahrt. Die Häuser waren zwar neu verputzt und angestrichen worden, aber (noch) nicht übermäßig herausstaffiert.

Die Vermittlungsstelle selbst war ein graugelbes Rechteck mit verblichenen Streichholzjalousien und mit Fenstern, an denen alle möglichen Plakate klebten: Fahrten zu Demonstrationen in Washington zur Unterstützung der AIDS-Forschung und des Fonds des Gesundheitsdienstes; örtliche Versammlungen gegen den Hunger in der Welt, gegen den Krieg in Mittelamerika, gegen das Wettrüsten; Hungerstreiks, Umzüge und Demonstrationen als Solidaritätsbekundung für Landarbeiter, Palästinenser und San Salvadorianer und Benefizvorstellungen zugunsten von AIDS-Projekten, mißhandelten Frauen, Obdachlosen, Behinderten und der Sozialistischen Arbeiterpartei. Dazwischen Ankündigungen von Bittschriften: für eine Verordnung über Wohngemeinschaften, Mietkontrolle, Abrüstung und die Freilassung russischer Dissidenten – gegen Fahrtkosten zur Arbeit, obligatorische Bluttests, Unterstützung der Contras und die Abschiebung illegaler Einwanderer. Beim Blick auf das Durcheinander von Forderungen merkte ich, wie müde ich war. Ausgelaugt von den wohlgesetzten Phrasen gegenüber Richtern und Bankleuten und dem Seniorpartner von White, Sayres & Speck.

Ich kam in ein Zimmer mit zerfetzten Armsesseln, Stapeln von *Mother Jones* und vervielfältigten Flugschriften, mit angepinnten Postern und einer wandgroßen Fotomontage über die AIDS-Seuche. Auf einem geflochtenen Teppich rekelte sich ein Hund. Der Teppich war so schmutzig, daß seine ursprünglichen Farben nicht mehr zu erkennen waren.

Das Zimmer hatte eine ganz andere Atmosphäre, als es 1970 besessen hatte. Es war weniger voll, weniger psychedelisch, weniger mit dem zornigen Widerstand gegen den Krieg aufgeladen. Aber irgend etwas in ihm – vielleicht der Geruch des schmutzigen Fußbodens und staubigen Papiers – erregte einige geisterhafte Erinnerungen in mir: meine Entschlossenheit, aus einer erstickend strengen Erziehung auszubrechen, einen untreuen Ehemann zu verlassen und mich selbst zu finden – politisch, intellektuell, sexuell.

Genau wie ich war die Vermittlungsstelle geschäftsmäßiger geworden. Neben der Tür standen auf zwei altmodischen Schreibtischen mit vielen Schubfächern vier Telefone. An jedem Schreibtisch saß eine Frau. Die eine saß vornübergebeugt, die Arme um die Knie gelegt, wie ein zusammengekugeltes Gürteltier da. Die Telefonstrippe verlor sich in einer Kaskade brauner Haare. Aus dem Inneren der Kugel kam ihre Stimme: »Das ist eine Erfindung der Medien. Absoluter Schund. Das dürfen Sie nicht ernst nehmen.«

Die andere Frau saß aufrecht da, in neuer Drillichhose und einem gestärkten rosafarbenem Hemd. Sie sprach in einen Hörer, der an ihrer Schulter befestigt war: »Lesen Sie doch mal den Artikel nach, den er 1983 für *Peace Train* geschrieben hat!« Sie sah mich hereinkommen. »Darin werden Sie über seine Ziele bestens unterrichtet. Wird Ihrer Kurzbiografie Gehalt verleihen.«

Fünf Meter hinter den Schreibtischen, hinter einem Kunterbunt aus eingesackten Lehnstühlen und mit Flugschriften belegten Beistelltischen, hinter einer Wand aus Aktenkisten, die mit Abkürzungen beschriftet waren, und dem zuckenden Balg des schlafenden Hundes standen zwei Männer und eine Frau.

Einer war Crosettis ›Kamerad‹, der mich gestern vormittag in meiner Wohnung aufgesucht hatte. Er schien nicht gerade erfreut, als er mich erblickte. Mit einer Handbewegung wollte er die Frau, eine Fünfzigerin mit strengem, kurzem grauen Haarschnitt, zum Schweigen bringen. Ich trat schnell auf sie zu und hörte noch, wie sie sagte: »Danny kannte ihn aber besser als wir!«

Ich ging um den schulterhohen Stapel von Aktenkisten herum. »Haben Sie von einem Mann namens Hal Di Palma gehört?«

Der Kamerad deutete auf die Telefone. »Fragen Sie Sarah oder Barbara! Die nehmen die Anrufe entgegen.«

Ich schaute mich nach den beiden Frauen um. Sie hingen noch immer an ihren Hörern.

Ein skelettdürrer Mann mit ausgebeulten Hosen und einem scheuen Lächeln trat vor. »Sie sind Laura Di Palma, nicht wahr? Mein Professor für Strafrecht hält große Stücke auf Sie.« Dabei errötete er.

Es gab einige Theoretiker, die meine erfolgreichen langfristigen Verteidigungstaktiken bewunderten. Alle anderen betrachteten meine Leistung durch einen moralischen Filter.

Die streng wirkende Frau kam näher und sah mir stirnrunzelnd mit – wie ich annahm – eingeübter Burschikosität in die Augen. »Sie sind Dannys Anwältin, nicht wahr? Können Sie uns sagen, was da für ein Scheiß im Gange ist?« Ihre Zunge stolperte ein wenig über das vulgäre Wort. Eine Hausfrau in den Fünfzigern, die dabei war, aus ihrem Kokon zu kriechen?

Ich sah wieder zu den Frauen an den Telefonen hinüber, die immer noch in ihre Gespräche vertieft waren. Ich hatte wirklich wenig Zeit zu verplempern. Doch schließlich gehörten alle diese Menschen zu der von Sandy so genannten kurzen Liste.

»Ich würde lieber hören, was Sie darüber denken.« Ich sah von ihr über den Kameraden zu dem Jurastudenten. »Alles, was Sie mir über John Lefevre sagen können.«

Der Kamerad schnaufte verächtlich. »Sie würden annehmen, wir sprächen jeder über eine andere Person!« Dann sah er finster die grauhaarige Frau an.

Sie hob die Arme und ließ sie wieder fallen, eine Pantomime der Verzweiflung. »Keiner kennt Danny so gut wie wir. Wie können wir da seine Ansicht einfach beiseite fegen! Er kannte John am besten. Daß er ein FBI-Agent gewesen sein soll, dafür haben wir nur das Wort der Regierung.«

Es hörte sich an wie Schaumblasen ihres blinden Glaubens. »Er war FBI-Agent. Arbeitete für ein Büro in Neu-England.«

Ihre Augenlider flatterten vor Erstaunen. »Neu-England? Uns hat er gesagt...«

»Das ist ja der springende Punkt!« Crosettis Kamerad

lief vor Zorn rot an. »Lefevre hat uns nach Strich und Faden belogen. Mir unverständlich, daß wir hier rumstehen und uns immer noch fragen, ob er nicht im Grunde ein herzensguter Kerl war.«

Der Jurastudent warf ein: »Davon haben wir nicht gesprochen. Es geht um Crosetti und nicht um Lefevre. Lonita hat weiter nichts gesagt, als daß Danny ihn viel besser kannte als wir.«

Die ältere Frau – offenbar Lonita – nickte heftig. »Sie nahmen gemeinsam ihre Mahlzeiten ein, sie tauschten Manuskripte aus. Sie haben praktisch zusammengelebt. Dannys Ansicht über Lefevre ist mit Sicherheit so begründet wie deine, Keith.«

»Quatsch! Wenn das zuträfe, dann hätten wir nicht den ganzen letzten Monat über einen Bundesagenten an unserem Busen genährt.«

Hier stimmte ich mit Kamerad Keith überein.

Ich wandte mich an Lonita. »Sie sagten gerade, die beiden hätten Manuskripte ausgetauscht. Haben Sie Exemplare von Lefevres Schriften?«

»Wahrscheinlich hat Danny welche. Jeder ließ seine Werke vom anderen kritisieren.«

Ich bemühte mich, allzu große Erwartungen zu unterdrücken. Aber wenn Lefevre weiterhin seine ›Mr. Jones‹-Manuskripte verfaßt hatte, so war daraus vielleicht zu ersehen, wer ihn in letzter Zeit in Zorn versetzt hatte (und umgekehrt).

Ich wandte mich wieder an Keith. »Sie hatten von vornherein eine Abneigung gegen Lefevre? Schon bevor Sie erfuhren, daß er FBI-Agent war?«

Er wich einen Schritt zurück. »Aber nicht so stark, daß ich ihn hätte ermorden können!«

Eine Frauenstimme hinter mir: »*Ich* hatte einen anderen Eindruck.«

Die aufrecht sitzende Dame hatte ihren Posten am Telefon verlassen. Sie reichte mir die manikürte Hand und sagte: »Barbara Nottata.« Ihr gewandtes Auftreten verriet, daß sie viel Umgang mit Publikum hatte.

Unser Händedruck war fest, von beiden Seiten. Hier gab's kein Zurückzucken. »Ich bin Dan Crosettis Anwältin.«

»Laura Di Palma! Sie sind so oft in der Nachrichtenshow aufgetreten, daß ich Sie gleich erkannt habe.«

Die falsche Taste gedrückt! »Sie konnten John Lefevre nicht leiden?«

Sie schüttelte den Kopf. Ihre modern gestylte Haarfrisur blieb dabei vollkommen unbeweglich. In dieser Umgebung dreckiger Teppiche und von Reißnägeln durchlöcherter Wände wirkte sie außergewöhnlich gepflegt. Sie hätte eher in eine Anwaltspraxis gepaßt.

»Ich kann es nicht auf einen bestimmten Nenner bringen«, sagte sie nachdenklich. »Jetzt da ich weiß, daß es ein Spion war, erkenne ich natürlich im nachhinein deutliche Hinweise in seinen Handlungen.«

Die ältere Frau stieß einen schnaufenden Laut aus. »Ich glaube nicht, daß einer von uns Gelegenheit hatte, auch nur zehn Minuten mit ihm harmlos zu plaudern. Was mir nicht gefällt: daß wir so bereit sind, unsere Meinung dem anzupassen, was man uns als Wahrheit vorhält. Danny sagt, selbst wenn Lefevre als Spion hergekommen sei, sei er einer der Unseren geworden. Er hätte auch den FBI verlassen und wäre bei uns eingetreten.«

Keith lehnte die Theorie seines Mentors rundweg ab. »Das ist reine Selbstüberschätzung. Sicher, Dannys Predigten sind überzeugend – für uns. Aber wir sind ja auch die sprichwörtlich ›Bekehrten‹.«

»Er überzeugt auch eine Menge anderer Leute«, sagte der Jurastudent ruhig. »Nichtbekehrte Leute.«

Die gepflegte Barbara nahm die Zügel des Gesprächs wieder in die Hand. »Ich will Ihnen sagen, was mir aufgefallen ist. Jeder von uns hat seine persönliche Sicht.«

Keith schüttelte den Kopf. »Hilfsgruppen!«

Sie zuckte nicht mit der Wimper. »Zufälligerweise beschäftigt sich meine Hilfsgruppe mit Krisenberatung von vergewaltigten Frauen und sexuell mißhandelten Kindern. Und nicht« – sie gab ihm den düsteren Blick zurück – »mit dem recht allgemeinen Ziel, dem Hunger in der Welt ein Ende zu machen. Aber was mir in Gesprächen mit John auffiel, war sein Interesse an Problemen Mißhandelter und sein ebenso großes Interesse an den sowjetischen Juden, wenn er sich mit Lonita unterhielt.«

Lonita beäugte sie mit offener Mißbilligung. »Die meisten von uns beschränken sich nicht auf ein einziges Gebiet. Wir haben eine reichhaltigere Palette.«

Eine Falte verunzierte Barbaras glatte Stirn. »Außerdem ... hast du ihn jemals geneckt? Oder ihn beobachtet, wenn er den Anruf eines Verrückten bekam?« Sie sah die anderen scharf an. »Er setzte dann immer seine beleidigte Miene auf.«

Der Jurastudent sagte: »Es ist ziemlich schwer, aus einer ›beleidigten Miene‹ Schlüsse zu ziehen.«

Wie verständig! »Was war denn *Ihr* Eindruck von Lefevre?«

»Ich weiß nicht. Ich meine, er schien das zu sein, was zu sein er vorgab. Doch offensichtlich war er es nicht.«

Ich wandte mich wieder an Barbara Nottata. »Haben Sie heute einen Anruf von Hal Di Palma bekommen? Für Dan Crosetti?«

»*Ich* nicht.« Dann fuhr sie mit den Fingerknöcheln über einen der neben uns aufgestapelten Pappkartons. »Das sind hier unsere Postkörbe, falls Sie sich vergewissern wollen.«

Erst jetzt bemerkte ich, daß auf der Rückseite jedes Kartons, auf der Seite, wo ich jetzt stand, ein Briefumschlag mit Aufschrift angeklebt war.

»Können Sie mir Dans Karton zeigen?«

Lonita schien Einspruch erheben zu wollen, sie verzog die Lippen und schüttelte den Kopf. Aber da klopfte Barbara Nottata schon mit einem lackierten Fingernagel an einen Karton in Höhe meiner Taille.

Der Umschlag daran war leer.

»Danny war vor einer Stunde hier«, verlautbarte sie. Und anscheinend mit Genugtuung fügte sie hinzu: »Beim Weggehen nahm er seine Post mit.«

Barbara sah den Karton stirnrunzelnd an. »Inzwischen kamen aber weitere Anrufe für ihn. Ich habe selber mehrere entgegengenommen.«

»Kann ich die Mitteilungen sehen?«

Sie zuckte die Achseln. »Sicher.«

Dann führte sie mich zu dem Schreibtisch der jungen Frau, die sich hinter ihren Haaren versteckte. Die Frau sagte gerade: »Ungefähr die Hälfte von ihnen wurden für den Rest des Tages ins Gefängnis gesteckt. Die anderen lagern auf dem Gleisen und warten auf den Munitionszug am Nachmittag. Er wird jede Minute da sein. Ich kann dir Informationen über den morgigen Treffpunkt geben, wenn du willst. Außerdem hat die Atomwache einen der neuen H-Bomben-Lastzüge in der Nähe der Ausfahrt Broadway gesehen. Sie brauchen noch Leute, um ihn aufzuspüren.«

Barbara Nottata griff an ihr vorbei, hob einen Stapel Telefonmitteilungen hoch und legte ihn auf den anderen Schreibtisch. Dann machte sie eine einladende Handbewegung.

Ich setzte mich an den Schreibtisch. Überall lagen Flugblätter, Bittschriften und alternative Zeitungen umher.

Von einem weißen Notizblock waren einige Zettel für Telefonmitteilungen abgerissen. In der linken oberen Ecke standen, eilig hingekritzelt, die Initialen des jeweiligen Empfängers. Der größte Haufen trug die Initialen DC.

Ein Telefon läutete. Sie griff an mir vorbei und nahm den Hörer ab. Ich sah eine hübsche Uhr und ein silbernes Armband. Sie stand hinter mir, sagte flüsternd »Hallo« und dann: »Ja, sprechen Sie weiter!«

Ich blätterte rasch die Mitteilungen für Crosetti aus zwei Stunden durch. Eine kam von einem Professor, der einen Artikel Dannys in einer Anthologie nachdrucken wollte. Einer von seinem Arzt, der ihn aufforderte, zum ›Messen‹ zu ihm zu kommen. Die übrigen waren von Reportern oder Gratulanten. Dabei fiel mir auf, daß überall noch fast leere Zettel mit den Initialen DC auf dem Schreibtisch verstreut herumlagen. Darauf waren immer nur die ersten ein, zwei Worte der Mitteilung notiert. Anscheinend sah Barbara keinen Sinn darin, haßerfüllte Anrufe von Gegnern getreulich aufzuzeichnen.

Hinter mir riet sie ihrem Anrufer, einem Deserteur, sich so lange versteckt zu halten, bis er einen Rechtsbeistand habe.

Das beeindruckte mich. Trotz deutlicher Unterschiede in Stimmung und Mitgefühl zu 1971 war sich die Vermittlungsstelle in dieser Hinsicht gleichgeblieben. Was ich vor Jahren getan hatte und was Barbara jetzt tat, würde in späteren Jahren jemand anders tun: Es würde immer irgendeinen verängstigten jungen Deserteur geben.

Ich sortierte die Mitteilungen für Danny in zwei Häufchen. Die von Reportern legte ich beiseite. Dann überlas ich noch einmal die übrigen. *Unsere Liebe und Unterstützung, Ihre Freunde im Geist! Denkt daran, was Gandhi gesagt hat: »Zuerst nehmen sie keine Notiz von dir, dann lachen sie, dann brechen sie zusammen, und dann hast du gesiegt.« Mit herzlichen Grüßen an Daniel und Philip. Ihr kennt mich nicht, aber was Ihr getan habt, hat mein Leben verändert – alles Gute für Euch, Lehrer.* Es gab noch ein weiteres halbes Dutzend im gleichen Sinne. Ich las sie mehrmals. Doch nur bei einer bestand eine ganz geringe Möglichkeit, daß sie eine versteckte (oder verwirrte) Botschaft von Hal darstellte. Sie lautete: *Ich kenne Dich vom Krankenhaus her. Ich weiß, daß Du es nicht getan hast.*

Hal sprach selten über seine Kriegsverwundung. Waren er und Crosetti mal irgendwann im selben Krankenhaus gewesen?

Entmutigt legte ich die Mitteilung wieder auf das Häufchen. Daß ich mich an so einen schwachen Strohhalm klammerte! Seit 1972 war Crosetti immer mal wieder im Krankenhaus gewesen. Dort hatte er eine Menge Menschen kennengelernt und begeistert.

Die langhaarige Frau neben mir sprach darüber, wo sich die Aktionsgruppe morgen treffen würde. Barbara blätterte, den Hörer noch immer an der Schulter eingeklemmt, in einem Telefonverzeichnis von Anwälten. Am anderen Ende des Zimmers hockte der Jurastudent bei dem Hund und kraulte ihm die Ohren. Keith und Lonita saßen auf Sesseln voller Hundehaare und gingen zusammen eine Liste durch. Ich entdeckte kein Anzeichen von Kummer oder Sympathie für Lefevre. Offenbar war Crosetti der einzige, der sich um den Ermordeten grämte.

Das traf einen Nerv in meinem Unterbewußtsein. Ich hatte das Gefühl, daß irgend etwas an dem Bild fehlte.

Ich überlegte, ob ich Keith oder Barbara um die Namen der anderen ständigen Mitarbeiter bitten solle, beschloß dann aber, die Zusammenstellung der kurzen Liste Sandy zu überlassen.

Es bestand eine winzige Möglichkeit, daß Hal heute vormittag Crosetti angerufen hatte. Eine winzige Chance, daß Crosetti die Mitteilung mit nach Hause genommen hatte. Vielleicht bestand sogar die Möglichkeit, daß Hal sich wieder seines Auftrags erinnert und sich auf den Weg zu Crosetti gemacht hatte.

Ich hätte Danny sowieso aufgesucht. Wir mußten über das Gewehr sprechen. Wir mußten auch über Lefevre sprechen.

Aber es waren nicht berufliche Gründe, die mich zu Dannys Wohnung trieben.

8

Ich blickte über das trübselige Viertel, in dem es einmal eine gutgehende Werft, einen Schlachthof, ein Baseballstadion und eine Pferderennbahn gegeben hatte. Tausende von Schwarzen hatten sich hier auf der Flucht vor dem wirtschaftlichen Elend im Süden vorläufig in baufälligen Unterkünften niedergelassen, die immerhin alle Unternehmen an dieser Stelle überlebt hatten. In einer Stadt individuell gestalteter Häuser, frischen Anstrichs und herrlicher Hügelaussichten wirkte Hunters Point schäbig und gleichmäßig verwahrlost. Als wäre hier nie etwas los. Doch zur selben Zeit schien sich hier immer irgendein Unheil anzukündigen.

Ich klopfte an Dan Crosettis Tür, eine der wenigen in der Stadt, die auf gleicher Höhe wie der Bürgersteig lag. Das Gebäude mochte irgendwann einmal ein kleines Lagerhaus gewesen sein. Es war ein dreistöckiger Kasten, der seinen Schatten auf heruntergekommene zweistöckige Häuser warf. Er stand so nahe an der alten Werft, daß es hier immer noch nach rostigem Metall und dem Schmutzwasser der Bucht roch.

Ich war noch nie in Crosettis Wohnung gewesen. Aus der Adresse hatte ich ersehen, daß sie in Hunters Point sein mußte. Aber ich hatte angenommen, sie befände sich in einer vornehmeren oder zumindest moderneren Enklave. Jetzt zweifelte ich daran, daß es hier überhaupt eine solche Enklave gab. Die Handelskammer führte das Viertel immerhin in ihrer Statistik über die Durchschnittsmieten der Stadt auf. Im übrigen hätte es ebenso gut auf dem Mars liegen können.

Es war eine Frage des Geldes. Die Regierung hatte Danny die Invalidenrente gestrichen und eine Anzahl ›sitzender‹ Arbeiten aufgezählt, die er noch verrichten könnte. Ich hatte die Liste in einem Artikel der *Mother Jones* gesehen. Ein Bürokrat hatte sie nach einem Regierungskatalog von Jobs angefertigt, Jobs wie Preiselbeerensortierer und Kondensatorenanschließer. Keinen der aufgeführten Jobs gab es überhaupt in San Francisco. Und wenn es sie gegeben hätte, dann hätte Danny bei der Bewerbung die Konkurrenz von fast ganz Hunters Point ausstechen müssen. Ein Sachbearbeiter der Sozialversicherung hatte Crosetti geraten, er solle in eine Gegend mit ›besseren wirtschaftlichen Möglichkeiten‹ umziehen. Es kümmerte ihn nicht, daß ein Umzug den Betrag von mehreren Monaten der (gestrichenen) Invalidenrente verzehrt hätte. Es kümmerte ihn ebenso wenig, daß Crosetti nach dem Umzug vielleicht doch keinen Job gefunden hätte. Die Sozialversicherung handelte nach den Vorschriften: erstmal alle Anträge abweisen.

Eine Gruppe hochgewachsener schwarzer Teenager bog um die Ecke. Sieben oder acht, alle in Sportkleidung. Wahrscheinlich gab es in dem ganzen County, in dem ich aufgewachsen war, nicht so viele Schwarze.

Ich wußte, daß ich nicht vor lauter Angst mit einem Kniestoß reagieren würde. Dazu war ich schon zu sehr akklimatisiert und aufgeklärt. Andererseits waren die Vorderfenster von Crosettis Wohnung vergittert, und um das Schloß der Haustür herum waren verwitterte Spuren einer früher hier angebrachten Eisenstange zu erkennen.

Ich fühlte mich ein wenig elend und klopfte abermals. In meiner Gegend drohte höchstens Gefahr von herabfallenden Zweigen der Eukalyptusbäume und gelegentlich einem verirrten Golfball vom Presidio.

Die Gruppe näherte sich. Ich probierte den Türknopf. Ich redete mir ein, ich täte es nur, um Danny der Mühe zu entheben, sich auf Krücken zur Tür zu schleppen.

Die Tür war nicht abgeschlossen. Ich stieß sie auf, schlüpfte hinein und knallte sie von innen zu. Die Teenager gingen draußen an den vergitterten Fenstern vorbei. Ich hörte ihr Gelächter.

»Danny? Laura hier.«

Ein Stockwerk über mir war der Fernseher zu hören, eine geistlose, grobe Spielshow. Von der Straße hörte ich jemand schreien. Er rief den Teenagern zu, sie sollten auf ihn warten. Doch während ich durch das Wohnzimmer ging, hörte ich noch etwas anderes. Irgendwo plätscherte leise Wasser.

»Dan? Bist du im Bad? Ich bin's, Laura.«

Das Plätschern hörte nicht auf. Dazu ein zischender Laut, wie ein tiefer, sehnsüchtiger Atemzug.

Mit fünf Schritten gelangte ich durchs Wohnzimmer auf den schmutzigen Bretterfußboden eines Flurs. Links war eine kleine Küche mit einem Tisch, aber keinem Stuhl. Geradeaus lag das Schlafzimmer mit ungemachtem Bett und einem langen, unaufgeräumten Schreibtisch. Rechts von mir stand ein Rollstuhl, der zu klein für Crosetti zu sein schien. Ich hatte ihn ein-, zweimal darin eingezwängt gesehen, doch er schien sich lieber auf Krükken fortzubewegen.

Und jetzt sah ich auch, warum. Obgleich der Rollstuhl im Verhältnis zu Crosettis Umfang recht schmal war, paßte er keinesfalls durch die Badezimmertür – oder das, was ich dafür hielt. Die Krücken mochten zwar körperliche Anstrengung bedeuten, und die Prothese war sicherlich unbequem, aber Danny konnte mit ihnen wenigstens durch Türen und eine Treppe hinaufgehen. Er konnte den Menschen wenigstens in die Augen sehen.

Die Badezimmertür stand auf. Ich klopfte an. »Danny?«

Wieder das sehnsüchtige Ausatmen.

Ich zögerte. Ich konnte ja nicht einfach hineingehen. Danny hatte jeden Grund, dort alleinzusein. Wenn er sich doch aufraffen könnte, mir zu antworten! »Danny!«

Durch die schmale Tür sagte er langsam mit schwacher Stimme: »Komm nicht rein!«

»Bist du okay?«

»Aber ja.«

Ich legte die Hand auf den Türknopf. »Brauchst du Hilfe?«

»Nein. Alles klar. Aber du sollst das nicht sehen.«

»Du hast keine Antwort gegeben. Und die Haustür war nicht abgeschlossen.« Mit gerunzelter Stirn schaute ich auf den abgegriffenen Porzellantürknopf. Durch die Tür kam der Geruch nach verrottenden Fliesen und veralteter Installation. »Ist bestimmt alles klar bei dir?«

»Ja.« Es hörte sich an, als käme es aus weiter Ferne. Ich stellte mir vor, daß er mit geschlossenen Augen in der Badewanne saß, seiner Not vollkommen hingegeben.

»Was stimmt denn nicht, Danny?«

Ein Plätschern, ein leises Lachen. »Es war falsch, was ich getan habe.«

Was er getan hatte. Meine Hand rutschte von dem Türknopf. Ich wollte, daß Dan Crosetti unschuldig war. Er mußte es sein, um seinet- und meinetwillen. »Du meinst den Gewehrkauf?«

»Ja.«

»Warum hast du es gekauft?«

»Weil ich stinksauer war.« Sein Atem ging schwer. Ich hörte es, wenn nicht gerade im Stock über uns Schritte laut wurden. »Ich hatte das Gefühl, daß sie mich in jeder nur möglichen Weise angeschissen hatten. Meine Beine, der Prozeß, die lumpige Scheißinvalidenrente. Du weißt doch, wie oft ich jetzt schon im Gefängnis war, Laura?« Seine Stimme klang angestrengt und abgehackt. »Weißt du auch, wie oft ich da den alten Witz hören mußte, daß die Baseballmannschaft der Häftlinge mich als Mann für das dritte Base brauche? Mein Gott, es ist wohl ihr Lieblingswitz.«

»Danny, komm raus, okay? Ich möchte mich nicht durch die Tür mit dir unterhalten.«

»Ich hatte John gern. Ich hatte ihn so gern wie wohl keinen anderen im ganzen Leben.«

»Warum?«

»Weil« – wieder Geplätscher – »weil er einem wie ein Scheißmeckerheini vorkam. Dabei war er gar keiner.«

Ich dachte an Hal, der auf der Weihnachtsfeier der Anwaltsfirma schroff jedes Gespräch abgeblockt hatte. Das hatte mich immer gereizt – zu wissen, was sich hinter so beißender Schärfe verbarg.

Als könne er Gedanken lesen, fragte Crosetti: »Hat Hal es dir erzählt?«

»Mir was erzählt?« gab ich scharf zurück. »Hast du Hal gesehen?«

»An dem Abend, als ich vorbeikam.«

»An welchem Abend?« Es kribbelte mir in den Händen, die Tür aufzuziehen.

»An dem ersten Abend. Armer John!« Ich hörte einen schwachen Klagelaut, war mir aber zuerst nicht sicher, ob er von Crosetti stammte.

»Dan! An welchem Abend?«

Der klagende Ton wurde lauter. Es war bestimmt Crosetti. Schwitzend vor Ungeduld, stand ich im dunklen Flur und wünschte, er würde sich zusammennehmen.

»Danny, es ist wichtig! Bitte!«

Der klagende Ton verstummte. Ich wartete. Was sollte ich sonst tun?

»Danny?«

»Was für eine Schande! Nicht allein für mich, sondern auch für die ganze Vermittlungsstelle. Ein Gewehr zu kaufen wie Rambo! Nach allem, was ich durchgemacht habe. Nach allem, was ich immer gesagt habe.«

»Wann hast du Hal getroffen?«

»Warum habe ich denn vor den Fahrzeugen der Nationalgarde am Boden gelegen? Um später alle meine Überzeugungen zu verraten und mir ein Gewehr zu kaufen?«

»Danny – du hast das Gewehr doch nicht benutzt?«

»Ich wollte ihm den Kopf von den Schultern blasen. Wie wir es uns in der Fantasie mit den Leuten aus den Rekrutierungsbüros ausgemalt hatten. Als wäre John ein Teil der Regierung.«

Ein erstickter Schmerzenslaut. »Ich habe es in die Bucht geworfen. Schon durch seinen Besitz fühlte ich mich beschmutzt.«

»Wann hast du Hal gesehen?«

»Hal? Ach, mitten in der Nacht. Ich war gekommen, es dir zu erzählen. Als wir uns vorher unterhalten hatten, wollte ich es nicht zugeben. Schon gar nicht in Gegenwart von Keith. Mein Gott...«

»Dann hast du also...«

Plötzlich rauschte das Wassser laut. Ich erschrak. Und dann ertönte ein entsetzlicher kehliger Schrei, der nicht mehr menschlich erschien.

»Danny?« Ich überlegte, ob ich die Tür aufreißen sollte. Aber dann schossen mir vielerlei Gründe durch den

Kopf, warum ich es unterlassen müßte: sein Recht auf Zurückgezogenheit, meine Verlegenheit und, was ich ungern zugebe, meine Angst davor, zu sehen, was die Hosenbeine gnädig verhüllten. »Dan!«

Das Wasserrauschen ließ nach. Der kehlige Schrei verstummte. Ich hörte nur noch Tropfen fallen.

Ich trat durch die Tür. Ich hatte eine Entschuldigung auf den Lippen und wollte nicht hinschauen.

Es war schlimmer, als ich je erwarten konnte. Die versehrten Beinstümpfe ragten wie knubbelige, verdrehte Inseln aus dem Wasser. Sein vernarbter, angeschwollener Bauch bildete eine weitere grausige Insel. Und das Wasser – Gott im Himmel!

Das Wasser war rot.

Dan Crosetti war in die Wanne mit blutrotem Wasser gerutscht. Das Gesicht unter der Oberfläche. Lange Haarsträhnen schwammen darauf wie flatternde Fahnen. Ein Handrücken ruhte auf dem abgebröckelten Emaillerand. Rote Streifen flossen vom Handgelenk über den Unterarm.

Unwillkürlich trat ich einen Schritt zurück. Mein Magen hob sich. Mein Gott, ich hatte auf der anderen Seite der Tür gestanden, während er hier drin verblutete!

Ich bezweifelte, ob ich imstande sein würde, mich der Badewanne zu nähern.

Vielleicht ist er noch nicht tot. Aber wenn du ihm nicht hilfst, wird er ertrinken.

Es waren nur drei Schritte. Doch die letzten beiden legte ich auf den Knien zurück.

Meine Hände schwebten über dem Wasser. Ich mußte das Gesicht abwenden, den Blick auf ein abblätterndes Stück des Wandanstrichs richten. Erst dann brachte ich es über mich, sie ins Wasser zu tauchen.

Ich traf auf glatte Haut und zog mit einem Ruck die

Hände zurück. Meine Seidenärmel rührten rotes Wasser auf und sogen sich voll wie ein Schwamm.

Es stank nach Urin und Kot. Ich hatte die Ausdünstungen schon auf dem Flur gerochen, sie aber der beschädigten Installation zugeschrieben. Doch sie stammten von Danny, der sich entleert hatte.

Mit einer Hand griff ich ihm unter den Kopf und hob ihn aus dem Wasser. Zuerst erschien die Stirn mit dem angeklatschten nassen Haar, dann tauchten die Augen auf, die Nase, der Schnurrbart. Blutiges Wasser tropfte herab.

»Danny!« keuchte ich. »Atme doch!«

Er glitt mir aus der Hand. Der Kopf versank wieder. Ich verschränkte beide Hände um seinen Hals und zog ihn hoch.

Mir war, als zuckte er mit den Lidern, als sträubten sich die dichten Augenbrauen.

Ich kämpfte gegen aufkommende Übelkeit an und bemühte mich, nicht auf den metallischen Geruch zu achten, der wohl von dem Blut aufstieg.

Danny schlug die Augen auf. Er wirkte sehr ruhig, fast selig.

Mit Gewalt hielt ich seinen Kopf über Wasser und folgte ihm, als sein Körper würdelos wegglitt.

Seine Lippen bewegten sich. *Laß mich los!* bat er stumm.

Herausziehen konnte ich ihn nicht, er war zu schwer. Schwer wie ein Toter. Und ich konnte ihn nicht alleinlassen, um einen Krankenwagen anzurufen, weil er dann wieder unter Wasser geglitten wäre.

Ich tastete in der Badewanne herum, bis ich den Stöpsel fand, und zog ihn heraus.

Es dauerte lange, bis das Wasser abgelaufen war. Dannys Blick ließ mich nicht los. Zuerst war sein schlaffes Gesicht völlig ausdruckslos. Dann begriff er, und die schokoladebraunen Augen zuckten. Er stöhnte: »Oh nein.«

Ich ließ ihn wie einen gestrandeten Käfer in dem abfließenden seichten, fauligen Wasser liegen und ging taumelnd aus dem Badezimmer. Schweiß tropfte von meiner Stirn, blutiges Wasser von den Ärmeln.

Ich hätte meinen Freund einen würdevollen Tod sterben lassen sollen. Ich tat es nicht.

9

Ich stopfte meine Kleider in einen Abfallsack. Ich wollte sie nie mehr sehen.

Ich hatte Danny in Decken gehüllt, ihm Kissen unter den Kopf geschoben und ihn abgerubbelt, bis die Haut sich abzulösen begann. Aber ein Bild ging mir nicht mehr aus dem Kopf. Nie würde ich vergessen, wie ich ihn zurückgelassen hatte, als ich hinausging, um einen Krankenwagen herbeizutelefonieren.

Vorher hatte ich zugelassen, daß sein Herzblut aus ihm herausströmte, während ich höflich vor der Tür blieb und nicht merkte, wie schwach seine Stimme war und wie schmerzerfüllt seine Klage. Ich hatte ihn unterbrochen und immer wieder nach Hal gefragt.

Und dann hatte ich seinen schnellen Selbstmord vereitelt. Durch heranrasende Krankenwagen, schwitzende Männer und Krankenschwestern, die Formulare auszufüllen hatten.

Dan Crosetti hatte daheim sterben, sich friedlich aus dem Leben stehlen wollen. Statt dessen starb er nun unter viel Lärm und Getue, mit Schläuchen in den Armen, während man ihm die Schnittwunden an den Pulsadern vernähte.

Mein Gott!

Ich blieb so lange unter der heißen Dusche, bis das Wasser abkühlte. Ich konnte mich nicht entsinnen, daß ich es in meiner netten, modernen Wohnung schon einmal dazu hatte kommen lassen.

Nach der Uhr im Schlafzimmer war es sechs Uhr fünfzehn nachmittags. Fast fünfeinhalb Stunden waren vergangen, seit ich zu Danny hineingegangen war. Drei Stunden, seit Dannys Tod festgestellt wurde. Bis vor einer Stunde hatte ich dann mit mehreren Krankenschwestern, einem Arzt, einem uniformierten Polizeibeamten, zwei Detektiven in Zivil und der Unterstaatsanwältin gesprochen, die im Fall Lefevre die Anklage vertrat – in dieser Reihenfolge.

Und ich hatte noch viele Gespräche zu führen.

Telefonanrufe bei Crosettis Freunden. Scheiße noch mal, ich würde nicht zulassen, daß Polizei und Staatsanwaltschaft die Akten über dem Fall Lefevre schlossen!

Dan Crosetti hatte Lefevre nicht ermordet. Und so sehr die Athleten in der Mordkommission auch wünschten, den FBI loszuwerden, ich würde nicht zulassen, daß sie den Stempel ›Erledigt‹ auf die Akte drückten. Noch nicht.

Ebensowenig würde ich es zulassen, daß Crosettis Feinde ihm die Bezeichnung ›der pazifistische Mörder‹ anhängten. Soweit es in meiner Macht stand, sollte niemand Danny so ungerecht behandeln, wie er es mit sich selbst getan hatte.

Ja, Crosetti hatte sich aus tiefer Verärgerung ein Gewehr gekauft – aber er hätte es nie benutzt. Vorübergehend hatte ihn Lefevre dazu gebracht, Rachegefühle zu hegen, ihn für einige Zeit in seinen moralischen Überzeugungen wankend werden zu lassen, die für Danny doch wichtiger waren als der Besitz zweier gesunder Beine.

So wie ich die Sache sah, hatten der FBI und Lefevres

Mörder beim Tod meines Freundes gemeinsame Sache gemacht.

Mir war es gleich, ob der FBI seine Akten verschließen und mich in Ketten abführen würde; ich wollte aufklären, warum sie Lefevre auf die Vermittlungsstelle angesetzt hatten. Ich wollte herausfinden, warum die Regierung der Vereinigten Staaten nach allem, was sie Crosetti angetan hatte, ihn immer weiter verfolgte.

Morgen würde ich damit beginnen. Von morgen an würde ich für Danny da sein.

Heute abend war meine Sehnsucht nach Hal zu groß.

10

An einem anderen Tag hätte ich mich auf eine Pressekonferenz gewissenhaft vorbereitet. Ich hätte das passende Kostüm ausgewählt, je nachdem, ob ich den Eindruck von Kraft, Optimismus oder gesundem Menschenverstand erwecken wollte. Ich hätte meine Erklärung mit der gleichen Überlegung geplant und einstudiert, wie ich es vor meinen Plädoyers bei Gericht tat. Aber an anderen Tagen hätten auch nicht so viele Dinge auf meinem Schreibtisch gelegen, die ich schon in der Vorwoche hätte erledigen müssen. Die große Liebe meines Lebens war spurlos verschwunden, irgendwohin als orientierungsloser Krüppel. Und ich hatte meinen Mandanten – meinen Freund – in seinem eigenen Blut schwimmend in der Badewanne vorgefunden.

So saß ich am Schreibtisch und sah den Himmel über Telegraph Hill hell werden. Grell beleuchtete die Schreibtischlampe die Berge von Papieren, die sich durch die Vernachlässigung meiner Berufspflichten angehäuft hatten. Wenn die Presse in den Konferenzsaal der Firma strömte, wenn lässig gekleidete Techniker Scheinwerfer aufstellten und Elektrokabel auf den Teppich klebten, würde Doron White einen Anfall bekommen.

Inzwischen hatte White wohl von Crosettis Tod erfahren. Hatte ihm das einen Seufzer der Erleichterung entlockt? War er froh darüber, daß seine erhabene, konservative Firma nicht das Stigma aufgedrückt bekäme, die Verteidigung eines Pazifisten zu betreiben?

Klar, er würde einiges über die Pressekonferenz zu sagen haben. Er würde die Schachtel mit den Herztabletten wie eine Klapperschlange in Nadelstreifen rasseln lassen. Aber noch hatte man mir nicht verboten, Crosetti weiter zu vertreten – was überdies nur durch offiziellen Beschluß sämtlicher Partner möglich war. White konnte mich kaum deswegen feuern, weil ich tat, was mein Recht war.

Sicherlich war es unklug von mir, auf meinem Standpunkt ausgerechnet in dem Jahr zu beharren, in dem meine Partnerschaft zur Diskussion stand. Aber die würdevolle Täfelung unseres Konferenzsaals, das FIAT JUSTICIA im goldenen Blatt auf dem Podium, der Glanz der polierten Walnußholzplatte auf dem Tisch – das alles würde meinen Worten Gewicht und Bedeutung verleihen. Es würde den Journalisten und den Fernsehzuschauern zeigen, daß ich keine Verrückte – keine reine Pazifistin – war, über die man einfach zur Tagesordnung übergehen konnte.

Ob sie einverstanden waren oder nicht, White, Sayres & Speck würden mir Glaubwürdigkeit verleihen. Die hatte ich nötig, wenn ich gegen die Polizei, den Distriktstaatsanwalt und den FBI loslegte.

Ich schlug auf die Sprechtaste und wählte Sandys Privatnummer. Dann wartete ich, bis es kaum noch auszuhalten war. Endlich meldete sich Sandy. Er hörte sich an, als sei er ziemlich groggy.

»Sandy, wo bist du gewesen? Ich habe bis drei Uhr morgens versucht, dich zu erreichen.«

»Laura, viel später kann es ja noch gar nicht sein.«

»Sechs Uhr dreißig. Hast du etwas herausgefunden?«

»Hal ist in der Stadt. Oder war es jedenfalls, als er anrief.« Er gähnte laut. »Hast du eine Vorstellung, wie viele Anrufe deine Firma bekommt? Allein die Ferngespräche durchzusehen, war eine Tortur.« Er gähnte wieder. »Entschuldigung, mein Schatz. Sechs Uhr dreißig hast du gesagt?«

»In der Stadt!« Gott sei Dank. »Dann muß ihn jemand mitgenommen haben. Wenn du rauskriegst, wer ihn mitnahm, würden wir zumindest wissen, wo er abgesetzt wurde.«

Kurzes Schweigen. »Hör zu, wenn Hal in der Gegend rumläuft und telefoniert...«

»Worauf willst du hinaus?«

»Wenn er wollte, daß du ihn findest, hätte er dich angerufen. Weißt du, mir gefällt es nicht, nach jemandem zu suchen, der gar nicht gefunden werden will.«

»Du hast ihn nicht in der Krankenstation gesehen, Sandy. Hier geht es nicht um einen Menschen, der gerade eine Grippe überstanden hat. Er hat ernste Probleme! Er könnte...«

»He, he – reg dich nicht auf! Du weißt, daß ich dich nicht im Stich lasse. Ich will nur sagen, daß er es dir vielleicht nicht danken würde.«

Ich schloß fest die Augen. Möglich, daß Hal zu durcheinander oder zu elend war, um nach Hause zu kommen. Vielleicht trug er mir aber auch den Streit noch nach und wollte überhaupt nicht. Ob so oder so, ich ertrug den Gedanken nicht. »Hast du das von Danny gehört?«

»Crosetti? Nein. Den hab ich sozusagen beiseite gelegt. Was ist passiert?«

»Du weißt es nicht? Du hast die Nachrichten nicht gehört?« Ich schlug die Augen auf und zwang mich, aufrecht zu sitzen. In nur zwei Stunden würde ich der Presse die Geschichte erzählen. Dann mußte ich in der Lage sein, darüber zu sprechen.

»Na los, mein Schatz! Was ist passiert?«

»Gestern gegen Mittag fuhr ich zu seiner Wohnung. Die Haustür war nicht abgeschlossen, und ich ging hinein. Er war in der Badewanne. Deshalb blieb ich vor der...« Ich holte mehreremal tief Luft. Mein Gott, ich hätte es einstudieren müssen. Vor den Kameras mußte ich es besser machen. »Ich sprach mit ihm durch die Badezimmertür. Er sagte, er... Er war deprimiert. Weil er das Gewehr gekauft hatte.«

»Hat er ein Geständnis abgelegt? Hat er gesagt...«

»Nein. Er hat das Gewehr nicht benutzt. Er hat es in die Bucht geworfen.«

Kurzes Schweigen. »Warum hat er es denn gekauft?«

Ich versuchte, ihm Crosettis Verbitterung zu erklären – seine Wut auf die Regierung, die ihm alles genommen hatte und ihn dennoch nicht in Ruhe lassen wollte.

»Die Regierung hat ihn buchstäblich zu Tode gequält, Sandy. Er hat sich die Pulsadern aufgeschnitten. In der Zeit, in der ich mit ihm sprach, ist er in der Badewanne verblutet.«

»Oh Gott! Schatz – bist du in Ordnung?«

»Nein.«

Eine Zeitlang sagte keiner von uns ein Wort. Ich drehte den Sessel und schaute aus verkniffenen Augen durchs Fenster in den hellen weißen Himmel. Auf den Schultern der Hochhäuser des Finanzviertels schienen winzige viktorianische Häuser zu hocken – es waren die Häuser auf den Hügeln.

Schließlich sagte Sandy: »Eindeutig Selbstmord?«

»Kein Zweifel möglich. Ich zog ihn...«

»Sprich weiter!« sagte er düster.

»Als er untertauchte, zog ich ihm den Kopf aus dem Wasser. Er sagte, ich solle ihn loslassen. Und als er, äh, als ich das Wasser aus der Wanne ließ und er merkte, daß ich einen Krankenwagen rufen wollte, sagte er: ›Oh nein‹.«

»Hast du ein Rasiermesser, irgendein anderes Messer oder sonstwas in der Badewanne gesehen?«

»Mein Gott, Sandy! Ich habe wirklich nicht danach gesucht.«

»Entschuldige, ehrlich. Aber... gut, ich weiß, du hast dich in dem Augenblick nicht um solche Kleinigkeiten gekümmert. Aber jetzt überlege mal, okay? Du gingst also ins Badezimmer, und da sahst du...«

»Oh, mein Gott.«

«Was?«

»Ich ging ins Badezimmer und sah Danny. Das ist alles.« Ich preßte die Hände an die Augen. »Und sonst nur noch die Wasserhähne, das ist alles.«

»Kein Rasiermesser? Er könnte draufgelegen haben...«

»Keine Krücken. Keine Prothese. Sandy, sein Rollstuhl stand draußen auf dem Flur... er war zu breit und paßte nicht durch die Tür. Ich denke, daß Danny auf Krücken reingegangen ist.«

»Nur daß keine Krücken an der Badewanne lehnten.«

»Nein.«

»Also, da stimmt was nicht.«

Ich fühlte mich ganz schlapp. Die Augen brannten mir vor Übermüdung, die verspannten Schultern taten weh. »Ich kann es nicht... ich verstehe es nicht.« Aber ich mußte es verstehen – bevor die Pressekonferenz begann. Bestimmt war der Polizei aufgefallen, was ich in meinem Schock nicht bemerkt hatte. Und inzwischen würden es auch einige findige Reporter schon erfahren haben. »Sandy, was hat das zu bedeuten?«

Er seufzte. »Es bedeutete, daß jemand Crosetti reingetragen oder die Krücken rausgebracht hat. Aber deine Frage war anders gemeint, nicht wahr? Du hast gefragt, wer es war. Und warum.«

»Ein Freund.«

»Hm. Ich kann mir auch nicht vorstellen, daß sich Crosetti von einem Fremden mit nacktem Arsch in die Badewanne setzen ließ.«

»Aber ein Freund hätte Danny keine Rasierklinge gegeben.«

»Na, es kann ja andersrum gelaufen sein. Crosetti schleppt sich auf Krücken rein. Nimmt sein Rasiermesser heraus. Setzt sich auf den Rand der Badewanne, legt die Krücken weg, läßt das Wasser ein, schnallt das künstliche Bein ab und bugsiert sich in die Wanne.«

»Und später kommt jemand rein und bringt Krücken und Prothese weg?«

»Damit Crosetti nicht mehr anderen Sinnes werden kann.«

»Vielleicht ist er . . . könnte Danny zur Badewanne hingekrochen sein?« Ich wünschte, ich hätte es nicht gesagt. Der Gedanke, daß Danny seinen Rumpf über diesen schmutzigen Holzfußboden gezogen hatte, war einfach abscheulich.

»Warum sollte er?«

Ich bemühte mich, ruhig zu atmen. Sandy sollte nicht merken, daß ich weinte.

»Nun«, sagte er nachdenklich, »du hast zu entscheiden. Konzentrieren wir uns auf die Suche nach Hal oder auf die Sache mit Crosetti?«

Was für eine Entscheidung! Ich drückte auf den Trennknopf.

11

Er war wahrscheinlich der dümmste Richter, den ich je erlebt hatte. Mir war bald klar, daß bei ihm auch mit den besten Argumenten nichts zu erreichen war. Selbst wenn er meinen Schriftsatz gelesen hatte – woran ich zweifelte –, waren ihm offensichtlich die Feinheiten der rechtlichen Gründe entgangen, mit denen ich die Argumente meines Gegners zerfetzt hatte. Nun versuchte ich, ihm meinen Standpunkt mit ganz einfachen Worten darzulegen. Aber wie viele Richter ärgerte er sich über alles, was seinen Ansichten von Tatsachen und Recht widersprach, und mochte er noch so sehr im Unrecht sein.

Nach der Sitzung würde ich der Bank, die ich vertrat, eine Nachricht überbringen müssen, die für sie katastrophale finanzielle Folgen hatte. Ihr regionaler Vizepräsident stand in dem Ruf, leichtfertig Kredite zu vergeben. Er würde versuchen, seine Unfähigkeit dadurch zu bemänteln, daß er mir die Schuld in die Schuhe schob. Unter normalen Umständen hätte Doron White meine Partei ergriffen. Aber nach der Pressekonferenz von heute vormittag würde es mir verdammt schwerfallen, White davon zu überzeugen, daß es nicht an meinem Schriftsatz gelegen hatte.

Der Richter beschloß: »Nach meiner Überzeugung ist die von Borstmann Properties beantragte Aussetzung der Zwangsvollstreckung angemessen und rechtens.«

Ja, und ich bin eine lila Kuh.

Ich war nicht in der Stimmung, ins Büro zu gehen. White war vermutlich immer noch wütend – er hatte sich heute vormittag tatsächlich eine Nitroglyzerintablette unter die Zunge gelegt.

Teilnahmslos stand ich in der höhlenartigen Halle des Rathauses und sah in meinen Terminkalender. Eine Flut von Beamten wogte an mir vorbei. Zwei kannte ich, war aber nicht zu einer Unterhaltung mit ihnen aufgelegt. Als sie sahen, daß ich mich nicht einmal zu einem grüßenden Lächeln aufraffen konnte, ließen sie mich in Ruhe. Hier und da standen Touristen wie schwerbeladene Lasttiere herum und richteten die Kameras auf die mit komplizierten Arabesken geschmückte vergoldete Kuppel.

Da trat ein Mann auf mich zu. Ich sah nur den billigen Anzug. Wenn er mich nicht angesprochen hätte, hätte ich ihm nicht mal ins Gesicht geschaut.

»Wegen der Pressekonferenz hergekommen?«

Der Tonfall war höhnisch. Es war der FBI-Agent, der mich ermahnt hatte, keine weiteren Unterstellungen auszusprechen, der mit den umwerfenden Grübchen.

An diesem Vormittag waren die Grübchen nicht zu sehen. Er wirkte wie ein Pokerspieler, der sich nicht anmerken lassen will, daß er ein großartiges Blatt in der Hand hat.

Meine Pressekonferenz konnte er ja nicht gemeint haben. Was zum Teufel ging hier vor? »Und Sie?«

Er nickte.

Der FBI war nicht gerade bekannt dafür, Pressekonferenzen zu geben, und wenn er eine abhielt, dann unweigerlich in den eigenen Räumen des Federal Building. Der Distriktstaatsanwalt und die Mordkommission wählten gewöhnlich den Justizpalast, wo sie auch mit sämtlichen Mitarbeitern untergebracht waren. »Warum im Rathaus? Neutrales Gebiet?«

Der FBI-Agent zuckte die Achseln. »Ganz und gar nicht. Wir haben die Ermittlungen in enger Zusammenarbeit und nach gleichen Gesichtspunkten geführt. Kein Zuständigkeitsproblem.«

Das stimmte.

»Eine Show?« Der Justizpalast war ein graues Gebäude

mit billigster Ausstattung. Eine Pressekonferenz im Rathaus bedeutete dagegen viele Meter Film von den Säulengängen vor dem Portal, den riesigen Marmortreppen und der Kuppel, die manche Kathedrale in den Schatten stellte. Vielleicht brauchte die Regierung diese Szenerie so dringend, wie ich meine gebraucht hatte.

Als wir die geschwungene Treppe erklommen, blieb Grübchen hinter mir zurück. Wahrscheinlich stand er auch mit dem Rücken zur Wand.

Doch sobald wir auf dem ersten Treppenabsatz waren, ließ ich ihn mit Bedacht vorgehen. Die unnütze Pracht der Halle war die Ursache dafür, daß die Bürozimmer im Obergeschoß wie ein Gewirr winziger Rattenlöcher wirkten. Ich war nicht sicher, ob ich das Pressezimmer finden würde.

Der Agent führte mich in ein kleines Zimmer, in dem es nach abgestandenem Zigarettenqualm und Automatenkaffee stank. Als er hineinging, blieb ich draußen stehen und warf nur einen Blick durch die offene Tür. In den Glaszellen an der einen Wand standen ungepflegte Reporter an unaufgeräumten Schreibtischen. In der Mitte fummelten ein Dutzend Journalisten an ihren Tonbandgeräten, fächelten sich mit Notizbüchern Luft zu, plauderten, lachten und tranken Kaffee. Um sie herum suchten die Fernsehkameramänner einen günstigen Standpunkt mit freiem Blick auf den einzigen Tisch, den man an die hintere Wand geschoben hatte. Sie lehnten sich an die Wand, hockten auf einem Knie oder stützten, eine Minikamera auf der Schulter, die Ellbogen auf den Tisch. Jeder hatte einen gutgekleideten Partner bei sich, der zuschaute, sich mit ihm beriet und Regieanweisungen gab. Auf der anderen Seite richteten Techniker die Scheinwerfer auf ihren zerbrechlichen Metallstäben ein und klebten Elektrokabel am Fußboden fest.

An dem einzigen Tisch saß die Unterstaatsanwältin wie ein streng blickender Filmstar hinter einem Gewirr von Mikrofonen. Ihre angesprühte Frisur und die Adlernase erinnerten an einen behelmten Krieger, der seine Horden mustert. Zu ihrer Linken saß ein schon ziemlich kahles altes Walroß von der Mordkommission.

Ich beobachtete, wie sich der FBI-Agent durch die Menge schob. Er lehnte sich über den Tisch und flüsterte der Unterstaatsanwältin etwas zu. Sie sah scharf auf und ließ den Blick über die Zuhörer schweifen.

Es zeugt von schlechten Manieren, wenn man in die Pressekonferenz des Gegners eindringt. Wenn die Reporter mich bemerkten, würden sie meine Reaktionen filmen und versuchen, mich zu einer öffentlichen Auseinandersetzung zu reizen. Das wollte ich nach Möglichkeit vermeiden. Aber ich würde, verdammt noch mal, jetzt nicht weggehen, nur weil es sich so gehörte. Ich wollte selber hören, was die Regierung zu sagen hatte, und mich nicht mit den abgenagten Knochen der Medienversionen begnügen.

Die Unterstaatsanwältin klopfte mit den Fingerknöcheln auf die Tischplatte. »Ladies und Gentlemen.« Kameras surrten. Es klang wie ein schwacher Grillenchor. »Wie Sie wissen, bin ich Melissa Pram, Unterstaatsanwältin für die Stadt und das County San Francisco. Zu meiner Linken sitzt Inspektor Daniel Krisbaum von der Mordkommission der Polizei von San Francisco.« Sie blickte sich um, als suchte sie jemand, der es wagen sollte, ihr zu widersprechen. Auch im Gerichtssaal legte sie gern eine übertrieben feindliche Haltung an den Tag, womit sie bei den Geschworenen oft Sympathie für den Angeklagten erweckte. »Wir werden jetzt eine gemeinsame Erklärung zum Stand unserer Ermittlungen im Mordfall John Jules Lefevre abgeben.«

Inspektor Krisbaum flüsterte ihr etwas zu.

Sie nickte. »Wie Sie wissen, verhaftete der Staat am Zehnten dieses Monats Daniel Morelli Crosetti wegen Mordes an John Lefevre.«

Die Reporter wurden unruhig. Sie wollten keine einleitenden Bemerkungen hören, sondern neue Tatsachen.

»Wie Sie weiterhin wissen, starb Daniel Crosetti gestern nachmittag um vier Uhr achtundvierzig.« Sie klopfte auf eine Akte. »Laut der von einem Gerichtsmediziner ausgefertigten Todesurkunde starb Mr. Crosetti an Blutverlust auf Grund von drei Schnitten an beiden Pulsadern, die er sich mit einem Rasiermesser beigebracht hatte. Nach eingehender Beratung mit der Polizei von San Francisco und dem Federal Bureau of Investigation ist die Staatsanwaltschaft zu dem Schluß gelangt, daß weitere Tätigkeiten unsererseits im Mordfall John Lefevre nach dem derzeitigen Stand der Ermittlungen weder notwendig noch ratsam sind.« Ihr Gesicht bekam Falten wie ein schrumpfender Apfel. »Sind noch Fragen?«

Die Fernsehreporter, die weiteres Material für ihre Aufnahmen brauchten, stellten gleichzeitig mit lauter Stimme verschiedene Fragen. »Wollen Sie damit sagen, daß Crosetti Selbstmord beging, weil er Lefevre ermordet hat?« – »Hat Crosetti ein Geständnis abgelegt?« – »Hat Crosetti einen Abschiedsbrief hinterlassen?« – »Bestehen Verdachtsgründe gegen anderen Personen außer Crosetti?«

Die Unterstaatsanwältin legte es darauf an, einen besonnenen Eindruck zu machen. »Ich möchte es mal so ausdrücken: zur Zeit besitzt die Staatsanwaltschaft gegen keine andere Person hinreichende Verdachtsgründe für eine Anklageerhebung. Nach Beratung mit den entsprechenden Gremien haben wir entschieden, den Fall ›ruhen zu lassen‹. Das heißt, wir würden ihn beim Auftauchen neuer Beweise selbstverständlich wieder aufnehmen. Doch bis dahin ist kein weiteres Vorgehen geplant. Der Nächste!«

Eine Frau mit einem Notizbuch in der Hand wollte etwas sagen, wurde aber von einer Frau von Kanal 5 mit dem Ellbogen zur Seite gedrängt. »Sie haben die Ermittlungen eingestellt?«

»Nochmals: Falls der Mordkommission und dem Federal Bureau of Investigation keine neuen Beweismittel bekannt werden.«

Ein Durcheinander von Fragen erfüllte das Zimmer, hauptsächlich von Fernsehreportern an den Inspektor der Mordkommission gerichtet.

Nachdenklich rieb sich der Inspektor am Ohr. Offenbar wollte er aus dem Lärm eine einzelne Frage herausgreifen. »Genau genommen« – er wartete, bis Ruhe im Zimmer eintrat – »schließen wir einen Fall offiziell erst ab, wenn eine Verurteilung erfolgt ist. Aber, äh, wir haben auch eine Bestimmung, nach der wir einen Fall ›ruhen lassen‹ können. Was in diesem Fall nunmehr eingetreten ist.«

»Werden Sie die Ermittlungen fortsetzen?«

»Aktiv?« fügte ein anderer Reporter hinzu.

Ein dritter brachte mich ins Spiel. »Crosettis Anwältin sagt, er sei ›in den Tod gehetzt‹ worden – sein Selbstmord beweise keineswegs, daß er schuldig sei.«

Krisbaum nickte ungeduldig. »Ja, ja. Crosettis Anwältin! Dazu ist nur folgendes zu sagen: wir können beweisen, daß Daniel Crosetti sich eine Waffe von dem Typ gekauft hat, mit der John Lefevre ermordet...«

»Haben Sie die Mordwaffe gefunden?«

»Nein.«

Daraufhin brach ein Sturm von Fragen los. Krisbaum überschrie alle: »Es gibt buchstäblich Hunderte verschiedener Schießpulver. Wir haben die Spuren einer verhältnismäßig ungebräuchlichen Sorte an der Kleidung des Opfers in der Nähe der Einschußwunde festgestellt.«

Die Reporter wurden stiller.

»Es gibt weniger als ein Dutzend Geschäfte in der Stadt, in denen diese Sorte Pulver erhältlich ist. Der Besitzer eines dieser Geschäfte war bereit zu bezeugen, daß er Mr. Crosetti einige Tage vor dem Verbrechen ein Jagdgewehr mit einer kleinen Menge Munition verkauft hat. Nein!« Damit kam Krisbaum einer weiteren Frage zuvor. »Wir haben weder die Waffe noch die Munition in Mr. Crosettis Wohnung oder anderswo gefunden. Und seine Anwältin gestattete uns nicht, ihn in dieser Angelegenheit zu vernehmen.« Er verzog spöttisch den Mund. »Oder vielmehr belehrte sie ihn über sein Recht, Stillschweigen zu bewahren, und er entschloß sich, von diesem Recht Gebrauch zu machen.«

Danny hatte weder mich noch Krisbaum benötigt, sich über seine Rechte belehren zu lassen.

»Es ist jammerschade, daß Mr. Crosetti nicht Gelegenheit hatte, sich im Gerichtssaal zu verteidigen…« Mit einem Taschentuch betupfte sich Krisbaum die glänzende Stirn. Das war gut. Auf dem Bildschirm würde das wie Unsicherheit wirken. »Doch in der Frage einer Weiterführung der Ermittlungen mußten wir einen Entschluß nach dem vorliegenden Beweismaterial fassen. Dabei mußten wir auch auf die vielen anderen Ermittlungen Rücksicht nehmen, die wir im Interesse der öffentlichen Sicherheit durchzuführen haben.«

Über einige ruhiger gestellte Fragen hinweg schrie jemand: »Lassen Sie zur Zeit überhaupt noch an dem Fall Lefevre arbeiten?«

Krisbaum hob die Arme. »Ich bin doch hier, nicht wahr?«

Die Stimmen der Fragesteller wurden wieder lauter. Alle redeten durcheinander. Die Männer mit den Minikameras krochen geduckt um den Tisch, auf der Suche nach einem besseren Blickwinkel. Aber in den nächsten zehn Minuten wurde nur mehr oder weniger dasselbe wie in den ersten beiden Minuten noch einmal durchgekaut: Nach Überzeugung der Behörden habe Daniel Crosetti jedenfalls John Lefevre ermordet und danach Selbstmord begangen. Weitere Ermittlungen wären nur eine Verschwendung der begrenzten finanziellen Mittel des Polizeiapparats.

Von meinem unauffälligen Standpunkt an der Tür beobachtete ich den FBI-Agenten mit den Grübchen. Er lehnte mit gekreuzten Armen an der Wand. Sein Gesicht zeigte neben einer Andeutung der Grübchen eine solche böswillige Genugtuung, daß meine Enttäuschung in flammende Empörung umschlug.

Ich trat durch den Türrahmen ins Zimmer. »Da gerade von den begrenzten finanziellen Mitteln des Polizeiapparats die Rede ist, warum hat dann der FBI einen Undercover-Agenten eingesetzt, um eine legitime, über alle Zweifel erhabene, angesehene politische Organisation auszuspionieren?«

Reporter wandten ohne sonderliches Interesse die Köpfe. Doch als sie mich erkannten, kamen sie alle gleichzeitig auf mich zu. Aufgeregt machten die Fernsehjournalisten ihren Kameraleuten Zeichen.

Kühl sagte die Unterstaatsanwältin: »Ich bin nicht in der Lage, Fragen zu beantworten, die außerhalb der Sphäre meines Amtes und meiner Kenntnisse liegen. Das wäre für heute alles. Für Standaufnahmen stehe ich noch zur Verfügung.«

Aber die Reporter hatten, wenigstens im Augenblick, jedes Interesse an ihr verloren. Ich blinzelte in das blendende Blitzlicht der Fotografen, die ihre Apparate alle auf mich gerichtet hielten.

Die Ermittlungen einzustellen, damit Crosetti ein für allemal als Mörder gebrandmarkt war!

»Wenn der FBI sich weigert, den Hintergrund und die Ergebnisse seiner monatelangen Ermittlungen preiszugeben, wie kann dann Ihr Büro feststellen, wer außer Dan Crosetti noch ein Motiv für die Begehung dieses Verbrechens hatte?«

Reporter schrien auf mich ein. Die Frage, die ich in dem allgemeinen Lärm heraushörte, lautete: »Warum hat Crosetti es getan?«

Mein Gott, hatten sie denn nicht mitgekriegt, was ich eben gesagt hatte? »Er *hat* es nicht getan! Dan Crosetti war ein leidenschaftlicher Pazifist. Gewalt widersprach völlig seinen Grundsätzen.«

Neuer Lärm, eine weitere, alles übertönende Frage: »Warum hat er dann ein Gewehr gekauft?«

»Aus Schmerz und Verzweiflung. Aber er hat es nie benutzt! Er hat es in die Bucht geworfen.«

»Wenn er es nicht war, warum hat er dann Selbstmord begangen?«

Ich starrte die Reporter an. Vor meinen Augen stieg das Bild Dannys in der Badewanne mit dem roten Wasser auf. Plötzlich schob sich eine Asiatin in einem roten Kostüm durch die Phalanx und stürzte auf mich zu. Ich trat zurück, an die Wand gedrängt.

Die Reporter kamen mir noch einen halben Schritt näher. Atemlos schrien sie mir in verschiedenen Variationen die gleichen Fragen zu: *Warum hat Crosetti Selbstmord begangen? Warum hat er sich die Pulsadern geöffnet, wenn er unschuldig war?* Die Frau in Rot schüttelte langsam wie ein Orakel den Kopf. Warum hat er Selbstmord begangen, wenn er unschuldig war?

»Hören Sie«, sagte ich flehend, »ist das nicht ganz klar? Verstehen Sie denn nicht, warum Dan Crosetti Hand an sich legte? Das Leben hatte für ihn keinen Sinn mehr. Er war ein Krüppel, er hatte keinen Penny Geld, und ihm drohte die lange Qual eines Strafprozesses.«

Meine Stimme verlor ihren Klang, ich hörte, wie sie immer schriller wurde. »Ich möchte hinzusetzen, das alles passierte nach einer Verhaftung ohne jeden Beweis. Während der FBI die Wahrheit unter dem Schwulst an Nixon erinnernder Rhetorik vergrub, zerstörte er Dan Crosettis Ruf – praktisch das einzige, was ihm geblieben war. Wenn Crosetti vor Gericht gestanden hätte, hätte der FBI der Gerechtigkeit nicht länger in den Arm fallen können. Nun aber kann der FBI der Polizei und dem Distriktstaatsanwalt weiterhin entscheidende Informationen vorenthalten.«

Die Menge verschwamm vor meinem Blick. Ich fühlte Tränen aufsteigen. Ich spürte, wie ich zitterte. »Mit Hilfe von Manipulation und Irreführung erklären sie den Fall einfach für abgeschlossen – für ›ruhend‹ in ihrer Terminologie – zum Teufel mit Crosetti! Die Regierung hat sich einen Dreck um den lebenden Crosetti gekümmert, und sie kümmert sich jetzt einen Dreck um den toten. Sie kümmert sich auch einen Dreck um den ersten Verfassungszusatz. Sie kümmert sich einen Dreck um die Bürgerrechte oder um die Behinderten. Sie behandelt Dan Crosetti wie lästigen Abfall. Und dann klopft sie sich auf die Schulter, weil es ihr gelungen ist, die Kinder zum Flaggengruß zu zwingen.«

Mein Gott, ich hatte verspielt.

Ich blinzelte, bis ich wieder klar sehen konnte. Die Reporter schauten mich ungläubig, aber höchst zufrieden an. Ich hörte fast, was sie dachten: Großartiges Filmmaterial!

Die Unterstaatsanwältin blickte wütend drein. Der FBI-Agent grinste unverhüllt.

Vor mir schwoll der Krach wieder an. Mir wurden weitere Fragen gestellt. Doch ich zog mich zur Tür zurück und verließ das Zimmer. Mein Ausbruch würde nicht dazu beitragen, Dannys Namen von Schimpf und Schande zu reinigen. Tatsächlich hatte ich dadurch, daß ich wilde Anklagen in die Gegend schleuderte – sogar gegen den *Flaggengruß,* man denke! –, mich und damit auch Danny als unpatriotische Hitzköpfe dargestellt.

Und das alles vor den Augen der Kameras. Verdammter Mist!

12

In meiner Wohnung wartete Sandy auf mich. Schlaksig ging er im Wohnzimmer auf und ab, dabei sichtlich erregt. Als er hörte, wie sich die Tür hinter mir schloß, ging er auf mich zu und wollte wohl etwas sagen, blieb aber plötzlich stumm stehen.

Ich muß wohl erschrocken ausgesehen haben. Tatsächlich hatte ich vergessen, daß er ja immer noch einen Schlüssel besaß.

Er deutete zur Tür. »Dachte, du hättest nichts dagegen.« Doch er blieb auf der Hut.

Ich biß mir auf die Lippe. »Nein. Hast du Hal gefunden?«

Dünnes Haar fiel ihm in die Stirn. Er strich es ungeduldig mit seiner langen Hand zurück. »Nein.« Dabei knickte er in der Hüfte ein, so daß ich nicht mehr zu ihm hinaufzusehen brauchte. Sein Gesicht war ungewöhnlich gerötet. »Aber hör mal zu, Schatz! Das wird dir gefallen.«

In der vergangenen halben Stunde hatte ich Tränen der Kränkung zurückgehalten, um ihnen freien Lauf zu lassen, sobald ich allein war. Ich wünschte, Sandy hätte mir die Neuigkeit telefonisch mitgeteilt. Ich ging an ihm vorbei, schleuderte die Pumps von den Füßen und sank auf die Couch.

Er sah mir zu, und Falten erschienen auf seiner Stirn. »Die Lücke in Lefevres Lebenslauf... sein sechsmonatiges Fernbleiben vom Dienst... ich weiß jetzt, wo er war.«

Ich hörte kaum hin. Konnte mich aus dem erstickenden Griff meiner Demütigung nicht befreien. Nicht einmal, wenn es um Danny ging. »Lefevre? Wo denn?«

Sandy nahm neben mir Platz und legte seinen sehnigen Arm um mich. »Direkt hier in der Stadt.«

»Und was hat er gemacht?«

»Rauschgift genommen. Nach meiner Quelle wie ein Hippie in den sechziger Jahren. Und hör dir mal das an: die Nachbarn – Lefevre wohnte in der Nähe des Pfannenstiels, hinter Haight – sie kannten ihn als John Jones. Mr. Jones!«

Ich schaute Sandy an und roch sein Rasierwasser. Mit ihm zusammen auf der Couch zu sitzen, das war so vertraut, das verbürgte Sicherheit. Als hätte er die Uhr drei Jahre zurückgestellt. Eigentlich wollte ich gar nichts über Lefevre hören. Das störte ja nur das behagliche Vergessen der Gegenwart.

»Weißt du noch, als wir nach Big Sur fuhren, um zusätzliches Beweismaterial im Fall der Kommerzbank zu holen, Sandy? Die beiden Lamborghinis?«

Plötzlich verstummte er. Wir hatten damals ein gemeinsames Zimmer genommen. Daran hatte ich eben nicht gedacht.

»Mr. Jones«, erinnerte ich ihn.

»Sieht so aus, als hätte Lefevre...« Sandys Arm legte sich fester um mich.» Natürlich kann ich mich noch an Big Sur erinnern.«

»Die Treibholzskulpturen.«

Ein kleines Lächeln umspielte seinen Mund. »Sicher. Das war es.«

»Sieht so aus, als hätte Lefevre was?«

»Als hätte Lefevre ...« Er schüttelte leicht den Kopf, wie um seine Gedanken zu klären. »Als hätte er eine leichte Identitätskrise zu bewältigen gehabt.«

»Danny glaubte fest daran, daß Lefevre aufrichtig war. Er hat den Leuten von der Vermittlungsstelle gesagt, selbst wenn Lefevre als Undercoveragent gekommen wäre, so habe er sich schließlich doch zu ihrer Überzeugung bekehrt.«

Sandy war deutlich verunsichert. »Na ja, weißt du, ich würde diese Sache mit Jones nicht unbedingt als Beginn einer politischen Bekehrung deuten. Schon gar nicht allein auf Crosettis Aussage hin. Ich meine, bei Crosetti war es Wunschdenken. Er wollte nicht zugeben, daß er sich hatte reinlegen lassen. Und vergiß nicht, daß Lefevre zum Fibbie zurückgegangen war!«

»Wie lautet denn deine Theorie?« Ich hatte es nicht gewollt, aber es klang wie eine Herausforderung.

Sein Arm glitt von meiner Schulter. Er rutschte ein Stück zur Seite. »Ich hab dir mal erzählt, daß ich Lefevre vor langer Zeit oberflächlich kennengelernt hatte. Damals war er eine Art Sonderling – diese Manuskripte, die er schrieb. Daß er Regierungsbeamter wurde, muß ihn ja nicht unbedingt geheilt haben.«

»Du meinst, er sei etwas verrückt geworden.«

Sandy sackte in sich zusammen. Mit der Hand fuhr er über die Stelle, an der er sich zwei Kugeln eingefangen hatte. »In meinem Beruf leiste ich auch ab und zu Undercover-Arbeit und lüge den Leuten etwas vor – irgendwie muß man ja an Informationen herankommen, stimmt's? Und ich sage dir, so was hinterläßt Spuren.« Er blinzelte wiederholt, als sei diese Einsicht schwer zu verdauen. »Das ist so: man redet sich ein, daß man an das System glaubt. Und dann schmeichelt man sich bei jemandem ein und erringt sein Vertrauen, damit er einem was erzählt – persönliche Dinge. Danach dreht man sich um und übergibt alles einem Anwalt, und der geht hin und kreuzigt ihn mit dem Material. Alles schön und gut – man tut's ja für eine gute Sache und zum Besten der Strafjustiz. Man beschafft den zwölf guten Menschen in der Jury Informationen und überläßt ihnen dann die Entscheidung, stimmt's? Nur daß du dir tief im Inneren wie ein Stück Scheiße vorkommst.«

Obwohl ich ihn von solchen Gefühlen noch nie hatte sprechen hören, war ich nicht überrascht. Ich hatte zu oft sein verkniffenes Gesicht mit der umwölkten Stirn gesehen, wenn er mir seine Berichte über Zeugen aushändigte, die ich ›kreuzigen‹ wollte. Ich hatte ihn im Gerichtssaal beobachtet, als ich eine Frau mit Hilfe von Informationen vernichtete, die er aus ihren Freundinnen herausgekitzelt hatte.

»Wenn ich mal etwas dazu sagen darf, als die clevere Anwältin, die Zeugen ›kreuzigt‹...«

»Ich habe dich damit nicht angreifen wollen.«

»Ich fühle mich auch manchmal wie ein Stück Scheiße. Aber deswegen schnappe ich doch nicht über. Man hat ja seine psychologischen Abwehrmechanismen. Und ich möchte mit dir wetten, daß Lefevre darin so stark war wie nur irgendeiner.« Meine Stimme klang rauh und bitter. »Ja, stärker noch, seit er für die Scheißregierung arbeitete.«

Aus schmalen Augen sah Sandy mich forschend an.

»Du möchtest einfach lieber glauben, daß Lefevre verrückt war, als daß ihn Dan Crosetti zum Pazifismus bekehrt hatte.«

»Ich weiß nicht, ob da ein Unterschied besteht.« Er stand auf und schaute mit bleichem, finsteren Gesicht auf mich hinunter. »Ich hab das Gefühl, unser Gespräch schweift ins Persönliche ab, und ich weiß gar nicht, warum.«

»Du warst von 1968 bis 1974 Cop.«

»Ja. Und?«

Auch ich stand auf. »Glaubst du, daß die Nationalgarde das Recht hatte, Crosetti zu überfahren?«

Bedächtig schüttelte Sandy den Kopf – aber, wie mir schien, nicht als Antwort auf meine Frage. »Du verwendest Crosetti als eine Art Säuretest. Wem zum Teufel soll das nutzen?« Er hob die Hände, die Handflächen nach außen gekehrt. »Ich will mit dir nicht über Dinge streiten, die ohne Bedeutung sind.«

»Für mich sind sie von Bedeutung!« Und nun strömten bei mir die Tränen.

Eine Zeitlang stand Sandy nur da und sah mich an. Dann sagte er flüsternd: »Schatz, was ist denn los?«

Ich wandte mich ab. »Sieh dir die Sechs-Uhr-Nachrichten an!«

13

Ich stellte den Fernseher nicht an und ging nicht ans Telefon. Ich hatte auf den Anrufbeantworter umgeschaltet. Meine Probleme bekämpfte ich auf dieselbe beschissene Art wie immer: ich trank.

Die Flasche in der Hand, wanderte ich in Schlangenlinien durch die Wohnung und warf feindselige Blicke auf meine Ausstellungsmöbel, meine Lithografien und Collagen. Mit dem Geld, das ich allein für den Teppich ausgegeben hatte, hätte Crosetti zwei Jahre lang die Miete bezahlen können. Rechnete man den Beistelltisch dazu, hätte er sich sogar irgendwo eine nette Wohnung leisten können.

Ich wollte mich damit rechtfertigen, daß ich häufig unentgeltlich gearbeitet hatte, aber das war ja nicht zu meinen, sondern zu Lasten der Firma gegangen.

War ich etwa nicht berechtigt, mir einen gewissen Luxus zu gestatten? Immerhin steckten darin die körperlichen und seelischen Energien von sechs Jahren Arbeit (sogar acht, wenn ich meine Angestelltentätigkeit am Obersten Gerichtshof des Staates und mein Jahr bei der US-Staatsanwaltschaft mitzählte). Ich hatte meine Zeit produktiv verwendet – mußte ich denn mein Einkommen auch produktiv verwenden? Ich hatte dafür auf vieles verzichtet. Durfte ich es nicht nach Lust und Laune ausgeben?

Aber zum erstenmal verstand ich jetzt, was Hal an meinem behaglichen Wohlstand abgestoßen hatte. Er hatte im Leben zu viele Dan Crosettis kennengelernt.

Ironie des Schicksals, daß ich mich ausgerechnet jetzt, nachdem Hal verschwunden war, mit ihm auf gemeinsamem Boden wiederfand.

Liebevoll die Stoli-Flasche umklammernd, sank ich auf die Couch.

Konnte sein, daß ich heute abend, als ich die aufgeblendeten Autoscheinwerfer auf das verworrene Laubwerk im Golden Gate Park gerichtet hatte, ohne mein Wissen in nächster Nähe von Hal gewesen war.

Allerdings bot es von vornherein nur Außenseiterchancen, durch den Park zu gondeln. Von einem Ende der Stadt zum anderen gab es ein Dutzend Parks. In Golden Gate und Land's End verkrochen sich allein Hunderte von Obdachlosen, hatte Sandy gesagt.

Meistens hatte Sandy in düsterem Schweigen neben mir gesessen, entschlossen, mich vor allen lauernden Gefahren zu bewahren. Oft murmelte er verdrossen ein paar Worte vor sich hin: *Schlechte Arbeit für 'nen Detektiv. Mir sinnlos die Nacht um die Ohren gehauen. Eine verdammt blöde Idee.* Er hatte mir den Rat gegeben: »Du mußt ihn tagsüber suchen. Dort, wo er sich früher am Tage aufzuhalten pflegte.«

Aber auf den Grasflächen der benachbarten Parks lag Rauhreif. Im Licht der Straßenlaternen glitzerte er wie verstreuter Zucker. Und in allen Parks, vom eleganten Huntington bis zum schäbigen McLaren, hatten sich Männer und Frauen auf trockenen Fleckchen Erde niedergelegt und mit Müllsäcken, Zeitungen und alten Wolldecken zugedeckt.

»Schatz, du machst dich nur selber verrückt. Möglich, daß Hal schon vor Stunden eine Unterkunft gefunden hat.«

Aber ich hatte Hal auf der Krankenstation gesehen, Sandy nicht. Im Verlauf von zwei Tagen konnten Hals Lebensgeister nicht so weit wiederhergestellt sein. Diese Zeit reichte bei weitem nicht aus.

Doch schließlich mußte ich mich geschlagen geben. Ich war zu müde zum Autofahren geworden.

Sandy wollte bei mir bleiben, aber ich sagte nein. Ich hatte genug von der Stimme der Vernunft. Lieber eine Flasche, jederzeit.

14

Bei Morgengrauen erwachte ich mit Magenkrämpfen. Mein erster Gedanke war wie schon oft: *Du bist auf dem besten Weg, Alkoholikerin zu werden.* Hoffentlich würde diese Angst vergehen, wenn der Kater mich am Wickel hatte.

Sandy hatte mir übrigens versprochen, die Suche nach Hal fortzusetzen. Ein schwacher Trost.

Ich aber mußte etwas für Dan Crosetti tun. Etwas, das die Würde meines Berufs von mir verlangte.

Ich mußte auch etwas gegen die Lawine unerledigter Sachen auf meinem Schreibtisch unternehmen. Einige Tage Warten auf ein paar richterliche Urteile würden eine multinationale Bank zwar noch nicht in den Bankrott treiben, aber das war nicht der springende Punkt: Als Anwältin hatte ich die Pflicht, meinen Mandanten finanzielle Verluste zu ersparen.

Ich wußte, was mich in der Firma erwartete: das befangene Schweigen der Kollegen, die mich gestern, live oder in den Elf-Uhr-Nachrichten, bei der Pressekonferenz schreien gehört hatten, der Zorn des Pillen schüttelnden Doron White, vorsichtige Anfragen konservativer Klienten. Und natürlich das Übliche: wütende Anrufe von Leuten, die ihre Bürgschaften in Gefahr sahen, Drohungen bei Konferenzen, in Fluren und Gerichtssälen, deren ich mich zu erwehren hatte, Schriftsätze, die keinen rechtlichen Sinn ergeben wollten, obwohl sehr viel Geld auf dem Spiel stand.

Um zehn vor acht durchschritt ich die Empfangshalle unserer Bürosuite. Ich ging schnell. Ich war gut in meinem Job, aber über Unglück kam ich schwer hinweg.

Beim Betreten des Flurs erspähte ich durch die offene Tür des Konferenzzimmers die Firmenpartner. Sechs waren damit beschäftigt, in verschiedenen Stadien der Verärgerung oder des Trübsinns die Kopien irgendeines Dokuments zu studieren. Einer erblickte mich und machte Doron White ein Zeichen. White stand auf, ging energisch zur Tür und knallte sie mir vor der Nase zu.

Dann saß ich in meinem Bürozimmer, ohne viel zu tun. Nach sechs Jahren hätten sie ja wenigstens so anständig sein und mir offen ihre Meinung sagen können, statt mich einfach auszusperren.

Schließlich sah ich die Telefonmitteilungen durch. Die meisten stammten von Reportern. Ich ordnete sie zu einem säuberlichen Häufchen. Vielleicht würde ich sie später anrufen. Das hing davon ab, was die Partner auskochten. Möglicherweise hatte ich ohnehin nichts mehr zu verlieren.

Die übrigen Mitteilungen waren entweder geschäftlicher Natur oder Anrufe von Freunden Crosettis.

Davon gab es drei: einen von Keith Asimov, einen von Barbara Nottata und einen von Mark Bresenzcy, bei dem meine Sekretärin zugesetzt hatte: ›Anwalt aus der Vermittlungsstelle.‹

Die Tür öffnete sich, und Doron White kam herein. Er schaute sich im Zimmer um, als nähme er Maß für neue Teppiche. Er setzte sich nicht. Er sagte: »Ich habe dir gestern angekündigt, daß ich die Partner zu einer Konferenz einberufen würde, um über deine Benutzung von Firmenräumen zu einer ungenehmigten Pressekonferenz zu diskutieren.«

White hatte gehofft, Crosettis Ende bedeutete auch das Ende unseres Machtkampfs. Meine Pressekonferenz war ihm wie ein Dolchstoß in den Rücken vorgekommen.

Müde wiederholte ich noch einmal meine gestrige Stellungnahme: »In Sachen eines Mandanten ist für die Benutzung von Büroraum keine Genehmigung erforderlich.«

»Mr. Crosetti ist, seit er nicht mehr unter den Lebenden weilt, kein Mandant mehr. Du kannst kaum behaupten, nach seinem Ableben noch seine Interessen zu verteidigen.«

White sah aschfarben und eingefallen aus, so fahl wie sein mausgrauer Anzug. Wieder zog er die Herztabletten hervor. Diesmal sah es allerdings so aus, als ob er sie wirklich nötig hätte.

Seine Augen funkelten, vor Zorn oder aus Selbstmitleid. »Man hat mir zu einem Kurzurlaub geraten. Ich bin trotzdem heute hergekommen, weil ich des festen Glaubens bin, eine Vertagung der Partnerkonferenz sei nicht angebracht. Besonders« – er hielt inne, um ganz tief Luft zu holen – »nachdem ich deinen Auftritt in der Nachrichtensendung gestern abend gesehen habe.«

Ich merkte, wie ich rot wurde. Es war leicht, sich über diesen Pedanten lustig zu machen, aber er hatte einen Grund zu berechtigter Klage. Ich hatte Unehre nicht allein über mich gebracht. Etwas färbte auch auf die Firma ab, die White in dreißig Jahren aufgebaut hatte. »Du mußt entschuldigen, Doron. Ich war dabei, als Dan Crosetti starb. Er war ein Freund von mir – und er war unschuldig. Das hat mich aus der Fassung gebracht.«

In den sechs Jahren, die ich hier zugebracht hatte, war dies die privateste Äußerung, die ich je getan hatte.

Er fühlte sich durchaus nicht geehrt. »Wir haben einen Kündigungsbrief entworfen. Darin ist in allen Einzelheiten aufgeführt, wann und wie die Wünsche der Firmenpartner an dich herangetragen und von dir mit Mißachtung übergangen wurden! Eine vollständige und, wie ich meine, erschöpfende Darstellung der Gründe für deine Entlassung.«

Entlassung, oh Gott! »Mit Wirkung von welchem Datum?«

»Mit sofortiger Wirkung. Wir haben die Bedingungen ausgearbeitet, zu denen eine Abfindung in Höhe von sechs Monatsgehältern gehört.«

Sechs Monatsgehälter – weit mehr als üblich. Die Firma würde durch mich mehr als tausend honorarfähiger Arbeitsstunden verlieren – ein Einkommen von 185.000 Dollar. Plus die Abfindung von etwas mehr als 80.000 Dollar.

Ich hatte nicht geahnt, daß es für White so wichtig war, mich rauszusetzen. Daß er den Ärger, den ich ihm einbrachte, so hoch einschätzte.

Ich schlug zurück: »Meinen Mandanten ist es gleichgültig, wo ich meine Pressekonferenzen abhalte, Doron. Sie wissen nur, daß ich ihre Anträge erfolgreich durchboxe. Wenn ich wollte, könnte ich ein halbes Dutzend Bankklienten mitnehmen.«

Doron preßte die Lippen so fest aufeinander, daß sie beinahe ganz verschwanden. Seine Nasenflügel bebten. Er sagte aber nichts, sondern schüttelte nur den Kopf.

»Doron...« Ich schlug einen bittenden Ton an. »Ich erwartete eine Partnerschaft – und keinen goldenen Fallschirm.«

Er konnte es einfach nicht glauben. »Partnerschaft? Partnerschaft bedeutet Zugehörigkeit zu einer eingeschworenen Mannschaft. Du bist keine Mannschaftsspielerin. Du bist eine Primadonna. Und wir haben es satt, uns...«

»Primadonna! Du warst es doch, der mich aus dem Urlaub zurückgeholt hat, damit ich den Mordfall im Juracollege übernehme. Vergiß das nicht, Doron! Wenn ich eine Menge Aufsehen erregt habe, so lag das in der Natur meiner Fälle – und die gehörten zu meinen Aufgaben. Ich habe nie etwas Derartiges geplant.«

Aus verkniffenen Augen sah er auf mich herab. »Wenn du das so ausschlachten willst, Laura, in Ordnung. Aber nach den unverantwortlichen, möglicherweise beleidigenden Äußerungen, die du gestern – in der Öffentlichkeit! – getan hast, wird es uns kaum jemand verübeln, wenn wir deinen Namen von unserem Briefkopf entfernen.«

Vermutlich nicht. »Ich will mit Anstand gehen, Doron.«

»Von mir aus – vorausgesetzt, du gehst heute.«

15

Meine Sekretärin Rose kam weinend herein. Sie war angewiesen worden, keine Anrufe zu mir durchzustellen. Es bedurfte einiger rauher, aufmunternder Worte, um sie wieder aus dem Büro zu bekommen. Sie hätte Besseres verdient, wie ich wohl wußte. Sie machte sich um mich Sorgen, und sie fürchtete um ihre eigene Stellung. Manche Leute werden im Unglück großmütig und mitfühlend. Ich offenbar nicht.

Ich überblickte die Aktenstapel, Abschriften, Vernehmungsprotokolle und Kreditdokumente auf dem Schreibtisch. Daß ich sie nicht bearbeiten durfte, ging mir gegen den Strich. Ich läutete Rose an. »Ich brauche eine vollständige Liste aller Fälle, an denen ich in den vergangenen sechs Jahren gearbeitet habe, und ein alphabetisches Verzeichnis der Klienten.«

Ihre Stimme kam flüsternd aus der Wechselsprechanlage. »Wenn man mich dabei sieht, ist das okay?«

»Fang einfach an! Wenn jemand sich darüber beklagt, kannst du ihn zu mir schicken.« Das Dienstverhältnis war ›mit sofortiger Wirkung‹ beendet. Das hieß wohl, daß ich ihr keine Anweisungen mehr geben durfte.

Ihre Worte waren kaum noch zu hören. »Da sind ein paar Leute im Empfang. Ich glaube, sie wollen zu dir. Mr. White spricht gerade mit Ihnen. Es geht sehr laut zu. Ich glaube, er will sie wegschicken.«

Vermutlich Reporter. Wahrscheinlich tat White mir damit sogar einen Gefallen. Dennoch ...

Ich ging an Roses Zimmer vorbei zum Empfangsschalter. Der junge Schmetterling von einer Empfangsdame war vor Schreck erstarrt, flatterte mit den Lidern und schaute auf die Tür.

Da standen drei von Crosettis Freunden aus der Vermittlungsstelle. Sie sollten anscheinend gerade auf höfliche Weise vor die Tür gesetzt werden.

Keith Asimov stand beinahe Nase an Nase vor White. Sein Hals wölbte sich vor wie bei einer Eidechse, die ihr Revier verteidigt. Zwei Schritte hinter ihm standen Barbara Nottata und Mark Bresenzcy, ebenso entschlossen, wenn auch weniger kampflustig.

Asimov sagte gerade: »Die Angelegenheit, in der ich sie sprechen will, ist *meine* Angelegenheit. Was bilden Sie sich überhaupt ein, daß Sie...«

Doron White umklammerte den Anzugstoff über der Tasche, in der das Fläschchen mit den Herztabletten steckte. »Ich versuche Ihnen gerade zu erklären, daß Miß Di Palma nicht mehr bei uns ist.«

»Scheißdreck!« sagte Asimov wütend. »Als ich ihr eine Mitteilung zukommen ließ...«

»Wenn Sie mich sprechen wollen«, ich mußte die Stimme erheben, um mich verständlich zu machen, »kommen Sie bitte in mein Büro!«

White fuhr herum, das Gesicht rot angelaufen, die Augen weit aufgerissen. Erst sah er mich an, dann die verdatterte junge Empfangsdame. In der Öffentlichkeit ausgetragene Machtkämpfe gehörten nicht zu seinem Stil. Er zog sich zu einer Marmoranrichte zurück und stocherte mit den Fingern zwischen einigen in Folien verpackten Godivas auf einer Silberplatte herum.

Ich winkte den dreien, mir zu folgen. Verdammter Doron! Weist meine Klienten ab und unterbindet Anrufe für mich! Glaubte er wirklich, er könnte mich von der Außenwelt abschließen?

Ich führte Dannys Freunde in mein Zimmer und bot ihnen die roten Ledersessel an. Dann setzte ich mich an den Schreibtisch und schob Papiere weg, die mich nichts mehr angingen.

Ich wußte, was diese Leute wollten. Sie wollten Einzelheiten über Dan Crosettis Sterben hören, einen rührenden, blutgetränkten Augenzeugenbericht. Etwas, an das sie sich klammern konnten, das wirklichkeitsnäher war als ein glatter Zeitungsartikel.

Es war das letzte, worüber ich zu sprechen wünschte. Doch sie hatten wohl ein Anrecht darauf.

Barbara Nottata brach das Schweigen. »Wir haben Sie in den Nachrichten gesehen und haben uns gefreut, daß Sie Danny in Schutz genommen haben.«

Ich sah sie blinzelnd an. Mit ihren gelackten Nägeln und der gebügelten Kordjacke sah sie aus, als käme sie aus der realen Welt. Hatte ihr mein wirkungsloser Zornesausbruch tatsächlich gefallen?

Sie schien etwas verstimmt. Vielleicht zeigte ich meine Abneigung zu deutlich. »Im übrigen wollen wir Ihnen unsere Mitarbeit anbieten.«

Ich hätte beinahe laut aufgelacht. Ich sollte Dannys Mitarbeiter erben!

Mark Bresenzcy reckte die schmalen Schultern und fügte hinzu: »Ich würde gern für Sie die juristische Seite prüfen. Ich habe im Juli zum zweiten Mal das Examen abgelegt. Vieles ist mir noch frisch im Gedächtnis. Über das Gesetz für den ungehinderten Zugang zu Informationen weiß ich allerdings nichts, könnte aber feststellen, ob es eine Möglichkeit gibt, Dans FBI-Akte zu erhalten.«

Er hatte das juristische Examen abgelegt? Vielleicht besaß er wirklich Fähigkeiten, die sich für mich als nützlich erweisen konnten.

Ich griff nach dem gelben Notizblock und schrieb die Nummern einiger gesetzlicher Vorschriften und die Namen mehrerer Prozeßfälle auf. »Fangen Sie damit an! Ich glaube zwar, daß nur die Person, gegen die eine Ermittlung im Gange ist, das Recht hat, Einblick in ihre

Akte zu verlangen. Aber Sie können ja prüfen, ob es einschlägige Gerichtsurteile dazu gibt, ob der gesetzliche Vertreter eines Verstorbenen – Anwalt oder nächster Verwandter – Zugang erhält.«

Dann riß ich das Blatt ab und beugte mich über den Schreibtisch, um es ihm zu geben. Er stand auf und nahm es entgegen. Beim Zurückgehen stieß er gegen die zickzackförmige Armlehne des Hartholzsessels und schnappte nach Luft.

»Ich habe einige Angestellte damit beauftragt, die Möglichkeit zu erkunden, wie wir an Informationen über Lefevre herankommen könnten. Aber das ist vermutlich jetzt vergebliche Liebesmüh, da der Beschuldigte nicht mehr aktiv...« Ich stockte und schob ein paar Akten zurecht.

Mark Bresenzcy hatte zu seinem Ledersessel zurückgefunden. »Wenn Sie mir sagen, an wen ich mich wenden soll, kann ich feststellen, wie weit sie gekommen sind.«

»In unserer Bücherei – fragen Sie nach Sarah oder Peter!« Die Akten vor mir trugen auf ihren Etiketten Aufschriften wie *Investitionsberatungsgruppe gegen Smoot und Does, Zweite Continental-Bank gegen Borstmann Properties, Hickman, Lyman, Peterson gegen Bay Coast Factor.* Wollte ich Doron White wirklich diese Klienten abspenstig machen?

Zögernd ergriff Barbara Nottata das Wort. »Ich meine es ernst. Auch ich könnte mich Ihnen nützlich erweisen. Ich war einige Jahre Krankenschwester.«

Ich blickte von den Akten auf und sah, daß sie mich mit vorgeneigtem Kopf aufmerksam betrachtete. Sah ich krank aus? »Ich wüßte nicht, was...?«

»Falls die Umstände von Dans Tod noch umstritten sind, könnte ich Ihnen den Bericht des Coroners erklären.«

»Es dauert mindestens noch eine Woche, bis er die Berichte abgefaßt hat. *Falls* sie bis dahin die mikroskopische und toxikologischen Untersuchungen beendet haben.« Und verdammt noch mal, ich brauchte keine Erklärerin für diese Berichte. Ich wußte jetzt schon, was darin stehen würde.

»Aber die Obduktion? Die ist doch sicherlich schon erfolgt.«

»Ja. Sehen Sie...« Es wäre schön, wenn man daran glauben könnte, daß jemand von der Straße hereingekommen wäre und Dan Crosetti ermordet hätte. Viel schmerzlicher war es, sich seine wachsende Verzweiflung und Qual vorzustellen und anzunehmen, daß Dannys Selbstmord den Schlußstrich unter achtzehn Jahre währende Leiden bedeutete. »Er hat aber Selbstmord begangen. Daran besteht überhaupt kein Zweifel.« War ich verpflichtet, ihnen die Einzelheiten zu schildern?

Dieser Ansicht schien Asimov zu sein. »Woher wollen Sie das so genau wissen? Wir haben ihn noch zwei Stunden vorher gesehen!« Seine zitternde Hand beschrieb einen großen Bogen. »Er hat noch Pläne gemacht. Er war...«

»Das stimmt«, sagte Barbara. »Langfristige Pläne.«

Sie waren Dannys Freunde gewesen, hatten ihm viel näher gestanden als ich.

Der angehende Anwalt verzog in deutlicher Mißbilligung den Mund.

»Pläne, in den Untergrund zu gehen?« Meine aufmunternden Worte hatten bei Danny anscheinend keinerlei Optimismus hervorgerufen. Um so mehr Grund für die Annahme, daß er Selbstmord begangen hatte.

Asimov rutschte auf dem Sessel weiter vor. »Können wir Sie ins Vertrauen ziehen? Ich meine, unterliegt es der Schweigepflicht, was wir Ihnen jetzt sagen?«

»Nein. Sie sind ja keine Klienten von mir.«

Genauer gesagt, ich wollte gar nichts mehr von ihnen wissen. Was konnte dabei Nützliches herausspringen, wenn ich von den verzweifelten Alternativen erfuhr, die Danny abgelehnt hatte?

»Sagen Sie mir bitte nichts, was Ihnen oder jemandem anders als illegale Tätigkeit ausgelegt werden könnte! Ich wäre verpflichtet, es der Polizei zu melden.«

»Danny kann man jetzt nicht mehr ins Gefängnis werfen«, sagte Barbara. »Wir können sie also ins Vertrauen ziehen.«

Mark Bresenzcy schüttelte den Kopf. »Es hat doch keinen Sinn, wenn...«

Ohne die Stimme zu erheben, sagte Barbara mit Überzeugung: »Doch! Wir müssen unsere Informationen austauschen. Daraus könnte sich etwas ergeben.«

Asimov sah mich fest mit leuchtendem Blick an. »Ich will keine anderen Namen nennen, aber Danny schmiedete ernstgemeinte Pläne. Er bereitete sein Verschwinden vor. Mit Barbara hat er die Einzelheiten besprochen.« Er machte eine Pause, um ihr Gelegenheit zu geben, bestätigend zu nicken. »Und ich kann Ihnen versichern, als ich mit ihm sprach, hat er nicht an Selbstmord gedacht.«

»Miß Di Palma«, sagte Bresenzcy fast ehrerbietig, »wenn Sie mit ihm gesprochen hätten, würden Sie Selbstmord ebenfalls für unglaubwürdig halten.«

»Aber ich habe doch mit ihm gesprochen. Ich sprach mit ihm durch die Badezimmertür, als er im Sterben lag. Was wollen Sie denn noch von mir hören? Was für einen Beweis verlangen Sie?«

»Was hat er zu Ihnen gesagt?« fragte Barbara Nottata mit ruhiger Stimme.

»Mein *Gott!*«

Voller Kummer und Enttäuschung: »Wenn Sie es uns nicht sagen, werden wir es nie erfahren.«

Sie waren Dannys Freunde gewesen. Sie hatten ihm viel näher gestanden als ich.

»Als ich hineinging...« Ich biß die Zähne aufeinander, bis es knirschte. Ich mußte mich zum Weitersprechen zwingen. »Danny tauchte gerade unter. Ich zog ihm den Kopf aus dem Badewasser. Da sagte er: ›Laß los!‹ Als er merkte, daß ich einen Krankenwagen rufen wollte, sagte er: ›Oh, nein.‹ Er wollte sterben, daran ist nicht zu zweifeln...«

Barbara Nottata unterbrach mich. »Ich war zwei Jahre lang Krankenschwester auf der Intensivstation. Bei hohem Blutverlust kann sich der Geist verwirren. Was ein Mensch dann sagt, ist nicht unbedingt ernst zu nehmen.«

»Ich habe fünf oder zehn Minuten lang mit ihm durch die Badezimmertür gesprochen. Er wirkte völlig vernünftig. Und er hat mich nicht um Hilfe gebeten.« Was war ich diesen Leuten überhaupt schuldig? »Sie wollen es vielleicht nicht wahrhaben, aber...«

Sie wurde rot und blickte auf die gefalteten Hände im Schoß. »Sterbende legen oft ein absurdes Verhalten an den Tag! Wir wollen Ihnen ja gar nicht absprechen, daß Sie Ihre Kenntnisse aus erster Hand haben. Es ist nur so, daß sie zu allem, was wir wissen, in Widerspruch stehen.«

»Dürften wir vielleicht fragen« – Bresenzcy sprach wieder in entschuldigendem Ton – »ob wirklich *alles* dort drin auf einen Selbstmord hindeutete?«

»Ja! Glauben Sie mir doch!« Ich sah einen nach dem anderen an. Ich wollte sie zwingen, mir zu glauben. Barbara beantwortete meinen Blick durch ein leichtes Kopfschütteln. Bresenzcy biß sich auf die Lippen und kniff die Augen zusammen. Asimov verzog ungläubig das Gesicht und sah mich finster an.

Barbara beugte sich vor. »Es gab überhaupt nichts, was

nicht ins Bild paßte, was nicht stimmte, was aus dem Rahmen fiel? Wirklich gar nichts?«

Oh Gott, was würden sie daraus folgern? »Doch, eins. Seine Krücken und die Prothese. Sie befanden sich nicht im Badezimmer. Und sein Rollstuhl stand auf dem Flur.«

Einen Augenblick lang waren sie völlig erstarrt. Auf diesen Sesseln, auf denen normalerweise nur Bankleute und Anwälte saßen, bildeten sie ein unwahrscheinlich wirkendes Dreigespann.

Barbara stellte ihre Frage, als ob sie darauf ernsthaft eine Antwort erwartete. »Wie ist Danny dann in die Badewanne gekommen?«

Die anderen warteten ab. Anscheinend erwarteten auch sie eine Erklärung.

»Ich habe keine Ahnung. Und wenn ich es wüßte, würde ich es nicht vorbringen.«

»Waren seine Kleider im Badezimmer?«

»Nein.«

»Er ist also nackt reingegangen?«

»Vermutlich.«

Auf ihren Wangen zeigten sich rote Flecken. »Wurden Splitter an seinem Körper festgestellt? Haben Sie schon mit dem Gerichtsmediziner gesprochen?«

Splitter! Der Fußboden in Crosettis Bad bestand aus bloßen Holzbrettern. Wenn Danny nackt darüber gekrochen wäre...

»Sie sind Krankenschwester? Hier in der Stadt?«

»Ich *war* Krankenschwester. Aber in Iowa.« Sie beugte sich weiter vor. »Selbst wenn der Gerichtsmediziner den Obduktionsbericht noch nicht herausgegeben hat, wird er Ihnen etwas sagen – Sie waren ja Dannys Anwältin. *Ihnen* wird er sagen, ob Splitter an ihm festgestellt wurden.« Es fehlte nicht viel, und sie hätte mich angefleht.

»In Ordnung. Ja, ich werde ihn fragen.« Ich hatte ja

schon mit ihm ein Treffen vereinbart. Aber Splitter... daran hatte ich überhaupt nicht gedacht.

Sie griff nach den Armlehnen ihres Sessels. »Wenn nämlich keine Splitter vorhanden wären... Was haben Sie gestern bei der Pressekonferenz der Staatsanwaltschaft gesagt? Wie schrecklich es sei, daß die Ermittlungen im Fall Lefevre ›ruhten‹? Könnten Sie da nicht den Hebel ansetzen, damit die Polizei den Fall wieder aufleben läßt? Indem Sie Zweifel erregen?«

Ich muß wohl genickt haben. Für mich bestanden keine Zweifel. Danny hatte Selbstmord begangen. Aber falls der Gerichtsmediziner etwas Entsprechendes zu sagen hatte, konnte ich tatsächlich Zweifel erregen. Dann mußte die Polizei die Ermittlungen im Fall Lefevre wenigstens so lange fortsetzen, bis sie die Sache mit den Krükken geklärt und Dannys Selbstmord nachgewiesen hatten. Dann war Schluß mit dem Scheißdreck vom ›ruhenden Fall‹.

16

Das hatte mir gerade noch gefehlt! In langsamer Prozession wallten die übrigen Mitarbeiter durch mein Zimmer. So saß ich den ganzen Vormittag und den größten Teil des Nachmittags herum, ertrug nervöse Sympathiebezeugungen und versicherte allen, daß ich von ihnen keinerlei Protestaktionen zu meinen Gunsten erwarte. (Und wenn, was hätte ich davon gehabt?) Ich kam mir vor wie bei meiner eigenen Totenwache.

Am liebsten wäre ich geflohen. Doch aus zwei Gründen unterließ ich es. Der erste war die Klientenliste, die Rose für mich tippte. Ich hatte keine Ahnung, was ich damit anstellen würde, aber ich wollte, daß Doron White davon erfuhr.

Der zweite war der Gerichtsmediziner. Ich war um vier Uhr nachmittags mit ihm verabredet und wollte im Büro sein, wenn er mich vorher anrufen sollte. Meine Bitte um Auskünfte sollte vollständig und unanfechtbar offiziell wirken. Sonst hätte ich mindestens noch eine Woche warten müssen, bis er seine Berichte geschrieben, abgetippt und der Öffentlichkeit zugänglich gemacht hatte.

Um drei Uhr dreißig hatte ich die Verzeichnisse meiner Fälle und Klienten in Händen und hatte Rose eine Aufstellung der Gegenstände im Zimmer übergeben, die mein persönliches Eigentum waren. Wenn White, Sayers & Speck mich mit dem Fallschirm abspringen lassen wollten, dann sollten sie, verdammt noch mal, auch das Bündel für mich schnüren. Ich warf die Rolodex in die Aktentasche und sagte dem Zimmer, das ich für meinen Platz im Leben gehalten hatte, Lebewohl.

Im Vorbeigehen winkte ich Rose zu. Ich beeilte mich, den Empfangssalon hinter mir zu lassen, bevor sie aufspringen, mich tränennaß umarmen und einige Datenverarbeiter oder Referendare auf mich aufmerksam machen konnte; bevor mein Weggehen sich in einen erneuten Chor von Mitleidsbekundungen und unbestimmten Verabredungen zum Essen verwandelte.

Kann auch sein, daß ich mir nur einbildete, es würde dazu kommen, weil mir die Vorstellung wohltat.

Jedenfalls schien es der Situation angemessen, daß ich ins Leichenschauhaus fuhr.

17

Das Amt des Coroners erwies sich als eins dieser wie gewohnt schäbigen graugelben Regierungsbüros. Hinter einem langen Pult saßen zwei Mitarbeiter an Schreibtischen. In ihrer gleichförmigen Aufmachung – blaue

Hose, weißes Oberhemd, blaue Krawatte – wirkten sie wie zwei brummige Beamte. Ein langer Raum, dessen hinterer Teil mit Aktenschränken und Regalen für die nach den Todesdaten jahrgangsweise gebundenen Untersuchungsberichte vollgestellt war. Einer der beiden Männer telefonierte. Er sagte gerade barsch: »Na, dann machen Sie's doch – rufen Sie meinen Vorgesetzten an!«

Sein Kollege beobachtete ihn und nahm keine Notiz von mir.

Der Beamte warf den Hörer auf und brummte. »Er ist tot! Was soll ich denn machen – ihn im Pizzakarton abschicken?«

Der Kollege lächelte ihn an. Schließlich kam er ans Pult. »Was kann ich für Sie tun?«

»Ich habe eine Verabredung mit Dr. Stiglitz.«

Er verrenkte sich den Nacken, als müßte er eine Savanne überblicken. Fünf Meter weiter erhob sich in einem Glasverschlag ein hochgewachsener Mann mit Hornbrille und gestreiftem gelben Hemd aus seinem Sessel. Der Kollege machte ihm ein Handzeichen.

Gleich darauf öffnete Dr. Stiglitz eine Tür und lud mich in die Welt hinter dem Pult ein. Abgesehen von Bezirken mit der Aufschrift ›Zutritt für Unbefugte streng verboten‹ und dem schwachen Geruch nach Karbolsäure hätte es jedes beliebige Regierungsbüro sein können.

Der Arzt führte mich an Schränken voller Akten und Notizen vorbei in seinen Verschlag. Auf dem Schreibtisch lagen haufenweise Fotos von Wunden.

»Nehmen Sie Platz, Miss Di Palma!« Auf seinem Gürtelschloß stand *Spokane Expo '74,* in der Hemdtasche steckten ein halbes Dutzend Tintenschreiber.

Ich kannte Dr. Stiglitz flüchtig von meinem letzten Strafprozeß. Er war ein freundlicher, entnervend pedantischer Mensch, der zu gern jede Quetschung oder

Schnittwunde liebevoll bis in die letzte Einzelheit zu beschreiben pflegte. Scheu lächelte er mich an und fuhr sich mit der Hand über ein paar ergrauende Stirnlocken.

Ich setzte mich auf einen Vinylstuhl ohne Armlehnen. »Soviel ich weiß, haben Sie die Obduktion an Dan Crosetti bereits vorgenommen.«

Stiglitz nickte. »Wir sind noch nicht ganz mit den Laborbefunden und der toxikologischen Untersuchung fertig. Aber im großen und ganzen...« Achselzuckend nahm er selber hinter dem mit Fotos übersäten Schreibtisch Platz. »Die Todesursache war Verbluten. Er hatte sich die Pulsadern aufgeschnitten.« Stiglitz deutete mit Zeigefinger und Handgelenk quer verlaufende Schnitte an. »Drei auf jeder Seite. Einer tiefer als der andere.«

Mein Blick schweifte zu einem an die Wand gehefteten Foto. Es zeigte eine stark angeschwollene Bißwunde. Rasch schaute ich wieder Stiglitz ins Gesicht. »Ich hätte gern erfahren, ob Sie an seinem Körper Splitter entdeckt haben.«

Er hob die Brauen. »Nun, wir haben mehr oder weniger Splitter an ihm erwartet. Oder wenigstens Schmutzreste von den Fußbodenbrettern, aber, hm...« Er zuckte die Achseln. »Das Badewasser könnte in die Haut eingedrungene Schmutzteilchen herausgespült haben.«

»Aber der Fußboden ist sehr rauh – müßte er sich nicht ein paar Splitter eingerissen haben? Außer dem Schmutzteilchen?«

»Ich würde das auch für wahrscheinlich halten. Aber all das könnte herausgespült worden sein, muß aber nicht.«

»Wenn es herausgespült wurde, müßten dann nicht Rückstände in der Badewanne geblieben sein?«

»Möglicherweise. Oder im Abfluß beziehungsweise am Sieb.«

»Haben Sie so etwas entdeckt?«

»Nichts, was der Rede wert wäre. Aber es ist ja auch eine Menge Wasser ausgelaufen. Es könnte alles mitgeschwemmt haben.«

Mein Gott, wie es mir widerstrebte, daran zu denken! »Als ich den Stöpsel herauszog, hielt ich seinen Kopf. Sobald der Wasserstand niedrig genug war, ließ ich ihn wieder herunter und ging raus, um einen Krankenwagen zu rufen. Müßten ...« Stiglitz' Miene verriet Interesse. Wie konnte er es nur in einem Job aushalten, der aus grausigen Beschreibungen und noch grausigeren Bildern bestand? »Müßten die Rückstände sich nicht in seinen Haaren verfangen haben?«

Stiglitz sah so zufrieden aus wie ein Professor, der einen aufgeweckten Schüler vor sich hat. »Wir haben Haare und Bart ausgekämmt, um etwaige Rückstände ausfindig zu machen.«

»Haben Sie etwas gefunden?«

Er zog die Stirn kraus. »Ja und nein. Nicht in dem Maße, wie wir es erwartet hatten. Wir fanden an Crosetti geringe Schmutzkrümel, die wohl vom Fußboden stammten, nicht etwa umgekehrt. Aber Sie wissen ja, was im Abfluß verschwindet, hängt von der Strömungsrichtung nach dem Herausziehen des Stöpsels ab.«

»Aber Sie haben jedenfalls ernsthaft darüber nachgedacht. Es hat Sie offenbar interessiert.« Und dieses Interesse konnte ich zu meinem Vorteil verwenden.

»Oh ja. Wir haben den Fußboden abgesaugt und verschiedene kleine Stellen abgeschabt, ehe wir jemandem den Eintritt gestatteten.«

In San Francisco hat das Büro des Coroners am Tatort absolutes Vorrecht. Sogar Cops dürfen ihn ohne seine Genehmigung nicht betreten.

»Wo haben Sie die Krücken gefunden?«

»In Mr. Crosettis Schlafzimmer.«

»Waren Fingerabdrücke daran?«

Ein schiefes Lächeln. »Oh ja. Ich habe auch den Bericht gelesen. Es waren alles Fingerabdrücke von Mr. Crosetti.«

»Ausschließlich?«

Er nickte.

»Aber am Tag vor seinem Tode habe ich gesehen, wie jemand anders die Krücken hielt.«

»Interessant.« Er notierte es sich.

»Wo befanden sich Crosettis Fingerabdrücke?«

»An den Querstützen. Wo man mit den Händen anfaßt.«

»Und nicht an anderen Stellen? Beim Aufnehmen der Krücken mußte er sie doch auch an anderen Stellen anfassen.«

»Nun, es ist anzunehmen, daß diese anderen Abdrücke durch die Reibung zwischen Oberarm und Brust – wie sie ja bei Benutzung entsteht – ausgelöscht wurden.«

»Aber wenn sich Crosetti in den Rollstuhl setzte, wo hat er die Krücken dann angefaßt? Er mußte sie dann am ...«

»Er kann sie auch einfach fallen gelassen haben. Wir haben sie auf dem Fußboden vorgefunden.«

Also überhaupt keine Fingerabdrücke – auch diese Information konnte ich verwenden, um Verwirrung zu stiften, was ich ja vorhatte.

»Haben Sie Crosettis Wohnung schon entsiegelt?« Das ›Siegel‹ besteht aus einem bedruckten Schild und wird an die Tür genagelt. Doch es besitzt Rechtskraft. Es ist ein Vergehen, eine ›versiegelte‹ Tür zu öffnen, ein Verbrechen, drinnen irgend etwas anzurühren.

»Genau genommen – nicht. Aber wir sind da drin fertig. Von uns aus kann das Siegel entfernt werden. Ich werde später jemand hinschicken.«

Er schien ein hilfsbereiter, in seiner Art glänzender

Mann zu sein. Solange sich das Siegel an der Tür befand, hatte William Stiglitz uneingeschränkte Vollmacht am Tatort. Wenn er sagte, ich könne hineingehen, spielte es keine Rolle, ob die Cops oder der Hauswirt damit einverstanden waren. Stiglitz konnte mir eine Menge bürokratischer Verzögerungen ersparen.

»Darf ich reingehen und mich einmal umschauen?«

Stiglitz legte den Kopf zur Seite und nickte mit der Nase. »Nun, ich wüßte nicht, was dagegen spräche.«

»Kann ich Crosettis Habseligkeiten durchsehen?« Seine Mitarbeiter hatten mit Sicherheit nach einem Abschiedsbrief gesucht, aber keinen gefunden. Sie hatten die Krükken gefunden und fotografiert. Sie hatten auch im Bad alles Nötige veranlaßt. Was sollte da noch dagegen sprechen?

Der Gerichtsmediziner legte die Stirn in Falten. »Sie würden es uns melden, wenn Sie etwas finden, das von Belang sein könnte?«

»Selbstverständlich.«

Er zuckte die Achseln. »Ich hole Ihnen einen Schlüssel. Aber beim Rein- und Rausgehen müssen Sie unterschreiben.«

18

Es war ein kalter, windiger Abend. Man merkte, daß der Indianersommer vorbei war. Irgendwo im Häuserblock kochte jemand mit scharfen Gewürzen. Der Geruch nach Chili vermischte sich mit dem Rinnsteingeruch nach Wein und Urin und dem fischigen Rostgeruch der alten Schiffswerft. Irgendwo im Viertel mußte gerade ein abendlicher Gottesdienst der Baptisten zu Ende gegangen sein. Schwarze Frauen in Mänteln in der Mode der fünfziger Jahre und mit flachen, runden Hüten auf dem

Kopf gingen in einer Gruppe und diskutierten über eine bessere Welt als die, die ihre Kinder kaputt gemacht hatte.

Ich nahm einen Tintenschreiber aus der Handtasche und kritzelte meinen Namen und die Uhrzeit auf die letzte freie Zeile auf dem Siegel des Leichenbeschauers. Darüber befanden sich schon mehrere Unterschriften: von den Mitarbeitern des Coroners, von Cops, der Unterstaatsanwältin, einem FBI-Agenten, noch einmal von Mitarbeitern des Coroners, weiteren Cops und noch einem FBI-Agenten. Ein signiertes Leichentuch der Aasgeier. Ich mußte Stiglitz noch fragen, ob die FBI-Leute irgendwas herausgenommen hatten.

Ich steckte den Schlüssel, den Stiglitz mir gegeben hatte, in Crosettis Türschloß. Das Aufschließen bedurfte einer Willensanstrengung. Was zum Teufel wollte ich überhaupt hier? Hatte mir der heutige Tag nicht schon genügend Schocks versetzt?

Schließlich ging ich aber doch rein, aus dem gleichen Grund, warum ich gestern reingegangen war: eine Gruppe junger Schwarzer kam rasch auf mich zu.

Dannys Wohnung war dunkel. Vor die Fenster waren Bettlaken als Gardinen genagelt. Im Dämmerlicht zeichneten sich bedrückend die Gitterstäbe ab.

Ich schaltete eine Lampe an. Die Wärme der Glühbirne ließ einen feinen Schleier von Spinnweben vom Lampenschirm aufsteigen. Der geflochtene Teppich war aufgerollt, und Papierblätter jeder Art, Größe und Farbe waren auf dem Fußboden aufgestapelt. Im übrigen sah das Wohnzimmer fast unverändert aus.

Ich verbannte jeden Gedanken an das Badezimmer.

Ich setzte mich neben die Papierstapel auf den Fußboden und fing an, sie durchzusehen. Offenbar hatten frühere Besucher schon versucht, Ordnung hineinzubringen. Aber die Papiere waren viel zu mannigfaltig und vielfältig, als daß man sie einfach nach Kategorien ablegen konnte. Da gab es Literatur von zwei Dutzend Verbänden, politischen Parteien und gemeinnützigen Organisationen. Es gab Zeitungs- und Magazinausschnitte über viele Themen: Arbeiter- und Einwanderungsfragen, Umweltfragen. Schwulen- und Gesundheitsdienstprobleme, über Militarismus im eigenen Lande und in Mittelamerika, soziale Hilfsdienste und Haushaltskürzungen. Es fanden sich Artikel aus wissenschaftlichen und technischen Zeitschriften über Staublunge, sauren Regen, Rückstände von Pflanzenvernichtungsmitteln, Nahrungsmittelverstrahlung, den Treibhauseffekt, über biologische und chemische Kriegsführung.

Ich besah mir die Druckerschwärze an den Fingerspitzen. Kein Wunder, daß Danny deprimiert gewesen war.

Schließlich stand ich auf und sah mich im Zimmer um. Es war der Alptraum eines Hauswirts. Die Löcher von tausend Reißnägeln in der Wand, an denen wahrscheinlich ein ständig wechselnder Reigen von Postern und Terminkalendern befestigt gewesen war.

Ich trat auf den Flur. Mit Erleichterung bemerkte ich, daß die Badezimmertür geschlossen war. Sollte man dort noch irgendwelche Aufschlüsse finden können, so wollte ich gern darauf verzichten.

Dann warf ich einen raschen Blick in die Küche. Dan Crosetti hatte von Bohnen und Reis, von Käse aus Läden mit Überschußbeständen der Regierung und Milchpulver gelebt. Das meiste hatte er in Glaskrügen aufbewahrt, um es vor Mäusen, Schaben und Ratten zu schützen.

Das erinnerte mich daran, wie Hal vor drei Jahren gelebt hatte, in einem verfallenen Haus ohne Strom und Wasser und mit Lebensmitteln, die er auf ähnliche Art vor Schädlingen gesichert hatte.

Beide Männer waren durch ihre Lebenseinstellung gezwungenermaßen in diese Lage geraten. Ich bekämpfte die aufsteigende Übelkeit und schob die Schrankfächer wieder zu. Ich wäre wohl nicht dazu fähig gewesen, hätte wohl kaum aus Gewissensgründen auf allen Komfort verzichtet.

Eine Stunde hielt ich mich in Dannys Schlafzimmer auf. Ich stand an seinem Schreibtisch (die einzige Sitzgelegenheit im Zimmer war der Rollstuhl) und sah nach, ob es da persönlichere Papiere gab als im Wohnzimmer. Hier war alles fein säuberlich in Akten abgelegt. Es gab eine Extraakte für jede von Dannys Haftzeiten – Urteile, Gerichtsprotokolle, Berufungen, Zeitungsartikel. Im ganzen zehn. Vier Jahre und drei Monate im Gefängnis für alles mögliche, von Beratung, wie man der Einberufung entgehen könne, bis zur Veranstaltung ungenehmigter Versammlungen. Die Festnahmen waren in einem Gebiet erfolgt, das von Mississippi über Washington, D.C., bis nach San Francisco reichte. Hier am Ort hatte Danny seine Verteidigung dem legendären Linken Julian Warneke übertragen.

Es gab auch dicke Akten seiner Korrespondenz. Als ich sie las, erfaßte mich Trauer um Dannys Leidenschaft und Feinfühligkeit. Die Briefe sprühten vor Intelligenz und Zorn. Warum nur hatte ich mich nicht bemüht, Dan Crosetti besser kennenzulernen, als er noch am Leben war?

Aber irgend etwas fehlte ganz offensichtlich, obwohl es häufig in den Briefen erwähnt wurde: Crosettis FBI-Akten, deren Aushändigung ihm Julian Warneke 1983 und 1987 gemäß dem Gesetz des Rechts auf ungehinderten Zugang zu Informationen erstritten hatte.

Entweder hatte Danny die Akten woanders aufbewahrt – vielleicht in der Vermittlungsstelle? –, oder der FBI hatte sie aus der Wohnung entfernt.

19

Ich schloß die Augen, und mein Schlafzimmer drehte sich so rasend um mich, als würde ich in einen Ausguß geschwemmt.

Noch einmal spielte ich die Kassette vom Anrufbeantworter ab, und zwar mit erhöhtem Tempo über die Reporterbitten um Erklärungen und Auskünfte hinweg (darunter die Frage, warum White, Sayres & Speck behaupteten, ich wäre nicht länger bei der Firma). Schließlich fand ich die richtige Stelle auf dem Band.

Und dann vernahm ich Hals Stimme: »Laura?« Hintergrundgeräusche: Stimmen, Musik – wahrscheinlich eine Bar. Jemand fragte: *»Verstehste?«* »Du wirst wahrscheinlich schaufelweise mit Scheiße beworfen, weil« – ein, zwei unverständliche, von einem plötzlichen Gelächter im Hintergrund übertönte Worte – »für Crosetti. Ich habe es im Fernsehen erlebt. Ich sage das nicht sehr oft, nicht so oft wie« – weitere unverständliche Worte – »fand, daß du dich gut schlägst. Crosetti verdient es, daß du dich nicht mit dem üblichen Scheißdreck abgibst.« Lange Pause. Selbst der Krach im Hintergrund wurde leiser. »Oh Gott.«

Das war alles. Ein paar Worte unerwarteter Zustimmung. Und ein verzweifeltes »Oh Gott.«

Der Anrufbeantworter spuckte weitere Mitteilungen aus. Eine Frau sagte: »Susan Yen, Kanal 33. Ich war bei der Pressekonferenz. Sie erinnern sich wohl an mich, nach der Urteilsverkündung in...« Vor meinem geistigen Auge sah ich flüchtig eine Asiatin im roten Kleid. Da schaltete ich ab.

Es schien so, als könne Hal wieder zusammenhängend sprechen (Gott sei Dank), aber er war noch nicht gesund. Seine Stimme klang mühsam, müde und tastend. Mir fiel wieder ein, wie unsicher er sich im Rehabilitationszimmer vorwärts bewegt hatte, sein verwirrter Blick – mein Gott, das war erst fünf Tage her. Wo legte er sich jetzt zum Schlafen nieder? Wie verschaffte er sich Essen?

Ich nahm das Band aus der Kassette. Zweimal rutschte es mir aus der Hand, bis ich das Zittern überwunden hatte. Konnte Hal mich denn nicht verstehen? Ich hatte ihn für pflegebedürftig gehalten. Aber ich wollte es ihm doch nicht aufzwingen. Schlimm genug, daß man für seine Fehler bezahlen muß. Sollte ich denn auch für meine gute Absicht bezahlen müssen?

Ich ließ den Blick durch das Schlafzimmer gleiten, und jede Masche des gestickten Kopfkissens, jeder Glanz in der polierten Holztäfelung flößte mir Abscheu ein. Mein bescheidener Luxus empörte Hal. Auf Danny hätte er geradezu obszön gewirkt.

Ich konnte nur hoffen, daß ich mehr war als die Summe meiner Besitztümer.

Ich ließ das Tonband in die Tasche des Kostüms gleiten und legte ein unbespieltes Band ein. Fast unmittelbar darauf läutete das Telefon, und der Anrufbeantworter meldete sich.

Nach dem Pfeifton begann eine fremde Stimme zu sprechen. Da ging ich aus dem Schlafzimmer und fuhr los, um Hal zu suchen.

20

Ich stand unter einer Straßenlaterne an der Ringstraße, die an den Sphinxen des de Young-Museums, den beschnittenen Bäumen des Music Concourse und den blankgescheuerten Säulen der Akademie der Wissenschaften vorbeiführt. Nebel schwebte an den Laternen vorbei. Die Fahnen des Museums knatterten. Ich hörte

Hecken rauschen, Zweige knacken und zitterte in meinem Leinenkostüm.

Ich wußte, daß Hunderte von Obdachlosen im Golden Gate Park kampierten. Sie verkrochen sich in den Büschen, drängten sich in Unterführungen aneinander, wanderten von einer Stelle zur anderen. Morgens verrieten ihre wenigen Abfälle den Gartenarbeitern, wo sie geschlafen hatten. Vormittags lagen sie reihenweise unter den kalten Wasserspeiern, um sich zu säubern. Am Nachmittag sah man, wie sie Chiliwürstchen aus den Abfallkästen zogen. Vielleicht war Hal einer von ihnen.

Hier war ich ihm 1981 begegnet, war ihm genau an der Stelle begegnet, an der ich jetzt stand.

Ich war auf dem Weg zum de Young-Museum gewesen, als ich seinen spöttischen Gruß hörte: »Kleine Laura« und die Stimme erkannte. Die Stimme gehörte einem viel älteren Mann in abgetragenen Jeans und einem ausgeweiteten Sweater. Der Mann stieg gerade aus einem verrosteten, schrottreifen Kleinbus.

Ich trat einen Schritt auf ihn zu. Ich mußte ihn lange ansehen, bevor ich glauben konnte, daß er es war. Ich erinnere mich noch, daß ich sagte: »Wo zum Teufel hast du denn gesteckt?«

Mein Papa hatte ständig darüber Klage geführt, daß der Sohn seines Vetters zweiten Grades jahrelang nichts von sich hatte hören lassen. Nicht mal eine Postkarte! »Womit hat Henry denn eine solche Ohrfeige von seinem Sohn verdient?« Ich verwies ihn dann immer auf ›Onkel‹ Henrys zahlreiche städtische Projekte und die ewigen Essen und Feten, die meine ›Tante‹ Diana gab, und sagte: »Die machen sich doch einen Dreck daraus.«

Hal antwortete mir trocken: »Wo ich gesteckt habe? Ich habe den triumphalen Empfang bei der Heimkehr des Helden genossen. Und du?«

Ich blickte zu Hal hoch, sah sein müdes Gesicht und die Borstenfrisur und wußte, daß ich meinem Papa nichts von der Begegnung erzählen würde. Was sollte ich ihm denn sagen? Begonnen hatte es an Hals sechzehntem Geburtstag, als er sich weigerte, in dem Sportwagen vor den Fotografen herumzukutschieren. Sollte ich ihm erzählen, daß es mit einem altertümlichen Kleinbus im Golden Gate Park sein vorläufiges Ende gefunden hatte?

Jetzt spürte ich eiskalte Tränen an den Wangen. Verdammt, schon wieder Tränen!

»Ich wollte dich ja gar nicht in dieses Krankenhaus stekken, Hal. Aber der Arzt sagte, die ersten beiden Wochen seien entscheidend. Und wenn ich es nicht täte ... Wenn du dich nicht erholt hättest, und zwar innerhalb von ...«

Ein Wagen bog vom Kennedy Drive ab. Die Scheinwerfer erfaßten mich. Blinzelnd trat ich zurück, jederzeit bereit, zu meinem Mercedes zu stürzen.

Der Fahrer rief: »Du bist total verrückt, weißt du das?«

»Sandy!«

Er hatte ein möglichst unauffälliges Auto genommen, einen drei Jahre alten Buick. Jetzt stieg er aus. »Was zum Teufel treibst du denn hier draußen?«

»Woher wußtest du, wo ich ...?«

Er kam mit raschen Schritten auf mich zu, ein Schattenriß im Scheinwerferlicht. »Du bist jede Nacht im Park umhergefahren, seit ... Laura, ich bitte dich! Der Park ist fünfzig Häuserblocks lang und acht Blocks breit. Deine Chancen sind minimal.«

Er packte mich an den Schultern. Einen Augenblick lang dachte ich, er würde mich durchschütteln.

Ich sah den Umriß seines schlanken Körpers. Er hielt sich ein wenig geduckt, so daß sein Gesicht genau vor meinem war. Ich schloß die Augen, als könnte ich so meine Tränen verbergen.

»Zum Teufel, Laura!« Sein Tonfall war milder als seine Worte. »Wenn Hal wollte, daß du ihn findest, wäre er zu dir in die Wohnung gekommen. Er würde doch nicht irgendwohin gehen, wo du ihm mal vor Jahren zufällig über den Weg gelaufen bist.«

»Hast du meine Mitteilung erhalten? Hast du das Band abgespielt?«

»Ja. Und ich sage dir, und wenn es noch so viele Bars in der Stadt gibt, wäre es immer noch vernünftiger von dir, jede einzelne Scheißbar abzuklappern, als hier draußen zu stehen im...« Jetzt war der letzte Rest von Zorn aus seiner Stimme getilgt. »Komm schon, Schatz! Wir fahren irgendwohin, wo es warm ist und wir uns unterhalten können. Hast du heute schon etwas gegessen?«

»Nein.« Ich sah ihn an. Er war ganz Mitleid. Ich wollte sein Mitleid nicht und sah weg, sah im Licht der Laternen Sphinxe düster vor sich hinblicken.

Sandy faßte mich unters Kinn und zwang mich, ihn anzusehen. In dem nebligen Licht sah er aus, als wäre er einem alten Film entstiegen. Gary Cooper als Mr. Deeds. Er schloß mich in die Arme.

So standen wir eine Zeitlang. Dann ließ ich es zu, daß er mich zu dem Buick führte.

21

Es war fast Mitternacht, als ich nach Hause kaum. Ich hatte Spaghetti bestellt, aber nur mit der Gabel darin herumgestochert. Das hatte meine Laune auch nicht gebessert.

Als erstes überprüfte ich die Telefonmitteilungen.

Es waren nur wenige: die unvermeidlichen Reporter. Keine Botschaft von Hal.

Ich wählte die Mordkommission der Polizei von San

Francisco und verlangte Inspektor Krisbaum. »Er hat eine Nachricht für mich hinterlassen, ihn so bald wie möglich anzurufen.«

Eine gequälte Stimme antwortete: »Einen Augenblick.« Es klickte, und dann war nichts mehr zu hören.

Was zum Teufel wollte die Mordkommission von mir? Waren sie entrüstet, weil ich in Crosettis Wohnung herumgestöbert hatte? Weil ich sie nicht um Erlaubnis gebeten hatte? Na, und wenn schon.

Krisbaum kam an den Apparat. »Miss Di Palma? Hier Inspektor Daniel Krisbaum. Vielen Dank, daß Sie mich zurückrufen.«

»Ganz meinerseits.« Herrje.

»Ich möchte Sie heute abend sprechen.«

»Heute abend?« War es noch vor oder schon nach Mitternacht? »Heißt das, in ungefähr zwanzig Stunden?«

»Nein, eigentlich meinte ich jetzt gleich. Ich weiß, es ist spät. Wenn Sie lieber nicht mehr fahren wollen, lasse ich Sie gern abholen.« Sein Ton machte mir klar, daß er eine dritte Möglichkeit nicht zulassen würde.

»Worum geht es denn?«

»Besser, wir sprechen persönlich darüber...«

»Nein.«

Ein müdes Seufzen. »Ich würde jetzt auch lieber Feierabend machen, Miss Di Palma. Aber leider duldet die Sache keinen Aufschub.«

»Hören Sie, ich bin mit Genehmigung des Coroners in Dan Crosettis Wohnung gegangen. Und er sagte mir, das Siegel werde sowieso entfernt... darum habe ich den Schlüssel nicht zurückgegeben.«

»Es geht nicht um Dan Crosetti.«

»Dann...«

»Na schön. Ich mache Ihnen keinen Vorwurf – es ist ja wirklich spät. Ich sage Ihnen, wo mein Problem liegt. In den vergangenen zwei Stunden waren wir in Ihrem Büro...«

»In meinem *Büro?* Warum?«

»Wegen Doron White. So viel ich weiß, war er der Seniorpartner...«

»Meiner Anwaltsfirma. Was ist mit ihm?«

»Nun, er ist tot.«

Ich sank aufs Bett und schloß die Augen. Ich sah Doron vor mir auf dem Art-Deco-Sessel sitzen, die Tablettenschachtel umklammern und mich anblicken. Fehlte nur noch, daß er mir vorwarf, ich hätte seine Herzattacke verursacht. »Scheiße«, hörte ich mich flüstern.

»Es sieht nach einer Herzattacke aus. Wir haben bei ihm in der Tasche Nitroglyzerintabletten gefunden. Aber er war in Ihrem Zimmer, und, äh... Wir müßten mal mit Ihnen sprechen.« Es hörte sich beinahe so an, als wollte er sich bei mir einschmeicheln.

»Warum?« Siedendheiß stiegen in mir Schuldgefühle auf. Ich hatte mich nie um Whites vorsichtshalber ausgeführten Griff nach diesen Pillen gekümmert, nie Rücksicht auf sein schwaches Herz genommen, sondern immer getan und gesagt, was ich wollte. »Ich habe die Herzattacke nicht verursacht.«

»Die Sache ist nur: er war in Ihrem Büro, und...«

»Was hatte er da zu suchen?«

»Deswegen wollte ich ja gerade mit Ihnen sprechen, Miss Di Palma. Wir nehmen an, daß er einem Herzanfall erlegen ist. Aber das kam nicht von ungefähr.«

Ich sprang auf die Beine. Seit wann belästigte das Mordkommando die Leute, die zum Streß des Opfers einer Herzattacke beigetragen hatten?

»Hören Sie.« Krisbaum klang verstimmt. »Kein Grund, weiter um den heißen Brei herumzureden. White wurde mißhandelt.«

»Mißhandelt...?« Es schien unmöglich, daß sich jemand an dem würdigen Doron vergangen hatte. Eine unmögliche, unglaubliche Vorstellung.

»Ihr Wagen oder meiner, Miss Di Palma?«

22

Es war zwei Uhr dreißig früh. Mitten in meinem Bürozimmer stand ein Mann und zog die Leitung einer elektrischen Handleuchte heraus. Als das lilagetönte Licht ausging, verschwanden mit ihm die leuchtenden Fingerabdrücke überall im Zimmer. An meinem Schreibtisch beschriftete ein anderer die abgenommenen Abdrücke und vermerkte die Fundorte auf einem Grundriß des Zimmers. Ich sah auf meine Finger, von denen ich mir gerade mit einem Lappen die schwarze Farbe abgewischt hatte. Auf der Armlehne des Sessels, in dem ich saß, waren Spuren von Graphitpulver zu sehen.

Ich schrieb noch einige Namen auf den Notizblock, den ich auf den Knien hatte, und sah dann zu dem Inspektor der Mordkommission auf. »Dies sind die Mitarbeiter, die heute hier reingekommen sind.« Vorher hatte ich schon die Anwälte und die wenigen Klienten notiert, die ich in dieser Woche empfangen hatte. »Die einzigen anderen, an die ich mich erinnere, waren Freunde von Dan Crosetti.« Ich schrieb noch Keith Asimov, Mark Bresenzcy und Barbara Nottata dazu. »Seine Freunde aus der Vermittlungsstelle Frieden.«

Krisbaum kniete sich neben mich und sah mit schiefem Blick auf mein Gekritzel, das auf die Liniierung keine Rücksicht nahm. »Okay. Wir nehmen allen Fingerabdrücke ab und fangen mit dem Eliminierungsverfahren an.«

Eliminierungsverfahren – wollte er mich auf den Arm nehmen? Er erwartete doch gar nicht, andere Abdrücke zu finden. Warum sollte sich ein Fremder in mein Zimmer schleichen und Doron White mißhandeln?

Nein, Krisbaum dachte, ich hätte es getan. Der Gedanke war ihm in dem Augenblick gekommen, als er das Duplikat von dem Verzeichnis meiner persönlichen Gegenstände auf der Löschunterlage liegen sah. Darum mußte ich hier mitten in der Nacht rumsitzen und sein Columbo-Gehabe über mich ergehen lassen.

Und ich mußte zugeben, das ergab von Krisbaums Standpunkt aus auch Sinn. Was lag denn näher, als daß ich noch einmal hergekommen wäre, nachdem die meisten nach Hause gegangen waren? Was lag näher, als daß ich White ins Zimmer gelockt, einen Streit vom Zaun gebrochen und dabei die Beherrschung verloren hätte? Was lag näher, als daß eine Frau zugeschlagen hätte, der ein halbes Jahr, bevor sie als Partnerin aufgenommen werden sollte, fristlos gekündigt worden war?

»Mehr kann ich Ihnen nicht sagen, Inspektor. Ich bin um drei Uhr dreißig nachmittags aus dem Büro gegangen. Sie wissen, wo ich von hier aus hinging.«

Krisbaum riß die Namensliste vom Notizblock. »Ja, in Ordnung. Vielen Dank – Sie waren sehr kooperativ.«

»Das scheint Sie zu überraschen.«

»Nun, bei Ihrem Ruf...«

»Ich vertrete ja jetzt keinen Mandanten.«

Zögerndes Grinsen. »Ich verstehe.«

Ich stand auf, steckte mir das Hemd in die Hose und strich glättend darüber. Ich hatte Magenschmerzen.

»Wahrscheinlich müssen wir morgen noch ein offizielles Protokoll aufnehmen – oder vielmehr heute.« Er gab einem uniformierten Polizisten einen Wink. »Bringen Sie jetzt Miss Di Palma nach Hause!«

An der Tür blieb ich noch einmal stehen und warf einen letzten Rundblick auf mein Bürozimmer. Art-Deco-Schreibtisch, ein abstrakter Sessel, riesige Collagen, meterweise rotes Leder. Hoffentlich würde ich einmal daran zurückdenken können, ohne die Blaulichtpausen für die Fingerabdrücke und die weißen Kalkstricke an der Stelle, wo Doron zu Boden gestürzt war, vor mir zu sehen. Ohne die Printblätter und den Vertreter des Coroners, der die glatten Oberflächen nach Haaren und Kopfhautteilchen absucht.

Na sicher.

23

Ich schaute auf meine Wanduhr, einen schwarzen Glasblock mit türkisfarbenen und fuchsienroten konfettiähnlichen Quadraten darauf. Die Zeiger waren wellenförmige gelbe Striche, von der Couch aus schwer zu erkennen. Sehr schwer zu erkennen – war es jetzt sieben Uhr dreißig? – nach einer Nacht, in der ich ständig auf und ab gewandert und geweint hatte. Aber irgendwann mußte ich doch eingeschlafen sein – die Türklingel hatte mich geweckt.

Wer zum Teufel kam so früh her? Die Polizei? Sandy? Jemand aus dem Büro?

Ich ließ die bestrumpften Beine von der Couch gleiten und zog den Rock herunter. In den Kleidern zu schlafen, hatte jedenfalls einen Vorteil. Man brauchte sich beim Anziehen nicht zu beeilen. Ich fuhr mir mit den Fingern durch die Haare und tappte zur Haustür. Dann sah ich durch das Guckloch. Zu dieser Stunde und in dieser Verfassung lasse ich nicht jeden herein.

Es war Barbara Nottata. Anscheinend merkte sie, daß jemand sie durchs Guckloch ansah. Denn sie formte mit den Lippen das Wort ›bitte‹ und hielt zwei dicke Akten in die Höhe.

Meine Augen brannten, in den Nebenhöhlen stach es, der Kopf tat mir weh. Zweifellos sah ich furchtbar aus.

Doch für Crosettis Freundin machte ich die Tür auf.

Barbara hatte gebügelte Jeans an, geputzte Mokassins und einen Fair-Isles-Pullover ohne Beulen und Fusseln. Sie trug eine glatte Hochfrisur mit fraulichen Koteletten. Kein Make-up, aber nachgezogene Augenbrauen und eingekremte Haut. Ein sorgfältig ausbalancierter Kompromiß zwischen Eitelkeit und Bequemlichkeit.

Meine nachlässige Bekleidung schien sie zu schockieren. Höflich schaute sie mir nur ins Gesicht. »Ich dachte, Sie würden bald ins Büro fahren.«

»Heute nicht.«

Sie hob zwei Akten hoch, die etliche Dokumente enthielten. »Und ich war so aufgeregt, weil ich dies hier gefunden habe. Ich habe gestern fast den ganzen Nachmittag danach gesucht. Ich wußte doch, daß Sie sie gern sehen würden.«

Das letzte klang fast wie eine Frage.

»Kommen Sie rein!«

Zögernd trat sie ein. »Es sind Dannys FBI-Akten. Zwei – die eine geht bis 1983 und die andere von 1983 bis 1987.« Sie überreichte sie mir.

»Wo haben Sie sie gefunden?«

»In der Vermittlungsstelle. Ich habe gestern vierzig Schachteln durchgesehen.«

Wenn ich auch nur einigermaßen rationell vorgegangen wäre, hätte ich Sandy das schon an dem Abend tun lassen, als Danny gestorben war.

Ich wies ihr einen Sessel an, den mit dem Daunenpolster. Danny hatte es Mühe gemacht, sich daraus zu erheben. »Geben Sie mir fünf Minuten Zeit zum Waschen!«

Die Akten nahm ich mit ins Schlafzimmer und blätterte dort rasch die oberen Blätter durch. Lauter verschmierte Fotokopien von FBI-Berichten. Auf jeder waren Dutzende von Zeilen geschwärzt. Denn der FBI ist nicht verpflichtet, seine Quellen zu offenbaren oder – was ein breites Schlupfloch für ihn ist – auch nur Informationen, die dazu dienen könnten, die Quellen ausfindig zu machen.

Ich legte die Akten neben den Anrufbeantworter und spielte noch einmal die eingegangenen Mitteilungen ab. Drei kamen von Frühaufstehern unter den Reportern und zwei von Mitarbeitern von White, Sayres & Speck. Hatten sie bereits von Doron gehört?

Ich löschte alles. Sollten sie doch untereinander reden!

Ich streifte das Kostüm ab und ging kurz unter die heiße Dusche. Zog Kordhosen, einen Angorapullover und flache Lackschuhe an. Weiche Stoffe, die der Seele schmeicheln.

Als ich wieder ins Wohnzimmer kam, saß Barbara Nottata nicht mehr in dem Daunensessel. Dafür roch ich Kaffeeduft.

Ich fand sie in meiner Puppenküche. Sie preßte gerade das Kaffeepulver in den Filtereinsatz.

Etwas verlegen sagte sie: »Sie haben doch nichts dagegen, oder? Da hier alles auf der Anrichte stand« – Kaffeebohnen im Kühlschrank, Kaffeemühle im Schrank, Topf im Ausguß – »daraus entnahm ich, daß Sie das Zeug auch trinken.«

Ich zuckte die Achseln und griff in den Schrank, um die handgearbeiteten Tassen herauszunehmen. Neulich hatte ich mich geschämt, sie Dan Crosetti anzubieten.

»Milligans«, sagte Barbara leise und goß ein. »Ich habe eine Milligan-Teekanne. Eins der frühen Designs, das mit den Tieren.«

»Falls Sie Hunger haben, hier muß wahrscheinlich auch noch irgendwas zum Essen zu finden sein.«

»Nein, danke. Ich brauche nur Kaffee.«

Mit den Kaffeetassen begaben wir uns zu den Erkerfenstern, die auf das Presidio hinausgingen. Der schwarze Marmortisch war rund und so klein, daß man darauf kaum die Zeitung ausbreiten konnte.

»Wo haben Sie die Akten gefunden?« Der Kaffee war ungemein stark. Gut für die bevorstehende Aufgabe.

Barbara rückte etwas näher heran und stützte die Ellbogen auf den Tisch. »Der FBI war in der Vermittlungsstelle, hat man Ihnen das erzählt? Gestern vormittag, als wir bei Ihnen im Büro waren. Sie wollten von Tree wissen, wo Dan seine Papiere aufbewahrte und ob sie einen Blick darauf werfen könnten. Offenbar waren sie sehr hartnäkkig, dabei von größter Höflichkeit. Tree ist heute völlig fertig. Wir bilden uns alle gern ein, wir würden selbst unter der Folter keine Informationen preisgeben. Aber Höflichkeit kann man schwer widerstehen.«

»Ich schließe daraus, daß Tree« – was für ein Name! – »ihnen Dannys Papiere gezeigt hat?«

Barbara runzelte die Stirn. »Der FBI war schon früher einmal da – das war, als die Polizei nach dem Gewehr suchte, gleich nach Dannys Festnahme. Und sie sind wiedergekommen, ohne einen Durchsuchungsbefehl. Aber wir haben sie immer abgewiesen, Keith oder Mark oder ich. Darum ist es für Keith und die anderen leicht, Tree zu beschimpfen, aber ... Für Tree war es eben überraschend, daß die Agenten so nett waren, wissen Sie? Sie ist jung und sehr süß – koordiniert die Finanzquellen für Friedenserziehung. Sie sagt, sie hätten so getan, als bliebe ihr gar keine Wahl, als wäre es abgemacht, daß sie die Papiere zu sehen bekämen. Und sie versicherten ihr wiederholt, daß es, moralisch gesehen, völlig okay sei, wenn sie

sie ihnen zeigte. Daß sie nur wünschten, es sollte gerecht zugehen – sie wären doch an Dannys Papieren nicht interessiert, wenn sie glaubten, er hätte John Lefevre ermordet.«

Krampfhaft umklammerte ich die Tasse. Die Kerle waren so scheißglatt! »Der FBI versteht es immer, den passenden Ton zu finden. Als ich Wallace Bean vertrat, gingen sie zu seinen Familienangehörigen und sagten...« Nein, ich durfte nicht fortfahren. Wenn ich an Bean dachte und wie sich mein ›Erfolg‹ für ihn (und mich) ausgewirkt hatte, konnte ich verrückt werden.

Barbara wartete ab, bis sie sicher war, daß ich das Thema nicht weiter verfolgen wollte. »Jedenfalls hat Tree ihnen gezeigt, wo Danny seine Papiere aufbewahrte. Sie nahmen sechs Aktenkartons mit.«

Sogar nach seinem Tode hatte ich Danny im Stich gelassen. »Scheiße! Ich hätte sie schon vorgestern zu mir verlagern müssen.«

Sie sah mich mit bekümmerter Miene an und schüttelte leicht den Kopf. Wollte sie mir bedeuten, daß die Kameraden es nicht zugelassen hätten?

»Na ja«, sagte sie mit abgewandtem Blick, »ich bezweifle, daß sehr persönliche Dinge darunter waren. Bestimmt nicht in den Kisten, auf denen Dannys Name stand. Schon wegen des starken Publikumsverkehrs in der Vermittlungsstelle nicht.«

»Wie lange arbeiten Sie dort schon?«

»Erst vier Wochen – nein, fünf.«

»Und da wissen Sie schon, was für Dinge Danny aufbewahrte?«

»Nun, Keith könnte Ihnen darüber besser Auskunft geben als ich. Aber nach dem, was ich in seinem Postfach gesehen habe, mußte es sich hauptsächlich um Literatur und Mitteilungen handeln.«

»Was für Mitteilungen?«

»Von politischen Ausschüssen, die Tagesordnungen festsetzen. Danny war in einem Dutzend solcher Ausschüsse, von United Campuses bis zu den Pflugscharen.«

»Demnach sind dem FBI solche Mitteilungen in die Hände gefallen. Strategiebeschreibungen, Spielpläne, so etwas?«

Sie lächelte verzerrt. »In der Hauptsache reine Rhetorik und Selbstkritik.«

Ich trank Kaffee und beobachtete sie.

Sie fuhr, jetzt hitziger geworden, fort: »Ich verstehe überhaupt nicht, warum der FBI Dannys Papiere braucht, wenn er doch angeblich von John Lefevre alles erfahren hat, was Danny so trieb!«

»Vielleicht hat er es eben *nicht* von Lefevre erfahren.«

Sie blinzelte überrascht. »Ich, äh, fragte mich – und das ist auch der Grund, warum ich die Kartons durchgesehen habe – ich dachte, sie müßten nach irgendwas Besonderem suchen – nach etwas, das Lefevre nicht gefunden hatte. Und ich konnte einfach nicht glauben« – sie fummelte an der Passe ihres Fair-Isles-Pullovers – »ich konnte nicht glauben, daß Danny unter dem anderen Zeug etwas Privates oder Heikles aufbewahrte – etwas, das er nicht einmal John gezeigt hatte.«

»Danny legte doch einigen Wert auf seine Privatsphäre, nicht wahr? Und man schnüffelt doch nicht in anderer Leute Papieren herum?«

Sie lächelte hinterhältig. »Nein. Trotzdem habe ich es gestern getan – weil niemand da war, der mich davon abhalten konnte.« Wieder ernst werdend: »Außerdem war Danny mehrmals nach Johns Tod in der Vermittlungsstelle. Wenn er also Wert darauf gelegt hätte, hätte er das Zeug längst weggebracht. Er hätte alles Wichtige mitgenommen – meinen Sie nicht auch?«

»Also beschlossen Sie, in anderer Leute Aktenkartons zu schnüffeln.«

»Ja. Ich hielt es zwar für logischer, daß er das Zeug nach Hause mitgenommen hätte, aber... ich dachte: probier's mal!«

Ich klopfte auf die jetzt leeren Aktendeckel. »Und da haben Sie die hier gefunden.«

Sie nickte. »Mit dem Zeug vom überkonfessionellen Friedensrat. Die sitzen in Oregon – kommen nicht gerade oft nach San Francisco runter. Sie bewahrten einige Sachen in einem staubigen Karton mit der Aufschrift ›Außerstaatlich‹ auf. Da waren die Akten drin.«

»Sonst haben Sie nichts von Dannys Sachen gefunden?«

»Nein. Ich weiß nicht – nach einer Weile sieht alles gleich aus. Aber hier stand Dannys Name drauf. Konnte ich gar nicht übersehen. Vielleicht, wenn Keith noch mal alles durchsieht...«

»Ich schicke einen Detektiv rüber. Der kann ihm helfen.«

Sie biß sich auf die Lippen. »Wenn Danny die Absicht hatte, Selbstmord zu begehen...«

»Warum hat er dann die Akten versteckt?«

Über der mit Papieren bedeckten Marmorplatte trafen sich unsere Blicke.

»Wollen wir hoffen, daß sie uns etwas sagen.« Ich nahm die Blätter der Akte ›1965–1983‹ und reichte Barbara die aus ›1983–1987‹.

In der nächsten halben Stunde sprachen wir kein Wort. Zweimal stand Barbara auf, um Kaffee nachzugießen. Wir griffen wieder zu den Akten und lasen weiter. FBI-Berichte aus zweiundzwanzig Jahren, mit folgendem Vorspann: ›Name: DANIEL MORELLI CROSETTI, Bezeichnung: SICHERHEITSANGELEGENHEIT – (hier eine Anzahl politischer Organisationen) – AKTIVISTEN-SCHLÜSSELFIGUR.‹ Oder ›ABTEILUNGSLEITER IM JUSTIZMINISTERIUM, KRIMINALABTEILUNG, (das Datum) – BETR. ABGEHÖRTE TELEFONGESPRÄCHE‹. Oder ›CIA-MITTEILUNG, An: FBI-DIREKTOR, Von: STELLVERTRETENDER DIREKTOR (PLANUNG).‹

Die ersten Berichte begannen mit Dannys Herkommen: dafür waren Geburtsurkunden, Schulaufzeichnungen, Gesuche um College-Stipendien und Akten der Gesundheitsabteilung ausgewertet worden. Dazu allerhand Klatsch aus Quellen, deren Namen und Ortsbezeichnungen geschwärzt waren.

Die späteren Berichte befaßten sich mit Dannys Organisationstätigkeit. In gestelztem Jargon berichteten ›Special Agents‹ des FBI (deren Namen geschwärzt waren), was sie bei Hunderten von Versammlungen und auf Dutzenden von Märschen und sogar im Inneren von ›Grünen Minnas‹ erfahren hatten. Zwei Jahrzehnte lang und aus sieben verschiedenen Städten: ›Informant (Name geschwärzt) wies darauf hin, daß Crosetti erklärt habe...‹ oder ›Objekt sprach vor einem Publikum von annähernd...‹

Meine Hochachtung vor Crosetti wuchs, als ich diese Zeugnisse seines Engagements las – sein Engagement für Aufhebung der Rassenschranken in den Restaurants von Mississippi, für die Einstellung der Menschenvernichtung und der Entlaubung in Vietnam, für Unterstützung von Obdachlosen und Behinderten.

In regelmäßigen, vorhersehbaren Abständen bestätigten CIA-Mitteilungen, daß gegen die Organisationen, denen Danny angehörte – beginnend mit NAACP und endend mit der Nuklearwache – »wegen begründeten Verdachts auf Verbindungen mit der Kommunistischen

Partei der Vereinigten Staaten und/oder der Kontrolle durch die KOMINTERN« Ermittlungen eingeleitet seien.

Ich las das Ganze zweimal. Es war ein faszinierender Essay über die wechselnde Definition des Begriffs ›subversive Tätigkeit‹, doch enthielt er nichts Unerwartetes und nichts, das eine Erklärung dafür bot, warum Danny die Akten versteckt hatte.

»Irgend etwas fehlt.« Ich war selber überrascht, mit welcher Überzeugungskraft ich das herausbrachte.

Barbara sah von ihrer Akte auf. »Was?«

Ich stand auf, ging zum Fenster und hämmerte mit der Faust dagegen, bis es aufging. Ein Windzug mit Eukalyptusduft wehte herein. »Ich weiß es nicht. Mir ist, als hätte ich lauter Spinnweben im Kopf.«

Sie schob die Akte weg. »Nun, falls Ihnen das etwas hilft, ich komme auch nicht drauf.«

»Aber Sie haben dasselbe Gefühl?«

Sie nickte.

»Gestern habe ich die Papiere durchgesehen, die er zu Hause aufbewahrt hat.«

Sie erschauerte leicht unter ihrer irischen Wolle. »Alle?«

»Nein. Der FBI war schon vor mir dagewesen.« Und außerdem die Polizei, die Mitarbeiter des Coroners und die Unterstaatsanwältin.

Ich beugte mich aus dem Fenster und schaute über die Steinmauer, die die enge Straße von den Bäumen und Rasenflächen des Presidio trennte. In der Ferne fuhr ein Golfkarren mit flatternder Fahne um eine Anhöhe. Über das Green flitzte ein Eichhörnchen.

»Sie haben eine schöne Wohnung«, bemerkte Barbara Nottata. »Und eine so schöne Aussicht. Hier fühlt man sich wohl.«

Ich schloß die Augen und atmete tief die mentholhaltige Luft ein. Hier fühlt man sich wohl – hatte ich auch gedacht. Hohe Zimmerdecken, weiße Wände, interessante Kunst, behagliche Möbel. Ein Ort, wo man Bäume sehen und Gras riechen konnte. Sollte ich mich deswegen schuldig fühlen?

Ich drehte mich zu ihr um. »Sie opfern der Vermittlungsstelle eine Menge Zeit, nicht wahr?«

Sie massierte sich die Arme. »Verhältnismäßig ja. Aber nicht so viel wie Keith.«

»Haben Sie schon immer bei so was mitgemacht?«

»Nein. Wenn man voll berufstätig ist, fällt es einem schwer.«

»Zur Zeit arbeiten Sie nicht?«

»Nein. Ich hatte eine Art von...« Sie sah an mir vorbei auf die flatternden Kronen der Gummibäume. »Ich will nicht lange drum rumreden. Es war ein Nervenzusammenbruch. Noch in Iowa. Ich hatte AIDS-Patienten zu pflegen, und das war ziemlich niederschmetternd. Dann ließ mich« – sie schluckte mehrmals schnell hintereinander – »auch noch mein Mann sitzen.«

»Deshalb sind Sie hier hergekommen?«

Sie nickte. »Meine Schwester suchte eine Mitmieterin. Ich hatte etwas erspartes Geld.«

»Warum gerade die Vermittlungsstelle?«

Sie schaute in ihre Tasse. »Ich habe gehört, das soll eine sehr verbreitete Reaktion sein. Eigenes Leiden fördert das Mitgefühl für andere. Ich halte es für wichtig, Menschen zu helfen.«

»Ohne Nero wäre das Christentum nicht groß geworden?«

Sie lächelte, und ihre Wangen färbten sich schwachrosa. »Im Grunde ja.«

»Sie führen Beratungen durch, nicht wahr?«

»Hauptsächlich bei Opfern von Sexualverbrechern. Meine Erfahrungen als Krankenschwester erleichtern mir die Sache. Und ja ... ich bin auch noch nicht so weit, daß ich wieder AIDS-Patienten pflegen könnte. Die Opfer, mit denen ich jetzt zu tun habe, die haben doch wenigstens überlebt.« Tränen blitzten in ihren Augen auf. »Und mir hilft es auch. Es gibt meinem Leben einen Sinn. Ich tue etwas – ich bin etwas wert.«

Sie blinzelte, um die Tränen zurückzudrängen. Warf mir ein verlegenes Lächeln zu. »Ich wäre gern keine Heulsuse mehr. Aber manchmal ...«

Ich wandte mich ab und lehnte die Stirn gegen den Fensterrahmen.

»Allerdings«, sagte sie leise, »ist das, was ich leiste, unbedeutend im Vergleich zu Ihrer Arbeit.«

Ich sprach zu der Straße unter mir. »Sie meinen wohl, ich hätte etwas bewegt? Ich habe im Fall Bean eine neue Verteidigungstaktik entwickelt, woraufhin die Legislative so in Wut geriet, daß man sie für ungesetzlich erklärt hat. In dem Fall des Juracolleges hatte ich neue Wege bei der Aufklärung der Geschworenen beschritten und dafür säckeweise haßerfüllte Briefe erhalten, weil ich es fertiggebracht hatte, einen Mörder ...« Ich drehte mich wieder zu ihr um. »Die einzigen, denen ich helfe, sind Mörder und Bankiers.« Ich zeigte auf die Kaffeetassen. »Sowie einige Töpfer und Collagenmacher.«

»Aber Sie waren doch früher auch in der Vermittlungsstelle tätig. Danny hat uns gesagt ...«

»Damals war ich noch ein halbes Kind – neunzehnjährig. Ich war gerade aus meiner Heimatstadt davongelaufen. Mein Mann – mein Exmann jetzt – er hat mich sitzenlassen.«

Ihr Lächeln kam für mich überraschend. »Wie bei mir«, sagte sie. »Genauso war es bei mir.«

Ich nahm wieder Platz. »Sagen Sie, was wissen Sie eigentlich über John Lefevre? Ich meine nicht unbedingt, was er Ihnen erzählt hat, sondern was Sie von seinem eigentlichen Charakter hielten. Paßt er in das Muster, von dem wir gesprochen haben? Kam er Ihnen vor wie ein...« Ich suchte nach dem richtigen Wort.

»Ein gehfähig Verwundeter?« fragte sie in ironischem Ton. Dann nickte sie nachdenklich. »Ja, in gewisser Hinsicht trifft das zu.«

»In welcher Hinsicht?«

»Ich kann das nicht so genau sagen. Er war leicht aus der Fassung zu bringen – auch wenn er nichts sagte, wurde er plötzlich blaß oder rot. Er schien... zart besaitet. Als leide er an seelischen Wunden, die noch nicht vernarbt waren.« Sie errötete wieder. »So wie ich. Und wie Sie.«

Die letzte Bemerkung überhörte ich. »Bevor Lefevre auf Crosetti angesetzt wurde, blieb er dem Dienst ein halbes Jahr unentschuldigt fern. Er wohnte in der Clayton Street, hinter Height. Damals nahm er viel Rauschgift zu sich.«

Sie schüttelte den Kopf. »Rauschgift? Das glaube ich nicht. Nicht John Lefevre.«

»Ich weiß es von meinem Detektiv.«

»Vielleicht hat John nur so getan. Vielleicht gehörte das zu seiner Tarnung. Vielleicht tat er es im dienstlichen Auftrag.«

»Mein Detektiv sagt, daß er ein halbes Jahr lang dem Dienst unentschuldigt fernblieb.«

Barbara Nottata schien nicht überzeugt. »Es ist kaum vorstellbar, daß sich der FBI so etwas von einem Agenten bieten läßt – dem Dienst unentschuldigt fernzubleiben und sich mit Rauschgift einzulassen. Wenn John sich so verhielt, hätte seine Dienststelle das doch herauskriegen müssen. Ich weiß nicht viel über den FBI, aber... ist Ihr Detektiv vertrauenswürdig?«

Mein Detektiv – früher mein Liebhaber – hatte vor drei Jahren, als wir einen Fall gemeinsam bearbeiteten, ein raffiniertes Spiel mit mir getrieben. Die ganze Zeit über glaubte ich, die Fäden in der Hand zu halten, bis es sich herausstellte, daß Sander Arkelett mich von Anfang bis Ende hinters Licht geführt hatte.

Ich ließ ihn straflos davonkommen. Und er hatte für mich zwei Kugeln in die Brust bekommen.

Ich sagte: »Ich habe Vertrauen zu Sandy. Unbegrenzt.«

24

Eine halbe Stunde lang saß ich bei der Mordkommission, wegen des ›offiziellen Protokolls‹, um das Krisbaum ersucht hatte. Die Vernehmungszimmer waren alle besetzt. Deshalb saß ich mitten in dem überfüllten, lärmenden Hauptzimmer an einem der paarweise angeordneten Schreibtische. Der Schreibtisch war unaufgeräumt, voller Krümel und Kaffeeringe. Er gehörte Inspektor James Kelly, einem fleischigen jungen Mann in einer Missoni-Weste.

Geduldig schrieb Kelly das gleiche nieder, was ich Krisbaum vor Stunden schon einmal berichtet hatte. Verwirrt beobachtete ich Männer in schäbigen Anzügen, die in Akten wühlten, Telefongespräche führten, mit den Reportern herumalberten und am Schreibtisch Sandwiches verspeisten. Zu meiner Linken rahmten die Fenster einen mehrstöckigen Freeway ein, über den der Vormittagsverkehr dröhnte. In einer Ecke saß San Franciscos vielgeplagter Lieutenant der Mordkommission hinter Glaswänden und ließ anscheinend die Verleumdungen eines alten Mannes über sich ergehen, der mit einem Antragsformular herumwedelte.

Doron White war ›mißhandelt‹ worden. Daran bestehe kein Zweifel, erklärte mir Inspektor Kelly.

Mißhandelt! Falls die Schläge die Herzattacke ausgelöst hatten, war es fahrlässiger Totschlag. Wenn dem Täter Dorons Krankheitszustand bekannt war, dann war es noch mehr. Dann war es Mord.

Mühsam tippte Kelly auf der Maschine meine letzte Antwort. Ich hatte ausgesagt, daß ich gestern abend in meinem Büro nichts bemerkt hätte, das ungewöhnlich oder anders als sonst gewesen wäre. Dann lehnte er sich zurück und grinste mich an.

Krisbaum hätte kein offizielles Protokoll verlangt, wenn er sich nicht vorgestellt hätte, es später benutzen zu können, um mich bei einer Lüge zu ertappen. Und sein Partner war eingeweiht.

»Tun Sie mir einen Gefallen, Mr. Kelly?« Durch mein Kommen hatte ich ihm doch auch einen Gefallen getan, nicht wahr?

Er machte eine großzügige Geste, sagte dann aber, vorsichtig geworden: »Wenn ich kann.«

»Lassen Sie mich mit dem Gerichtsmediziner sprechen, der Doron White obduziert hat!«

Sein Grinsen erlosch. Die breite Stirn ertrank in Falten.

»Hören Sie, Inspektor, ich kann mit seinen Auskünften doch keinen Mißbrauch treiben. Sie haben meine Erklärung ja schon in den Händen – Sie wissen, daß ich gestern abend überhaupt nicht in Doron Whites Nähe gekommen bin. Sie wissen ferner, daß ich die Auskunft des Mediziners nicht dazu ausnutzen will, einen Unfall oder Notwehrakt zu konstruieren. Und im übrigen steht der Obduktionsbericht in kurzer Zeit der Öffentlichkeit sowieso zur Verfügung.« Sobald eine Untersuchung beendet ist, kann sich in Kalifornien jeder für dreißig Dollar und einen Telefonanruf einen vollständigen Bericht des

Coroners – über jeden beliebigen Toten – zusenden lassen. Nur möchte ich die Auskunft schon heute haben. Sofort. *Quid pro quo.*

Krisbaum würde dann von meiner Bereitschaft zur Mitarbeit nicht mehr so angetan sein, aber damit konnte ich leben.

Unentschlossen knabberte Kelly an seinem Daumen. Schließlich sagte er: »Am besten, Sie klären das mit dem Lieutenant.«

Ich hatte befürchtet, daß er das vorschlagen werde. Gott sei Dank hatte ich es vorausgeahnt. »Mach ich, während Sie das Protokoll zu Ende schreiben.«

Ich bahnte mir einen Weg durch dichte Haufen von diskutierenden Männern, einige in Anzügen, andere in Uniform und manche (zu meiner Überraschung) in Baseballkleidung.

Als ich an die Glastür mit der Aufschrift LIEUTENANT DER POLIZEI, MORDKOMMISSION, SONDERKOMMANDO klopfte, blickte Lieutenant Don Surgelato mit sichtlicher Erleichterung auf. Durch die Scheibe hörte ich seinen Besucher ärgerlich sagen: »...hier verschwendet man ja nur seine Zeit.«

Der Lieutenant erhob sich und forderte mich durch eine Geste zum Eintreten auf.

Ich tat es, und er sagte zu dem Alten: »Meine nächste Besucherin. Lassen Sie das Zeug hier, und Sie werden von mir hören.«

Der Alte sah mich mit giftigem Blick an. Er warf seinen Antrag auf den Tisch und sagte: »*Falls* Sie dann noch Ihren Posten haben.«

Surgelatos olivfarbener Teint verdunkelte sich. Es gab nämlich gutfinanzierte, allerdings nicht gerade gutorganisierte Bemühungen, ihn um sein Amt zu bringen. Vor einigen Monaten hatte er eine schillernde – und aus unerklärlichen Gründen beliebte – Persönlichkeit erschossen, den Mörder Julian Warnekes. Warneke, der wahrscheinlich berühmteste linksradikale Anwalt des Landes, hatte Dan Crosetti mehrmals vertreten. Wenn Danny die Wahl gehabt hätte, hätte er mir Warneke vorgezogen. Die Welt ist klein.

Jetzt wartete Surgelato, daß der Mann sein Büro verließ. Dann wandte er sich mir zu. Er sah genauso italienisch aus, wie sein Name vermuten ließ – gedrungen und schwer, niedriger Haaransatz, dunkle Augen unter dichten Brauen, eine kalabresische Nase. Aber vielleicht war sie auch nur gebrochen. Ein Typ, wie ich ihn aus meinem Familienfotoalbum kannte.

Ich reichte ihm die Hand. »Laura Di Palma. Sie kennen mich vielleicht noch von...«

Ein saures Lächeln. »Keine Sorge, ich kenne Sie sehr gut, Miss Di Palma.« Er schüttelte mir die Hand. »Bitte, nehmen Sie Platz! Was kann ich für Sie tun?«

Ich setzte mich auf den narbenreichen Holzstuhl. »Haben Sie von Doron White gehört?«

Er ließ sich auf der Schreibtischkante nieder. »Oh ja.«

»Ich hatte heute nacht ein längeres Gespräch mit Inspektor Krisbaum – oder vielmehr heute morgen. Eben hat Inspektor Kelly ein umfassendes Protokoll über alles, was ich gestern nachmittag und abend getan habe, aufgesetzt.« Es bedurfte einer Willensanstrengung, nicht nervös zu werden, wenn ich daran zurückdachte. Es war wichtig, die Ruhe zu behalten und einen vertrauenswürdigen Eindruck zu machen. »Ich bin gestern abend überhaupt nicht in der Nähe des Finanzviertels gewesen, Leutnant. Das ist in meiner Aussage festgehalten.«

Mit kaum merklicher Ironie: »Das freut mich. Aber was genau...?«

»Da meine Aussage bereits vorliegt – und ich keinen

unzulässigen Gebrauch von der Auskunft machen könnte – möchte ich gern das Ergebnis der Obduktion erfahren. Könnte ich den Gerichtsmediziner kurz sprechen...?«

Surgelatos Gesicht war so ausdruckslos wie das eines Menschenaffen. Man konnte leicht den Fehler begehen, ihn für einen Dümmling zu halten. Doch ich wußte es besser. Beim Kreuzverhör im Prozeß um die Morde im Juracollege hatte er mir das Leben schwer genug gemacht.

»Warum?«

»Ich habe sechs Jahre lang für Doron gearbeitet. Er hat mich – meine Karriere – gefördert wie kein anderer.«

»Er hat Sie aber gefeuert, wie ich hörte.«

Wirklich kein Dummer. Ich versuchte, sachlich zu bleiben. »Weil ich mich vorgestern bei einer Pressekonferenz unsterblich blamiert habe.«

Surgelato beugte sich witternd vor. »Und deshalb hat er Sie gefeuert? Wegen eines einzigen Fehlers in sechs Jahren?«

»Er verlangte, daß ich nicht mehr in Strafprozessen auftreten sollte – ich hatte es meistens unentgeltlich gemacht. So auch im Fall Crosetti.«

Es widerstrebte mir aufs äußerste, ihm meinen Streit mit Doron in allen Einzelheiten zu schildern. Aber der Lieutenant saß nur stumm da und wartete auf weitere Erklärungen.

Ich mußte es ganz korrekt angehen... »Ich weigerte mich, den Fall abzugeben. Danach bin ich bei der Pressekonferenz der Unterstaatsanwältin ausgeflippt.« Ich warf einen Blick in den großen Saal. Inspektor Kelly tippte immer noch. »White, Sayres & Speck sind eine sehr konservative Firma, Lieutenant.«

»Wollen Sie damit sagen, daß White das Recht hatte, Sie zu feuern?«

»Mehr als das. Ich habe ihm nicht mal Vorwürfe gemacht. Ich nahm es ihm nicht übel.« Doron konnte mich nicht mehr Lügen strafen. Und meinen Kollegen gegenüber hatte ich mir nichts anmerken lassen, weil ich das Gesicht wahren wollte. »Doron White fand in meinem Bürozimmer den Tod. Ich will wissen, warum und wie es dazu kam.« Das war die reine Wahrheit. »Ich will es genau wissen. Es fällt verteufelt schwer, abwarten zu müssen – bei einem Menschen, den man so gut kannte.«

Surgelato schüttelte den Kopf. »Tut mir leid, aber Sie werden sich noch eine Weile gedulden müssen.«

»Warum?« Es gelang mir, meine Nervosität zu verbergen. Ich hatte mich in der Gewalt. Aber ich merkte, daß mir das Blut ins Gesicht stieg. Er hatte es gut, verdammt noch mal, mit seiner wilden Behaarung.

»Kein besonderer Grund, Miss Di Palma.«

»Ich habe mich in jeder erdenklichen Art kooperativ . . .«

»Sie sind verpflichtet, sich kooperativ zu verhalten.« Er stand auf, reckte sich ein wenig, nahm sich Zeit. Er ging hinter den Schreibtisch und nahm auf dem Sessel Platz. »Ich will es mal so sagen: mag sein, daß es jetzt noch keine Begründung dafür gibt. Vielleicht fehlen mir aber auch noch Fakten. Außerdem bin ich müde, habe noch nicht zu Mittag gegessen . . . da kann's leicht sein, daß mir etwas entgangen ist. Vielleicht fällt mir später eine Begründung ein.« Er zuckte die Achseln, vielsagend, italienisch. »Es ist immer besser, sich noch Möglichkeiten offenzuhalten. Als Anwältin werden Sie meinen Standpunkt sicherlich verstehen.«

Wieder schaute ich in den großen Saal. Gut getimet: gerade zog Kelly das Blatt aus der Schreibmaschine.

Voller Empörung, zum Teil durchaus echt empfunden: »Ich habe mir verdammt Mühe gegeben, mich nicht ›als Anwältin‹ aufzuspielen, Lieutenant! Ich hätte es nicht nötig gehabt, mich dem allen zu unterziehen. Ich brauchte Ihren Männern heute nacht nicht Rede und Antwort zu stehen. Ich mußte nicht herkommen und ein Protokoll aufnehmen lassen.«

Er wirkte erstaunt. »Das erkenne ich ja durchaus an. Ich habe keinesfalls den Anwaltsberuf kritisieren wollen...«

Ich sprang auf. »Nein? Sie wollten mir einfach deshalb keinen Gefallen tun, weil Ihnen noch nie ein Anwalt einen Gefallen getan hat. Das wollen Sie doch damit sagen, nicht wahr?«

Er sah schräg zu mir auf.

Ich zeigte zur Tür. »Gerade ist Inspektor Kelly mit meinem Protokoll fertiggeworden. Jetzt wartet er darauf, daß ich rauskomme und es unterschreibe. Ich könnte ihm ja auch etwas husten. Könnte mich aufs hohe Roß schwingen und sagen, daß ich mich jetzt nicht kooperativ verhalten wolle. Die Begründung dafür könne mir ja später noch einfallen. Was würden Sie davon halten? Wäre das nicht für Sie eine Gemeinheit – typisch, weil sie von mir, einer Anwältin, käme?«

Seine Mundwinkel zuckten. Leider kannte ich ihn nicht gut genug, um zu wissen, ob das bedeutete, daß er sich ärgerte oder daß er sich amüsierte. Aber eins verstand er offenbar. Krisbaum wollte das Protokoll haben, und ich konnte die Unterschrift verweigern.

Ich brauchte also gar nicht die harten Bandagen anzulegen. »Entschuldigen Sie, Lieutenant – ich bin sehr durcheinander. Alles läuft schief – und Doron... Ich hatte ihn nach sechs Jahren Zusammenarbeit tief enttäuscht. Ich will ja nur erfahren – aus dem Mund eines Arztes – daß es nicht nur der Streß war...«

Er hob beide Hände. »Miss Di Palma, genug davon! Hoffentlich täusche ich mich, aber ich glaubte, aus Ihren Worten eine Drohung herauszuhören.«

Das hatte ich davon, daß ich ihn mit Glacéhandschuhen anfaßte.

Er stand auf und stützte sich mit den Handflächen auf die Schreibtischplatte. »Ich sage Ihnen, was wir machen. Ich will ja keine voreiligen Schlüsse ziehen. Und Ihren Beruf wollte ich auf keinen Fall schlechtmachen.« Wieder zuckte es in seinen Mundwinkeln. »Am besten, Sie gehen sofort zu Inspektor Kelly und unterschreiben das Protokoll. In der Zwischenzeit lasse ich mir die Sache durch den Kopf gehen. Bevor Sie das Haus verlassen, kommen Sie dann bei mir vorbei, und ich werde Ihnen meine Entscheidung bekanntgeben.«

Quo vor *quid*. Er war entschieden gerissener, als er aussah.

25

Dr. Stiglitz erwartete mich im Amt des Coroners. Er stand hinter dem Pult. Sein Anblick gab mir erneut Anlaß zur Sorge. Warum gerade Stiglitz? Es gab außer ihm noch ein Dutzend andere fähige Gerichtsmediziner im Amt. Hatte die Mordkommission ausdrücklich Stiglitz angefordert?

Vor zwei Tagen hatte Stiglitz Dan Crosetti obduziert. Heute vormittag Doron White. Vermutete die Mordkommission einen Zusammenhang zwischen den beiden Fällen? Mir fiel nur ein möglicher Zusammenhang ein: meine Person.

Stiglitz schüttelte mir mit leicht verlegener Miene die Hand. »Wie geht es Ihnen, Miss Di Palma? Äh, Inspektor Kelly hat mich angerufen. Wenn Sie bitte zu mir ins Büro kommen wollen?«

»Vielen Dank.« Ich folgte ihm durch das Geschäftszimmer. Mein Gott, nun war ich schon wieder hier.

Stiglitz ergriff beflissen meinen Arm und ließ mich in seinem eigenen gepolsterten Vinylsessel Platz nehmen.

»Möchten Sie vielleicht eine Tasse Kaffee oder ein Glas Mineralwasser?« Als er sich über mich beugte, rutschten ihm ein paar seiner Tintenschreiber aus der Brusttasche.

»Nein, danke. Können Sie mir etwas über Doron White sagen?«

Er nickte und ließ sich dann in den Sessel fallen, auf dem ich gestern gesessen hatte. »Ja. Wir, äh, geben die Leiche heute nachmittag seiner Frau zur Bestattung frei.«

Glaubte er, ich wäre als Vertreterin der Familie hier? »Nein. Ich meine, was war die Todesursache?«

Er verzog die Nase und klopfte mit den Fingern auf seine Knie. Wollte er Zeit gewinnen? Was zum Teufel war das Problem?

»Nun, es war, ohne in technische Einzelheiten zu gehen, eine Herzattacke, durch die bereits vorgeschädigte Herzklappen ihre Funktion einstellten. Nach den vorliegenden medizinischen Gutachten hätte Mr. White ohnehin nicht mehr lange zu leben gehabt. Andererseits wurde diese Herzattacke allerdings meiner Ansicht nach durch einen besonderen Vorfall ausgelöst.«

»Man hat mir gesagt, er sei ›mißhandelt‹ worden. Was genau soll das heißen?«

Stiglitz legte die Stirn in Falten. »Nun, mir sind hier die Hände ziemlich gebunden. Über das am Tatort gefundene Beweismaterial darf ich nichts sagen ...«

»In meinem Bürozimmer.«

»Ja. In diesem Fall verraten uns die am Tatort vorgefundenen Spuren etwas über den Ablauf der Ereignisse.« Er lehnte sich vor, das Thema fesselte ihn. »Wir stellten in Ihrem Zimmer Textilfasern und Gewebereste sicher, aus denen wir das Geschehen größtenteils rekonstruieren konnten.«

»Ja?«

»Aber Sie müssen verstehen, daß ich nur befugt bin, mit Ihnen über den Obduktionsbericht zu sprechen. Ich kann Ihnen also den medizinischen Befund mitteilen, jedoch nicht erläutern, welche Schlüsse wir daraus für den Ablauf der Ereignisse gezogen haben.«

Ich kannte mein Zimmer, konnte mir also den verdammten Ablauf selber rekonstruieren. »Das geht schon in Ordnung. Sagen Sie mir, was Sie sagen dürfen!«

Stiglitz zog einen Tintenschreiber aus der Tasche und griff an mir vorbei nach einem Blatt Papier. Mein Blick folgte seiner Bewegung. Dabei sah ich ein größeres Hochglanzfoto, das madenzerfressenes Fleisch wiedergab. Stiglitz schob es beiseite, um Platz auf seinem Schreibtisch zu schaffen.

Er zeichnete zwei grobe Umrisse des menschlichen Körpers. Unter den einen schrieb er ›Vorderansicht‹, unter den anderen ›Rückansicht‹. Auf den letzteren malte er einige Kreuze, die meisten an Rücken und Hüften der linken Körperhälfte, eins an den Hinterkopf.

»Scharfe, harte Schläge«, erklärte er. »Sie verursachten aber nur geringe Verfärbungen und Hautabschürfungen, da unmittelbar darauf der Herzschlag ausgesetzt hat. Aber aus verschiedenen Merkmalen der Hautbeschaffenheit können wir entnehmen, daß scharfe Kontakte erfolgt sind.«

Auf das Diagramm mit der Unterschrift ›Vorderansicht‹ zeichnete er fünf Kreise. Einen auf der rechten Brustseite, drei an der rechten Schulter und einen an der rechten Gesichtshälfte.

»Ebenfalls Kontaktpunkte, jedoch weniger scharf. Die Schläge würden, sagen wir mal, für kurze Zeit eine Hautrötung verursacht haben, aber, falls überhaupt, nur geringe Abschürfungen.«

»Schläge mit der flachen Hand? Oder mit der Faust?«

»Möglicherweise. Keinesfalls aber von einem Spinks oder Tyson.« Er lächelte und wurde gleich darauf verlegen. »Verzeihen Sie, darüber sollte man ja keine Scherze machen.«

»Die Kreuze ... sind dort Spuren geblieben?«

Er nickte, noch immer verlegen.

Man brauchte kein Genie zu sein, um ›den Ablauf zu rekonstruieren‹. Doron White war, wenn auch nicht sehr schlimm, verprügelt worden, und zwar von einem Linkshänder. (Hoffentlich hatte Inspektor Krisbaum bemerkt, daß ich keine Linkshänderin bin.) Dann war er umgestoßen worden oder umgefallen und auf ein Möbel mit vielen scharfen Kanten gefallen.

Ich stellte mir mein Bürozimmer vor. Mein Schreibtisch? Nein, der hätte solche Spuren nicht hinterlassen. Es mußte der Hartholzsessel mit seinen zickzackartigen Armlehnen und der gekrümmten Rückenlehne gewesen sein. White war im Fallen mit den Rippen und der Hüfte aufgeprallt und dann mit dem Kopf aufgeschlagen.

Der Sessel mußte links hinter Doron gestanden haben. Was bedeutete, daß er sich vor meinem Schreibtisch und mit dem Gesicht zu ihm aufgestellt hatte. Hatte er mit jemand gesprochen, der daran gesessen hatte? (Kein Wunder, daß ich für Krisbaum die Hauptverdächtige war, ob Linkshänderin oder nicht. Wer sollte denn an meinem Schreibtisch gesessen haben, wenn nicht ich?)

Aber warum sollte jemand, der an meinem Schreibtisch saß, aufstehen und Doron schlagen?

Hatte Doron jemand dabei erwischt, der kein Recht hatte, sich dort aufzuhalten? Jemand, der meine Schubfächer durchsuchte? Jemand, der aufstand, als White hereinkam. Der vortrat, als White sich ihm näherte. Der ihm gerade vor dem Sessel den Weg vertreten hatte?

Jemand, der keine Erklärung abgeben wollte, sondern Zuflucht zu Faustschlägen nahm?

Besorgt sagte Stiglitz: »Miss Di Palma?«

Ich starrte immer noch auf seine Skizzen.

»Soll ich Ihnen ein Glas Wasser bringen lassen?«

Du lieber Himmel, er war um mich gesorgt!

»Nein, ich bin okay. Hatte Doron noch Gelegenheit, eine Herztablette einzunehmen?«

»Er hatte sie noch in der Tasche.«

Ich sah von den Skizzen hoch. »Doron pflegte reflexartig nach den Tabletten zu greifen.« Der arme Kerl, diese Angewohnheit hatte ihm auch nichts mehr genützt. »Sobald er auch nur im mindesten aus der Fassung geriet, zog er sie aus der Tasche. Wenn er sie also nicht in der Hand hielt...« Ganz deutlich sah ich Dorons manikürte Hand vor mir, die weißen Knöchel beim Griff um das bernsteinfarbene Plastikröhrchen. »Das Ganze muß sich so schnell abgespielt haben, daß Doron gar nicht mehr daran denken konnte.«

Stiglitz glättete eine seiner Stirnlocken. »Interessant. Sicherlich eine Möglichkeit.«

»Haben Sie sonst noch etwas entdeckt? Textilfasern, Haare? Etwas in seinen Händen oder unter den Fingernägeln?«

»Ich habe Anweisung, nur über das oberflächliche Gutachten Auskunft zu geben.«

»Ich verlange ja keine Laboridentifizierung von Ihnen. Nur ob etwas gefunden wurde und wie es aussah.«

Er überlegte. »Okay. Wir haben in seiner rechten Hand Textilfasern entdeckt.«

Hatte White im Fallen die Hand nach dem Angreifer ausgestreckt? Hatte er sich an dessen Kleidung festhalten wollen?

»Was für Textilfasern?«

Stiglitz schüttelte den Kopf. »Das wäre eine Laborauskunft.«

»Welche Farbe?«

»Hell.« Dann hüstelte er. »Wissen Sie, das wäre eigentlich alles, was ich Ihnen sagen darf.«

War mir recht. Mehr hätte ich auch nicht mitanhören können.

26

Ich kam aus dem Büro des Coroners und befand mich hinter dem Justizpalast. An einem verödeten Parkplatz und an einigen Dutzend Dienstwagen der Polizei und des County vorbei näherte ich mich der Vorderfront des Gebäudes, als ich hörte, wie jemand mich anrief.

»Miss Di Palma! Juhu, was bin ich froh, daß ich Sie noch erwischt habe!«

Ich drehte der häßlichsten Skulptur in der Stadt den Rücken. Sieben Meter fünfzig hoch, nur Streben und krumme Stangen. »Brauchen Sie noch etwas?«

Inspektor Kellys glattes, fast jungenhaftes Gesicht war schweißgebadet und fleckig.

»Wenn ich Ihnen noch ein paar Fragen stellen dürfte?« Er atmete schwer – gab es bei der Polizei denn keine Fitneßvorschriften? »Wir haben gerade einige Fingerabdrücke untersucht. Könnten Sie noch mal ganz kurz raufkommen?«

Ich schaute zu dem trübsinnigen sechsstöckigen Kasten hinüber. In seinen Gerichtssälen hatte ich Plädoyers gehalten, seinem Leichenschauhaus Besuche abgestattet, aus seinen Zellen Häftlinge durch Kaution herausgeholt. Jetzt hatte die Konfrontation mit Surgelato einen bitteren Geschmack bei mir hinterlassen. »Befragen Sie mich hier! Ich gehe nicht noch einmal zu Ihnen hinauf.«

»Aber es handelt sich doch nur...« Sein Mund verzog sich zu einem spitzen Oval. Ich muß genauso stur ausgesehen haben, wie ich war. »Okay? Wollen Sie sich irgendwo hinsetzen?« Er machte einen Schritt auf die breiten Alabasterbänke zu, die an den Kasten hineingebaut waren.

»Nein. Fangen Sie schon an!«

Ich hörte Schritte hinter mir. Sie kamen von dem Bürgersteig jenseits der Skulptur. Viele waren es nicht. Dies war kein Stadtteil, in dem man zu Fuß ging. Eine Meile vom Rathaus, zwei Meilen vom Finanzviertel entfernt, war es ein Ort, den man von einer Abfahrt des Freeway erreichte, ein Ort, an dem man eingesperrt oder auf Kaution herausgeholt wurde.

Kelly schaute zu den Bänken hinüber. Dann schüttelte er den Kopf, als müßte er schier unbegrenzte Schikanen erdulden. »Kennen Sie einen Henry Di Palma junior?«

Hal! Mir war, als wollte mir jemand meine Lebenswurzeln absägen.

Kelly hatte schnelle Reflexe. Er packte mich an den Schultern.

»Ist Hal okay? Er ist doch nicht...«

»Nein. Ich weiß von nichts. Fühlen Sie sich wohl? Können Sie stehen?«

»Warum fragen Sie mich nach Hal?«

Er führte mich zu den Bänken. »Der Fingerabdruckcomputer. Er hat einen Printsatz aus Ihrem Büro identifiziert.«

Durch die Strumpfhosen fühlte ich den kalten Stein und legte haltsuchend beide Hände auf die von Staub verdunkelten Adern des Alabasters.

Kelly setzte sich neben mich. Hinter ihm explodierten die Impatiens in roten und weißen Blüten. »Offenbar kennen Sie Henry Di Palma. Sind Sie mit ihm verwandt?«

»Henry junior – Hal. Unsere Väter waren Vettern zweiten Grades. Wir wuchsen…« Nein, wir wuchsen nicht zusammen auf, das nun nicht. »In derselben Stadt. Das genaue Verwandtschaftsverhältnis kann ich nicht angeben, aber wir sind Cousins.«

Kelly sah etwas enttäuscht aus. »Also war er vor kurzem in Ihrem Büro?«

Hal in meinem Büro? Für ihn war es eine stinkende Gosse. Jedenfalls tat er so. »Wo haben Sie die Fingerabdrücke gefunden?«

»Am Schreibtisch. An der Tür.«

In drei Jahren hatte er mich dreimal im Büro besucht. Der letzte Besuch – von dem ich wußte – lag neun Monate zurück. Die fürchterliche Weihnachtsfeier. Selbst wenn Hal damals Schreibtisch oder Tür angefaßt hatte, wären seine Fingerabdrücke nach neun Monaten täglicher Reinigung längst verschwunden.

Ich hörte mich lügen: »Ja. Einmal kam Hal abends zu mir ins Büro. Vor einigen Tagen.«

Kelly schüttelte den Kopf. »Schon vor Tagen? Es waren aber ganz klare, saubere Abdrücke – nicht mal verschmiert. Sind Sie sicher, daß es schon so lange her ist?«

Mit dem Finger malte ich ein H auf die Banklehne. Es war sinnlos, in einer Angelegenheit zu lügen, die nachgeprüft werden konnte. »Hal hat vor elf Tagen einen Anfall erlitten, vielleicht war es sogar ein Schlaganfall.«

Wieder sah Kelly enttäuscht aus. Er zog ein kleines Notizbuch aus der Westentasche. »Okay. Nur zum Zweck der Überprüfung, wo können wir ihn finden?«

Doron hatte eine Reihe von nicht sehr kräftigen Schlägen auf die rechten Körperpartien erhalten. Hal war rechts teilweise gelähmt. Er würde mit der Linken zuschlagen. Nicht sehr kräftig, denn er war Rechtshänder. Und noch krank.

»Miss Di Palma?«

Aber warum? Warum sollte er Doron schlagen? Was für einen vernünftigen Grund...

Ich biß mir auf die Lippen und nahm mich zusammen. Ich hatte die Tatsachen abzuwägen und die strittigen Punkte auszumachen. Aber meine ganze juristische Erfahrung brach wie ein zu schwaches Gerüst in sich zusammen.

Warum sollte Hal überhaupt in mein Büro gegangen sein? Warum hatte er nicht zu Hause nach mir gesucht? Er konnte nicht klar denken. Vielleicht war er... Vielleicht hatte er Doron White angefallen, weil er...

Kelly hielt erstaunt den Atem an. »Miss Di Palma! Was ist Ihnen?«

Ich spürte, wie meine Gesichtsmuskeln zuckten, wie Tränen und Schleim aufstiegen. Ich erinnerte mich an Hals Ausdruck, als ich ihn zum letztenmal gesehen hatte. Mir war, als stülpte sich mein Inneres nach außen.

Kelly wollte mich beruhigend tätscheln. Ich stieß ihn zurück. Stieß das Taschentuch weg, das er mir reichen wollte.

Was zum Teufel kümmerte es mich, wie ich aussah? Hal war nicht vernünftig. Hal war verrückt. Nichts würde mehr so sein wie früher.

27

Ich lag in der Badewanne, ein noch unangerührtes Glas Stoli neben mir auf den Fliesen.

Ich ließ das Wasser schwappen und lauschte auf die nachmittäglichen Geräusche in meiner Wohnung. Vier Jahre wohnte ich jetzt hier, konnte mich aber nicht entsinnen, jemals nachmittags im Haus herumgesessen zu haben. Sonnabends pflegte ich zu arbeiten, und an den

Sonntagen war immer noch etwas nachzuholen. Wenn ich Sonntag nachmittags heimkam, hatte ich immer etwas zu besorgen. Viele Angelegenheiten überließ ich anderen: Hausarbeit, Lebensmittel kaufen, Sachen zur Reinigung bringen. Aber meine Garderobe konnte niemand für mich instandhalten. Und niemand konnte meine Haare für mich pflegen. Ich mußte sie oft ausdünnen und nachschneiden, damit sie nicht so wild aussahen und die Frisur anständig saß.

Ich griff nach dem Stoli. Auf dem schmelzenden Eis malte sich ein ganz zarter Regenbogen ab. Jetzt würde ich wohl genügend Zeit haben, mich mit den nachmittäglichen Geräuschen bekanntzumachen. Ich hörte den Wekker ticken, den Wind durch die Baumwipfel pfeifen und vernahm fernes Gelächter vom Golfplatz. Dann und wann forderte mein Anrufbeantworter jemanden mit deutlichen Worten auf, seine Mitteilung auf Band zu sprechen. Dann machte jemand eine Bemerkung oder fragte etwas. Jemand, den ich nicht kannte und der mir gleichgültig war, ein Reporter oder ein früherer Kollege. In meinem Kopf schnurrte eine Mitteilung zu einem kurzen Singsang zusammen: »Hier wieder Susan Yen. 989 10 10.«

Ich stellte das Glas ab. Der Drink war noch unangerührt. Ich konnte nicht vermeiden, der Wahrheit ins Auge zu schauen.

Hal war in meinem Büro gewesen. Und Dorons Verletzungen entsprechen genau dem, was Hal ihm zugefügt haben konnte.

Ich würde ärztliche Berichte zusammenstellen und psychiatrische Tests durchführen lassen müssen, um Hal vor dem Gefängnis zu bewahren. Wenn er meine Hilfe nicht annehmen wollte, mußte ich ihn für unzurechnungsfähig erklären lassen. Und sein Vormund werden.

Ich preßte die nassen Fäuste an die Augen.

Ich konnte erreichen, daß Hal von der Anklage des fahrlässigen Totschlags freigesprochen wurde. Aber dann würde der Staat beantragen, ihn in eine psychiatrische Klinik zu stecken – höchstwahrscheinlich Atascadero.

Hal würde mir die Rolle, die ich dabei spielen müßte, nie verzeihen. Und ich konnte damit nicht leben.

Ich versank tiefer in der Wanne. Wasser rieselte über den Emaillerand und erinnerte mich an das plätschernde Wasser in Dan Crosettis Badezimmer.

Was zum Teufel hatte ich überhaupt in der Badewanne zu suchen? Ich hatte seit Jahren kein Wannenbad genommen. War ich zu der Erkenntnis gekommen, daß sich meine inneren Kräfte erschöpft hatten, genau wie bei Danny?

Ich blinzelte, um das Wasser aus den Augen zu bekommen. In der gläsernen Seifendose lag das Rasiermesser für die Haare an meinen Beinen. Es war aus hübsch gebogenem Chrom, Art-Deco wie die türkisschwarzen Fliesen dahinter.

Im Dampf des Schaumbads, konnte ich in kühler Nüchternheit an Dannys Selbstmord denken, ohne daß ich die häßlichen Nebenumstände vor mir sah.

Ein Tod nach römischem Vorbild. Der Tod eines besiegten Soldaten.

Und auf seine Art war Danny ein Soldat gewesen. Er hatte seiner Sache hingebungsvoller gedient als die ›Patrioten‹ der siebziger Jahre ihren Falken-Generalen. Er hatte mehr als zwanzig Jahre gekämpft – länger als jeder Kriegsveteran. Seiner Beine beraubt, hinter Gitter gesperrt, war er dennoch im Schützengraben verblieben. Und ihn hatte zuletzt keine Woge sentimentaler Gefühle getragen – kein *Platoon* oder *Heavy Metal Jackett* hatte Mitgefühl für ihn erweckt, kein Politiker hatte sich vor den Heimatkrieger gestellt.

Ich nahm das gestylte kleine Rasiermesser in die Hand.

Ohne Hal würde jeder Tag meines Lebens so verlaufen wie heute. Eine Flasche Wodka, ein Säurebad der Reue.

Ich drehte den Rasierkopf. Die Klinge fiel heraus und landete in einer Wolke öliger Blasen.

Ich dachte an Hal, als ich ihn zum letztenmal sah. Wie er über den gebohnerten Holzfußboden schlurfte, einen Arm wie einen gebrochenen Flügel an die Hüfte gelegt. Ich dachte an sein Gesicht, eine Hälfte schlaff, die andere zu einem düsteren Blick verzogen. Und an seine Augen – verwirrt, vorwurfsvoll, beschämt.

Ich ergriff das Stück rostfreien Stahls.

Ich redete mir ein, ich experimentiere nur damit – zu Ehren von Dan Crosetti. Ich legte das Rasiermesser an die Pulsadern und spürte den plötzlichen Kitzel einer Möglichkeit. Eine Fluchttür öffnete sich.

So saß ich lange Zeit und drückte das Messer ein wenig tiefer, ein wenig tiefer.

Dann war das Wasser kalt, und das Zimmer lag im Dunkeln. Da ließ ich das Messer in den Krug mit Stoli fallen. Ich besah mir aus der Nähe mein Handgelenk. Die Haut war angeritzt. Doch es kam noch kein Blut.

Schwankend stand ich auf, eine Hand an den glatten Fliesen. Ich hatte eine Gänsehaut bekommen. In meinem Kopf drehte sich alles. Ich beugte mich vornüber.

Ich holte tief Luft und richtete mich wieder auf. Ich griff nach einem Handtuch, und da sah ich ihn im Türrahmen stehen, wie eine Erscheinung.

Er stand einfach so da.

»Hal!«

Sein Kopf fuhr zurück, als hätte ich ihn geschlagen. Im schwindenden Licht bildete ich mir ein, daß seine rechte

Gesichtshälfte genau wie die linke sei. Wenn seine Lippen bebten, dann bebten sie auf beiden Seiten gleichmäßig. Auch wenn er schmerzlich den Mund verzog, glich eine Seite der anderen.

Er zeigte auf mein Handgelenk und flüsterte: »Ich dachte schon, du würdest es tun.«

Schnell kam er durchs Zimmer auf mich zu. So schnell, daß er mich noch auffangen konnte.

28

Ich lag auf den Fliesen und sah Sandy über mir.

Sein Gesicht war bleich vor Sorge. Er deckte mich mit Handtüchern zu. »Schatz, bist du okay?«

Ich legte die Arme um ihn. »Hal! Hal war...« Oh Gott, wenn nun Hal gar nicht hier gewesen war? »Warst du das, der im Türrahmen gestanden hat? Hast du gesagt...«

Sandy legte mich sanft zurück und sah mich erschrokken an. »Du hast mich Hal genannt. Dachtest du...?«

Ich hielt mich an Sandy fest, bis ich keine Tränen mehr hatte.

Als ich mir das Gesicht abwischte, war es inzwischen stockdunkel im Bad geworden.

Sandy erhob sich auf ein Knie und griff nach dem Lichtschalter.

»Nein«, bettelte ich. »Nicht.«

Er ließ das Licht aus und seufzte tief. »Ich habe gerade von Doron White erfahren.« Er sprach mit gedämpfter Stimme. Er hatte länger für Doron gearbeitet als ich, wenn auch nicht so eng verbunden. »Kannst du mir Näheres sagen?«

Müde sagte ich: »Ich habe mit dem Gerichtsmediziner gesprochen. Doron wurden Schläge auf die rechten Körperpartien versetzt. Schläge mit der offenen Hand oder mit der Faust – keine schweren Treffer. Er ist dann umgefallen. Ich bin ziemlich sicher, daß er gegen meinen Sessel gefallen ist, den postmodernen mit den Zacken und Spitzen. Traf mit Rücken und Hüfte auf. Wahrscheinlich hatte jemand am Schreibtisch gesessen, war aufgestanden und hatte versucht, an ihm vorbei rauszukommen. Alles geschah überraschend für ihn. Doron hatte nicht mal das Tablettenröhrchen herausgezogen.«

Wir saßen in dem dunklen Zimmer, hörten das Wasser aus dem Hahn in die Wanne tröpfeln und atmeten den schweren Duft des Badeöls ein.

Langsam stand Sandy auf und fuhr mit den Fingerspitzen an meinem Arm entlang, bis er meine Hand fand. Er legte seine Finger um meine und zog mich hoch. Die Handtücher fielen hinunter, aber es war so dunkel, daß es mir gleichgültig war. Ich ließ es zu, daß er den Arm um mich legte, und ging mit ihm ins Schlafzimmer.

Am Anrufbeantworter glühten rote und grüne Lichter. Sie zeigten die Uhrzeit an, sechs Uhr vierundfünfzig, und die Zahl der eingegangenen Mitteilungen, sieben. Draußen vor dem Fenster beleuchteten Straßenlaternen eine Gruppe von Eukalyptusbäumen und warfen flatternde Schatten an die Mauer. Mein Bett war noch ungemacht, das Kopfkissen hing halb herunter, als wäre erst ein Tag vergangen, seit ich Hal auf dem Teppich gefunden hatte, und nicht elf.

Ich zog einen Morgenrock aus dem Schrank und fuhr mit den Armen hinein. Meine Haut fühlte sich kalt und blutlos an.

Sandy schaltete die kleine Leselampe ein und drehte ihren Arm so, daß ihr Licht auf eine ferne Ecke der Täfelung fiel.

Dann zog er das Kopfkissen wieder aufs Bett und setzte

sich schwer darauf. Mit beiden Händen strich er sich über den Hinterkopf.

»Wir werden den Fall lösen, Laura. Du und ich. Wir werden die Sache rausbekommen.«

Ich fummelte an dem Verschluß des Morgenrocks.

Er blickte zu mir hoch. Er sah ausgemergelt und traurig aus. »Du bist die intelligenteste Frau, die ich kenne. Du mußt mir helfen, die Sache zu entwirren.« Er streckte die Hand nach mir aus. »Du darfst nicht zusammenbrechen. Nicht mit Rasiermessern rumspielen.«

Ich nahm seine Hand. »Sandy, Hal war gestern abend in meinem Büro. Sie haben seine Fingerabdrücke auf dem Schreibtisch und an der Tür gefunden.«

Kurzes Schweigen. Er starrte auf unsere verschlungenen Hände. »Er hatte doch nicht die geringste Veranlassung, auf Doron loszugehen.«

Ich versuchte, meine Hand wegzuziehen. »Vielleicht brauchte er... vielleicht brauchte er gar keine...«

Sandy hielt meine Hand fest. »Vielleicht brauchte er keine Veranlassung? Laura? Sieh mich an, ja?«

Ich sah ihn an. Seine Augen unter den Lidern blitzten.

»Du befürchtest, daß Hal verrückt ist. Du glaubst, diese Kugel in Vietnam hat etwas in seinem Kopf durcheinandergebracht... daß er vielleicht eine dieser wandelnden Zeitbomben ist, von denen man im Fernsehen hört. Vielleicht, meinst du, war er in all diesen Jahren nahe daran überzuschnappen und hat sich gerade so zusammenreißen können. Dir fallen Dinge ein, die frühe Anzeichen gewesen sein könnten. Und du nimmst an, daß das, was ihm neulich zugestoßen ist, das ihn rechts teilweise gelähmt hat, seinen Geisteszustand verschlimmert hat.«

Ich brachte es nicht über mich zu nicken.

Ein freudloses Lächeln. »Nun werde ich dir mal sagen, was ich annehme. Ich habe deine Familie kennengelernt.

Vielleicht haben sie Schuld, vielleicht war es aber auch angeboren. Ich denke, ob mit oder ohne Kopfschuß, Hal wäre immer ein schlechtgelauntes, selbstsüchtiges Arschloch geworden.«

Ich wich zurück und versuchte, meine Hand mit einem Ruck zu befreien.

Aber er hielt fest. »Ich gebe nicht vor, Hal zu mögen. Und ich tu' nicht so, als wäre es mir gleichgültig, daß er dir drei Jahre lang ein Scheißleben bereitet hat.« Seine Kinnmuskeln zuckten. »Als ich dich kennenlernte, warst du ein Mensch voll Zuversicht und Selbstvertrauen. Die drei Jahre mit Hal haben dich so fertiggemacht, daß du dich in die Scheißbadewanne setzt und dir das Rasiermesser an die Pulsadern legst.«

»Das hat nichts damit zu tun, daß Hal mich kaputt gemacht hätte.«

»Und ob!«

Endlich gelang es mir, ihm die Hand zu entziehen. »So ein zartes Blümchen bin ich nicht, Sandy. Es kommt auch nicht darauf an, was Hal *sagt*. Merkst du denn nicht, wie er...« Wie er mich ansieht. »Hal greift ja gar nicht mich an. Sondern das Wohlleben, den Luxus. Der flößt ihm Schuldgefühle ein.«

Ich mußte an Dan Crosettis Wohnung denken – nur wenige Stunden darin hatten mir alle Freude an meinem bescheidenen Luxus vergällt. Wie würden Jahre der Wurzellosigkeit und Armut meine Vorstellungen verändern?

Die Hände auf den Knien, sank Sandy in sich zusammen. »Mein Gott, diese Kiste wollte ich gar nicht aufmachen. Die Sache ist die: ich mag Hal nicht besonders – ich habe null Achtung vor ihm. Und ich sage dir« – er machte eine Pause, um die Wirkung zu erhöhen – »der Kerl ist nicht verrückt! Er hat einen miesen Charakter, aber verrückt ist er nicht!«

»Der Anfall oder was es war...«

»Hat ihn geschwächt und verwirrt. Aber er war auf dem Wege der Besserung. Es ging ihm schon so gut, daß er aus dem verdammten Krankenhaus ausreißen konnte. Es ging ihm so gut, daß er nach San Francisco gelangte – hier hat er die verdammten Fernsehnachrichten gehört, ist in eine Bar gegangen und hat dich angerufen. Herr des Himmels, Laura! Seine telefonische Mitteilung an dich – hörte er sich da wie ein Verrückter an? Oder auch nur geistig verwirrt?«

»Nur traurig.«

Lustlos erhob sich Sandy. »Ja, traurig.«

»Also glaubst du nicht, daß er es war, der Doron geschlagen hat?«

»Nein«, sagte er mit Nachdruck. »Er hatte keine Veranlassung dazu. Es muß jemand gewesen sein, der in deinem Büro rumgeschnüffelt hat. Zum Teufel, ich weiß auch nicht, warum. Aber es muß mit Crosetti und Lefevre zusammenhängen. Es ist dein einziger Fall, der für andere Bedeutung hat.«

Crosetti und Lefevre. »Immer wenn ich über den Fall nachdenken oder etwas Konstruktives unternehmen will...«

»Denkst du an Hal – ich weiß.« Er beugte sich vor, so daß unsere Nasen auf gleicher Höhe waren. »Hör zu, Laura, als ich herkam, hatten sie schon das Siegel vor deinem Bürozimmer abgenommen. Ich wollte dich eigentlich nur abholen. Du solltest mit mir hingehen. Ich wollte, daß wir dort gemeinsam versuchen, uns etwas einfallen zu lassen.« Er sah mich an wie ein Augenarzt, der die Pupillenerweiterung prüft. »Es ist das beste, was du für Hal tun kannst. Falls du dir den Weg zutraust.«

Mir war kalt, übel und schwindlig. »Laß mir fünf Minuten Zeit zum Anziehen!«

29

Wir waren nicht allein in den Büroräumen von White, Sayres & Speck. Tatsächlich waren schon zwei Mitarbeiter am Werk, und die Programmierer der Nachtschicht waren vollzählig da. Doron White stand zwar auf dem Briefkopf der Firma an erster Stelle, doch als Anwalt war er in der Firma am leichtesten zu ersetzen.

Die Leute waren übertrieben höflich zu mir. Vielleicht war es sogar möglich, daß man mir die Stellung, aus der Doron White mich gefeuert hatte, stillschweigend wieder überlassen würde. Das wäre für Whites Partner angenehmer, als wenn sie meine Arbeit unter meinen bereits überlasteten Kollegen aufteilen – und mit Sicherheit angenehmer, als wenn sie sie selber übernehmen müßten. Wenn ich mich nicht mehr aufsässig zeigte, würden sie möglicherweise so tun, als wäre nichts geschehen. Vielleicht im nächsten März sogar für meine Aufnahme als Partnerin stimmen.

Aber das wäre ja so, als spuckte ich auf Dorons Grab.

Ich machte die Zimmertür zu, lehnte mich dagegen und sah zu, wie Sandy herumging, schnüffelte und Sachen durcheinanderwarf. Abgesehen davon, daß Sessel und Schreibtisch umgestellt worden waren, sah das Zimmer aus wie immer.

Sandy setzte sich auf den Schreibtischsessel und zog die oberste Schublade auf. »Also was zum Teufel könnte dieser Unbekannte hier gesucht haben?«

Ich zog es vor, den entscheidenden Hintergrund der Frage nicht zu beachten. »Da liegen nur langweilige Schriftsätze drin, auf die niemand scharf sein könnte.«

Dann schob ich die Ledersessel wieder an ihren alten Platz und stellte auch den postmodernen Hartholzsessel dahin, wo er gehörte. Ob er dahin gehörte, würde allerdings wohl mein Nachfolger in diesem Zimmer zu bestimmen haben.

»Ich war zweimal in Dan Crosettis Wohnung. Beide Male könnte ich von dort etwas mitgenommen haben.«

Sandy ließ ein Rollschubfach wieder zuschnappen und zog das nächste auf. »Der erste Besuch – als du Crosetti in der Badewanne vorfandest – wer wußte darüber Bescheid?«

»An dem Tag nur Leute der Behörden – Krankenpfleger, Cops, der FBI, die Unterstaatsanwältin.« Und nach meiner Pressekonferenz jeder, der Radio oder Fernsehen empfangen konnte. »Am nächsten Morgen war es in allen Nachrichten.«

Sandy sah zu mir hoch und überlegte. »In den Nachrichten.«

»Aber Danny lag im Sterben. Ich würde doch niemals in seinen Sachen wühlen, während er...« Ich ließ mich schwer in dem Hartholzsessel nieder, wobei ich mich vorsah, die Zickzack-Armlehnen nicht anzufassen. Ich würde wohl nie vergessen, was der Coroner über die vorgefundenen Gewebefetzen gesagt hatte.

Sandy knallte die zweite Schublade zu. Rotblondes Haar fiel ihm in die Stirn. »Er könnte dir aber etwas gegeben haben, das du für ihn aufbewahren solltest. Du warst ja seine Anwältin. Du warst dabei, als er starb.«

»Außer daß...«

»Gar nichts. In den Nachrichten wurden die blutigen Einzelheiten nicht erwähnt. Eher konnte man daraus den Eindruck gewinnen, daß er friedlich in deinen Armen... entschuldige.« Er ließ sich schlaff zurückfallen. »Crosetti könnte dir etwas anvertraut haben. Jedenfalls konnte sich jemand das eingebildet haben, stimmt's?«

Ich rieb mir den Nacken. »Kann sein.«

»Dann bist du gestern nachmittag wieder hingegangen.

Du mußtest deinen Namen auf das Siegel schreiben, nicht wahr? Also konnte ihn jeder lesen...«

»Das Siegel wurde schon abends entfernt. Das hat mir der Coroner selbst gesagt.« All das hatten wir schon bei den Spaghettis am Abend zuvor durchgehechelt. Allmählich kam ich mir vor wie ein Zeuge, der auf seine Aussage präpariert wird.

»Und du hast nichts entdeckt, was bei dir die Alarmglocke in Gang setzte.«

»Nein. Seine Papiere waren in sauberen Haufen aufgestapelt – schon sortiert. Nichts Belastendes. Nichts, das einem auffiel – jedenfalls mir nicht.«

»Aber an diesem Abend kommt jemand in dein Büro. Wahrscheinlich sitzt er hier und macht das gleiche, was ich jetzt mache – durchsucht deinen Schreibtisch. Doron kommt rein, und die Person X steht auf. X will raus, aber dazu muß er an Doron vorbei und schubst ihn rum.« Er fuhr sich mit den Fingerknöcheln über das Kinn. »Siehst du das auch so?«

»Ja.«

Er beugte sich vor und stellte die Ellbogen auf die Löschunterlage. »Nun, ich bin mir über den Ablauf nicht so recht im klaren. Aber mein Gefühl sagt mir, daß jemand nach etwas von Crosetti gesucht hat. Etwas, von dem er annahm, daß er es dir gegeben hat oder du es mitgenommen hast.«

»Aber warum sucht er dann hier im Büro? Warum nicht in meiner Wohnung?«

»Würdest du es denn merken, wenn deine Wohnung durchsucht worden wäre? Wenn man es mit aller Sorgfalt getan hätte? Wenn du nicht besonders darauf geachtet hättest?«

»Du bist der Detektiv. Hätte ich es gemerkt?«

»Nee. Nicht wenn man es raffiniert angestellt hätte.« In

rascher Folge öffnete und schloß er die übrigen Schubfächer.

Dann stand er auf und massierte sich die Brust, wo die Kugeln eingeschlagen waren. »Sieh du mal nach! Vergewissere dich, daß alles da ist, wo es sein sollte! Daß es nicht etwa darum ging, Akten über die Exalted American Bank zu stehlen.«

Meine Kehle brannte, ich lechzte nach einem Drink. Ich hatte schon mal daran gedacht, in dem Schränkchen neben dem Bücherregal eine Hausbar einzurichten. Das war etwas, was Doron getan haben könnte – um den Eindruck von vornehmer Gastlichkeit zu erwecken. Aber ich hatte befürchtet, bei mir würde das eher unpassend und lasterhaft wirken.

»Bist du okay, Schatz?«

Ich dachte an den Krug Wodka neben meiner Badewanne. »Ich könnte ... eine Tasse Kaffee gebrauchen.«

»In Ordnung.« Er steckte sich das Hemd ordentlich in die Hose und strich darüber. Dann zog er sich mit Ungeduld das Jackett zurecht. Mit seiner langen, schlanken Figur hätte er in dem Anzug umwerfend ausgesehen, wenn er ihn nicht mit so deutlicher Abneigung getragen hätte. »Ich muß ohnehin mit den Sekretärinnen sprechen. Kaffee ist ein guter Vorwand.«

Irgend etwas, das Sandy an sich hatte – seine verführerische Stimme und die Art, wie er »na so was, Ma'am« sagte – brachte ihm viele Informationen ein, besonders beim Dienstpersonal.

Schon im Hinausgehen, blieb er noch einmal stehen und hockte sich neben meinen Sessel. Dann legte er seine lange Hand hinter meinen Hals, beugte sich zu mir und legte den Mund kurz auf meinen. Er hätte ebenso eine Statue küssen können.

Er wandte die Augen ab. Hinter ihm rahmte die Glaswand eine nächtliche Stadtlandschaft ein. Laternen, Straßenverkehr und erleuchtete Bürofenster. Sandy ging mit raschen, steifbeinigen Schritten aus dem Zimmer.

Ich stand auf und begab mich gleichgültig zum Schreibtischsessel. Mit dem obersten Schubfach links fing ich an. Fotokopierte Prozeßunterlagen. Ich ging sie alle durch, eine nach der anderen. Machte mich dann ans nächste Schubfach. Akten. Ich sah sie durch. Die nächsten Schubfächer. Weitere Akten. Hunderte von Stunden Strategie, sorgfältig formulierte und redigierte Schriftsätze. Worte, die den Richter überzeugen und den Gegner vernichten sollten. Papierkrieg, wild und laut – und alles um finanzielle Auseinandersetzungen.

In den Sessel gelehnt, dachte ich an Dan Crosettis Akten. Er hatte sein Schlachtfeld mit größerem Bedacht gewählt. Bei ihm gab nicht scharfsinnige Intelligenz den Ausschlag, sondern sein Gewissen.

Dann preßte ich die Handrücken an die Augen. Eine Idee begann sich abzuzeichnen. Ich versuchte, mir Dannys Zimmer ins Gedächtnis zu rufen. So wie ich es gesehen hatte, als ich dort auf dem Fußboden hockte und in den Akten blätterte. Ich hatte aufgeblickt, die Wände betrachtet und...

Blinzelnd schlug ich die Augen auf. An der Wand, wo ich tags zuvor noch eine Landkarte gesehen hatte, war ein leerer Fleck gewesen. Wenn ich mich nicht täuschte, war es eine Karte der Nuklearwache von Kalifornien gewesen. Sie hatte die Strecken gezeigt, auf denen Eisenbahnwagen Atomwaffen durch die Gegend fuhren.

So was konnte der FBI abgenommen und zu seinen Akten gelegt haben.

Ich drückte die 9, um ein Amt zu bekommen, und rief die Vermittlungsstelle an.

»Vermittlungsstelle. Asimov.«

Jemand, den ich kannte. Gut. »Laura Di Palma hier. Sind Sie immer so spät noch da?«

»Es ist ja erst acht Uhr dreißig.« Spöttisch: »Ja, im allgemeinen ja.«

»Haben Sie die Kartons schon durchgesehen?« Ich spürte Gewissensbisse. Ich hatte Barbara Nottata doch versprochen, Sandy hinüberzuschicken, um ihr dabei zu helfen.

»Ja.« Er schien darüber nicht gerade glücklich zu sein. »Obwohl ich eigentlich kein Recht dazu hatte.«

Noch nie war ich einem Polizeibeamten begegnet, der den vierten Verfassungszusatz so ernst genommen hätte. »Ihre Motive sind aber rein.«

»Wünschen Sie etwas?«

»Ich nehme an, Sie haben nichts gefunden?«

»Nein. Es sind aber noch sechs oder acht Kartons übrig.«

»Was können Sie mir über die Nuklearwache sagen?«

»Sie sind schon seit geraumer Zeit am Wirken. Sie geben Flugblätter heraus, auf denen die neuesten Eisenbahnwaggons abgebildet sind, die Atomwaffen oder atomaren Müll transportieren. Sie haben überall im Staat Späher – so in der Art von Vögelbeobachtern – die die Waggons zählen und die Fahrtstrecken auf Landkarten eintragen.«

»Was machen sie von diesen Informationen für einen Gebrauch?«

Sein Ton wurde wärmer. »Das machen sie ziemlich intelligent. Sie erstellen Landkarten und machen sie den anderen Organisationen zugänglich – zum Beispiel CalPIRG. Sie sprechen mit den Menschen, die an den Fahrtstrecken wohnen. Eine ganze Anzahl von Gemeinden hat schon Verordnungen erlassen, die den Wagen die Fahrt über Hauptverkehrsstraßen ihrer Countys verbieten – atomwaffenfreie Zonen. Sie treten auch bei Anhörungen der Highway-Verwaltung auf. Sie informieren die Leute von den Pflugscharen, wo am wirkungsvollsten Liegeblockaden durchgeführt werden können. Sie veröffentlichen ihre Karten und Erklärungen in *Nuclear Times.* Und sie bilden so etwas wie ein Verbindungsglied zwischen den Leuten von Friedenserziehung und den Typen der militanten Anarchisten.«

»Die Informationen, die sie weitergeben – sind die eigentlich geheim?«

»Oh ja. Die Regierung setzt laufend andere Fahrzeugtypen ein. Man will Ärger mit lokalen Verordnungen und alten Frauen von WILPF vermeiden, die sich auf die Straße legen.«

»Woher bezieht die Nuklearwache ihre Informationen?«

Pause. Dann: »Wenn ich das wüßte!«

»Bleiben Sie noch eine Zeitlang da?«

»Ja.«

»Ich komme in einer Stunde zu Ihnen.«

»Ich bleibe sowieso.« Er legte auf.

Sandy kam zurück. Nachdenklich rieb er sich das Kinn. »Soll ich dir mal was Komisches erzählen?«

Ich legte den Hörer auf. »Was?«

»Die Damen aus der Datenverarbeitung haben gestern abend nur Anwälte hier gesehen, und die Anwälte haben nur Damen aus der Datenverarbeitung gesehen.« Er warf seinen langen Körper in einen Sessel. »Also hat es vielleicht doch nichts mit Crosetti zu tun. Vielleicht handelt es sich um einen Streit zwischen Doron und Jerry oder zwischen Doron und Tish.«

»Tish ist ein Arschkriecher. Jerry ist feige.«

Sein leichtes Lächeln verschwand so schnell, wie es erschienen war. »Nun, dann müssen sie irgendwann nicht so recht achtgegeben haben. Oder wie zum Teufel konnte Hal herkommen und wieder gehen?«

Niemald hätte Hal für einen Anwalt halten können.

Sandy erschrak. »Habe ganz den Kaffee vergessen.« Dann ärgerlich: »Was ist eigentlich mit mir los? Ich bin verdammt aus dem Leim.«

Ich dachte daran, wie Hal an meinem Schreibtisch gesessen hatte, und bemühte mich, einen Hauch seiner Gegenwart zu spüren.

»Du siehst abgekämpft aus, Schatz. Willst du Schluß für heute machen?«

»Wir müssen noch zur Vermittlungsstelle fahren. Barbara Nottata...«

»Wer?«

»Eine Freundin von Danny. Sie hat in der Vermittlungsstelle nachgesehen und dabei Dannys FBI-Akten in einem Karton gefunden, der nie geöffnet wird. Sie ist neu in der Stadt und kannte Danny noch nicht so gut. Daher ließ ich sie Keith Asimov bitten – kennst du ihn?«

»Ja. Sieht aus wie ein Punk.«

»Er hatte alle Kartons durchsucht, die da sind. Ich muß noch mit ihm sprechen.«

Dann erzählte ich Sandy von der Landkarte, die bei Dan Crosetti an der Wand gehangen hatte und jetzt nicht mehr da war. Und alles, was mir Asimov über die Nuklearwache berichtet hatte. »Vielleicht hat die Organisation sich Geheimmaterial verschafft – vielleicht hat es auch Danny getan. Vielleicht ist es das, von dem man vermutet, Danny hätte es mir zur Aufbewahrung gegeben. Der Grund, warum mein Büro durchsucht wurde.«

Sandy streckte die langen Beine aus und massierte sich die Knie. »Die einzigen, die sich für dieses Zeug interessieren, können sich, wenn sie einen Blick darauf werfen wollen, auch die Genehmigung dafür besorgen.«

Ich legte die Arme über der Löschunterlage zusammen und bettete den Kopf darauf.

Mit leiser Stimme sagte Sandy: »Sagen wir mal, die Weißen-Oberhemden-Typen glaubten, Crosetti sei im Besitz von Geheimmaterial. Dann wären sie wie die Kakerlaken über die Aktenkartons hergefallen. Und wenn sie angenommen hätten, daß Crosetti dir vor seinem Tod etwas streng Geheimes übergeben hätte, dann würden sie über dich hergefallen sein.«

»Wahrscheinlich«, murmelte ich, den Kopf auf den Armen.

»Der FBI ist so ziemlich die kaputteste Horde schizophrener Arschlöcher auf der ganzen Welt, aber ich sage dir eins – so beknackt sind sie nun doch nicht, daß sie einen bedeutenden Anwalt wie Doron White mißhandeln würden.«

»In Ordnung. Es war ja nur eine Idee.«

Er hüstelte. »Wir sind ziemlich konfus«, sagte er. »Wir müssen jetzt ganz logisch überlegen. Laura? Würdest du mich bitte mal ansehen?«

Ich tat es ihm zuliebe.

»Erstens: Irgend jemand hat John Lefevre ermordet.«

»Und zweitens: Dan Crosetti wird verhaftet.«

Sandy runzelte die Stirn. »Hat Crosetti dir mal erzählt, wie er Lefevre auf die Schliche gekommen ist? Wie er entdeckt hat, daß Lefevre vom FBI war?«

»Nein.«

Schweigen. Es war offensichtlich, was er dachte: *Und du nennst dich Anwältin?*

»Worüber *habt* ihr denn gesprochen?«

»Gleich nach seiner Festnahme haben wir über seinen Krankheitszustand gesprochen.«

Sandy war verdattert. »Seinen Krankheits ... Warum?«

»Weil ich darüber Bescheid wissen mußte, wenn ich

eine sofortige Kautionsverhandlung erreichen wollte. Als erstes wollte ich ihn herausholen. Dann, dachte ich, wäre immer noch Zeit, die Sache im einzelnen zu besprechen.«

»Und was war später?«

Ich war zu müde, um mich noch zu schämen, und es war ja auch eine verdammt gute Frage. »Danach habe ich ihn eine Woche lang nicht gesehen. Ich war bei Hal im Krankenhaus und – ich hatte gerade angefangen, mit Danny ernsthaft zu sprechen, da kam der Anruf, daß Hal ausgebrochen sei.«

Sein Gesicht war verkniffen. »Und als du in Crosettis Wohnung gingst... Nun werde jetzt nicht ärgerlich – aber hat er *gesagt*, daß er Lefevre nicht erschossen hat? Ausdrücklich?«

»Das brauchte er mir gar nicht zu sagen. Das ging aus allem hervor, was er... Hör zu, als ich Dannys Wohnung verließ, war ich so fest davon überzeugt, wie man nur sein kann, daß Lefevres Mörder noch nicht gefunden war.« Ich holte tief Luft. »Und fühlte mich an Dannys Selbstmord moralisch schuldig.«

Sandy strich sich einen Haarbüschel aus der gerunzelten Stirn. »Ich will ja nur sagen, Crosetti hatte die Waffe, und er hatte ein Motiv...«

»Alle in der Vermittlungsstelle hatten ein Motiv!«

»Nein – wir sprechen von Treuebruch. Und soviel ich gehört habe, war Crosetti eng mit Lefevre befreundet. Das weist stärker auf ihn hin.«

Ein Name kam mir auf die Zunge. »Keith Asimov.«

Sandy nickte bedächtig. »Ja. Als Crosettis Freund könnte er die Sache verdammt persönlich aufgefaßt haben.«

»Aber er würde nicht geschwiegen und Danny seinem Schicksal überlassen haben.«

Er verzog ironisch den Mund. »Na ja, man kann nur

hoffen, daß Crosetti bessere Freunde hatte. Aber am Beispiel Lefevre gemessen, scheint Crosetti seine Freunde nicht gerade mit Sorgfalt ausgewählt zu haben.«

Ich entsann mich des plötzlich aufsteigenden Mißtrauens, das ich an jenem Vormittag zurückgedrängt hatte. »Du bist doch ehrlich zu mir, nicht wahr, Sandy?«

»Was soll das heißen?«

»Du hast mir erzählt, John Lefevre habe im Height gewohnt und Rauschgift zu sich genommen.« Noch immer gab mir Barbara Nottatas Einwand zu denken.

»Ja, und?«

»Hätte der FBI das nicht auch erfahren müssen?«

»Sollte man eigentlich annehmen. Worauf willst du hinaus, Laura?«

»Warum hat der FBI trotzdem Lefevre wieder aufgenommen? Ihn sogar mit einem neuen Auftrag betraut?«

»Zufällig habe ich eine Theorie darüber. Aber ich würde viel lieber wissen, warum du... Nein.« Sein Blick wurde finster. »Alles zu seiner Zeit. Ich glaube, die Typen mit den weißen Oberhemden hatten schon ihre Zweifel an Lefevre – sein unentschuldigtes Wegbleiben von der Arbeit, das Herumhängen mit alternden Blumenkindern. Ich schätze, sie wollten ihn eine Zeitlang unter Verschluß halten. Erst mal sehen, was eigentlich mit ihm los war.« Er wischte Graphitstaub von der Lederarmlehne. »Deshalb steckten sie ihn an eine Stelle, wo er möglicherweise auf was Gutes stoßen konnte – man wolle ja das Geld der Steuerzahler nicht verplempern – andererseits aber auch keine Gelegenheit hatte, eine laufende Ermittlung zu vermasseln. Also steckten sie ihn zu dem Haufen ehemaliger Pazifisten.«

»Von dieser Theorie hast du nie etwas erwähnt.«

Seine Kinnmuskeln zuckten. »Und du hast auch noch nie gesagt, daß du mich für einen Lügner hältst.«

30

Zur Vermittlungsstelle war es eine Fahrt von zehn Minuten. Sie ging durch das Finanzviertel, über die Market Street, durch das Mission-Viertel mit seinem Geruch nach aufgewärmten Bohnen und der von Kirche und Familie beherrschten Atmosphäre und von dort ins Noe Valley mit den florierenden kleinen Nachtclubs und anmutigen viktorianischen Häusern. Ich schloß die brennenden Augen und legte den Kopf auf die gepolsterte Sitzlehne in Sandys Buick. Wir sprachen kein Wort.

Als wir in die 24th Street kamen, sah sich Sandy nach einem Parkplatz um. Wir mußten noch zehn Minuten im Kreis herumfahren. Schwule Pärchen schlenderten vorbei, umarmten sich lachend und drängten in Bars und Restaurants. An der Castro Street fanden wir einen freien Platz. Sandy schloß den Kofferraum auf, warf einen schnellen Rundblick um sich und zog einen Revolver aus einem kleinen Behälter. Dann knöpfte er das Jackett auf und befestigte das Schießeisen am Gürtel. Er warf den Kofferraumdeckel wieder zu und drehte sich zu mir um, mit finsterem, fast herausforderndem Blick. Er sagte aber nichts, und ich sagte auch nichts. Die fünf Blocks bis zur Vermittlungsstelle gingen wir zu Fuß.

Wie viele Etablissements in der 24th Street war es noch erleuchtet und fürs Publikum geöffnet. Auf der anderen Seite standen Paare vor einem winzigen Restaurant Schlange. Vor einem Buchladen drängten sich die Leute.

Durch die herabgelassenen Streichholzjalousien sah ich, wie Keith durch die Vermittlungsstelle ging. Sandy legte mir den Arm um die Schultern.

Ich brach das Schweigen, das wir um uns aufgerichtet hatten. »Sandy, man kann es nicht einmal den Schatten eines Verdachts nennen.«

»Ich weiß.«

»Du wirst doch nicht mit gezogener Waffe auf ihn losgehen?«

»Du müßtest mich besser kennen.«

Er griff nach der Tür und stieß sie auf.

Asimov fuhr herum. Er sah durch mich hindurch. »Der Detektiv«, sagte er zu Sandy. Es gibt Männer, die lieber mit Männern – gleich welcher Art – als mit Frauen sprechen. Offensichtlich gehörte Asimov dazu.

Ich ging an den beiden Schreibtischen vorn vorbei und sah auf die Wand von Aktenkartons, die den Raum in zwei Teile zerschnitt. Es war nicht zu erkennen, daß sie umgestellt oder die Papiere durchwühlt worden wären.

Hinter mir sagte Sandy: »Wo hat Crosetti das Gewehr aufbewahrt?«

Ich drehte mich um und sah gerade noch, wie Asimov die Achseln zuckte. Seine Haare hingen wirr durcheinander, seine Haut war beschmutzt. Vielleicht hatte er wirklich gesucht.

»Für mich hat noch keiner bewiesen, daß er wirklich eins hatte«, sagte Asimov.

Ein Kopf erschien über den Kartons. Der Mann mußte dahinter geduckt gestanden oder gehockt haben. Glattes blondes Haar über dünnen Wangen, Haferflockenteint: Mark Bresenzcy, der junge Anwalt.

»Hei.« Er lächelte mich an, nickte Sandy höflich zu und beugte sich dann vor, weil er einen Niesanfall bekam.

Ohne ihn zu beachten, sagte ich zu Asimov: »Danny hat es mir gegenüber zugegeben...«

Aber Asimov schnitt mir das Wort ab. »Ich habe Danny sehr viel besser als Sie gekannt. Wenn er ein Gewehr gehabt hätte...«

»Er hat eins gehabt«, sagte Sandy langsam, »das steht außer Zweifel.«

Inzwischen hatte sich Bresenzcy von der Nieserei erholt und warf ein: »Hier hätte er es nicht aufbewahrt.«

»Weil er so ein Scheißding nie besessen hat!« sagte Asimov hartnäckig.

Bresenzcy kam hinter der Kartonwand hervor. Er schüttelte den Kopf, schien aber nicht erzürnt zu sein.

Ich sah Asimov in sein rotes Gesicht. Sandy hatte unrecht: hier war ein Mann, der seinen Freunden die Stange hielt.

Zögernd beharrte ich: »Danny gab zu, daß er sich ein Gewehr gekauft hatte. Er meinte, er habe sich geschämt, es in Ihrer Gegenwart zu sagen.«

Asimovs Gesicht verzerrte sich, als hätte ich ihn geschlagen.

»Also«, sagte Sandy in grobem Ton, »wer von euch Macho-Revolutionären hat Crosettis Gewehr gefunden? Wer hat den Polypen umgelegt?«

Leute auszuquetschen war Sandys Spezialgebiet. Ich zog mich in den Hintergrund zurück. Aber ich hätte gern gewußt, inwieweit Sandys Verachtung echt war.

Sandy machte sich nicht mehr klein. Er wuchs förmlich zu imposanter Größe auf. »Es liegt doch ziemlich klar auf der Hand, nicht wahr? Dauernd müssen wir uns diesen Quatsch über den großen Dan Crosetti anhören – wie ihr den Mann alle verehrt und bewundert habt.« Er machte eine Geste, die besagte: Ist ja lachhaft. »Aber vor allem wart ihr doch auf Lefevre eifersüchtig – weil er Gedichte mit Crosetti austauschte und innerhalb von einem Scheißmonat praktisch sein Blutsbruder wurde, während du« – er trat dicht an Asimov heran – »ihm schon so lange die Krücken nachgetragen hast. Wie lange warst du denn schon Crosettis Laufbursche?«

»Sie sind ein dummer, rauflustiger Rüpel«, sagte Asimov leise.

Sandy mit übertriebener, herablassender Ironie: »Na schön, ich weiß es ja ohnehin. Du bist seit vier Jahren Crosettis Laufbursche gewesen. Vier Jahre! Und ich wette, dir hat er seine Werke nie gezeigt.«

Asimov war kreideweiß und sagte finster: »Scheißkerl!«

Sandy schien zu explodieren. Er sprang vor und packte Asimov an der Hemdbrust. »Sag das noch einmal, du Pazifist!«

Mark Bresenzcy wollte auf sie zugehen, aber ich gab ihm mit einer Handbewegung zu verstehen, er solle sich heraushalten und still sein. Er gehorchte auf der Stelle. Er würde mal einen guten Mitarbeiter im zweiten Glied abgeben.

Sandy und Asimov standen jetzt Fuß an Fuß. Sandy hatte den kleineren Mann immer noch im Griff und beugte sich über ihn. »Ich weiß eine Menge über dich«, sagte er im Flüsterton. »Über dich und dein Gesocks. Im Krieg, wo ihr mal was für euer Land tun konntet, wolltet ihr nicht kämpfen. Aber wenn es darum geht, Cops mit Steinen und Pflastersteinen zu bewerfen, dann überlegt ihr nicht zweimal.«

Ich bekam es allmählich mit der Angst zu tun. Sandy war Ende der sechziger bis Anfang der siebziger Jahre Cop gewesen. Was dies ein Beispiel der damaligen Vernehmungsmethoden?

Sandy bog Asimovs Körper nach hintenüber, und der wehrte sich, um auf den Beinen zu bleiben. Seine Arme bebten, als könne er kaum noch an sich halten.

Wieder wollte Bresenzcy dazwischentreten, und wieder winkte ich ihm, es zu lassen.

Solange Sandy nur Asimovs Pazifismus beschimpfte, war er sicher – dann schützte ihn dessen Sturheit vor Gewalttätigkeit. Und solange Asimov sich friedlich verhielt, würde Sandy ihn nur verhöhnen und einschüchtern.

Doch das Schauspiel flößte mir Widerwillen ein. Ich flehte: »Laß ihn in Ruhe, Sandy!«

Statt dessen schob Sandy den anderen immer weiter zurück und schüttelte ihn, die Fäuste weiterhin in seinem Hemd verkrallt. Er hatte das Kinn vorgeschoben und trug ein spöttisches Grinsen zur Schau.

So hatte ich Sandy noch nie gesehen. Ich wußte nicht, worauf das hinauslaufen sollte. Aber pflichtbewußt stellte ich mich vor Bresenzcy und ließ ihn nicht eingreifen. Zwar wünschte ich nichts lieber als ein Ende der häßlichen Szene, doch mußte ich Sandy an der langen Leine lassen.

Sandy drängte Asimov gegen die Wand aus Aktenkartons. Die Männer waren so dicht bei uns, daß ich ihre übersteigerte Wut förmlich riechen konnte. Ich merkte, daß Bresenzcy sich hinter mir bewegte.

Plötzlich riß Sandy den anderen an sich, so daß sie Brust an Brust standen. »Sag mir eins, Pazifist! Wie hast du dich vor dem Militärdienst gedrückt?« Krachend stieß er Asimov wieder gegen die Kisten. »Plattfüße? Allergie?«

Er riß ihn vor und rammte ihn wieder gegen die Kistenwand. Bei dem Anprall verschoben sich die Kartons, und eine Staubwolke wirbelte auf.

Ich hätte nicht geahnt, daß Sandy sich so schweinisch benehmen könnte.

Wieder ein Stoß und ein Anprall. »Oder hast du dir irgendwo den Magistergrad besorgt?«

»Hör zu, du Scheißer...« Asimov sprach durch fast zusammengebissene Zähne. Es sah aus, als habe er Schmerzen. Seine Haut wies Flecken und Schweißtropfen auf. »Ich bin viermal verhaftet worden. Du kannst mir nichts antun, was mir die Arschlöcher von Cops nicht schon angetan hätten.«

Sandy packte Asimov an einer Hand und riß sie trotz des wütenden Sträubens bis in Augenhöhe hoch. »Ach, da hast ja noch den Zeigefinger zum Schießen – hast ihn dir doch nicht abgeschnitten, um dienstunfähig zu werden. Hattest also nicht so den Hang zur Selbstverstümmelung wie Crosetti.«

Ich hörte, wie Bresenzcy schwer atmete. Ich wahrscheinlich auch. Sandy ging zu weit.

Das meinte Asimov anscheinend auch. Sein freier Arm schwang hoch, und ein harter Treffer zwang Sandy, ihn loszulassen. Als er das tat, kam Asimov aus dem Gleichgewicht und prallte zurück.

Dem aber hielt die schwankende Mauer von Pappkartons nicht stand. Die oberen Reihen kippten um. Die Kartons fielen herunter, mit gedämpftem Aufschlag, Ecken beulten sich ein. Deckel sprangen auf, Papier flatterte heraus. Die Luft war stickig von Staub.

Vielleicht wäre Asimov auch hingefallen, aber Sandy packte ihn und wirbelte ihn um hundertachtzig Grad herum, so daß er der Tür den Rücken zeigte. Um das Gleichgewicht zurückzugewinnen, ruderte Asimov keuchend mit den Armen. Dabei blinzelte er, als könne er nicht mehr richtig sehen.

Sandy stellte einen Fuß hinter Asimovs und gab ihm einen Stoß. Mit einem Krach, als brächen Knochen, ging Asimov zu Boden.

Mit finsteren Blicken stand Sandy vor ihm. »Das war für Doron White, du Arschloch!«

Hinter mir flüsterte Bresenzcy: »Oh, mein Gott!«

Asimov kam schnell wieder auf die Beine. Der Rest der Wand stürzte ein. Wie eine Flutwelle schäumten lose Papierblätter um Sandy.

Doch sie ließen sich nur einen Moment dadurch ablenken. Dann schleuderte ihm Asimov entgegen: »Dir ist Dan Crosetti doch scheißegal! Du willst doch nur einen Pazifisten verprügeln!« Er nahm Kampfstellung ein, die Beine im Ausfallschritt, die Knie leicht gebeugt, die Hände locker erhoben. »Meinst du, ich durchschaue dich nicht? Meinst du vielleicht, du bist der erste Schweinehund, der hier reinkommt und Rabatz macht, weil er an dem gerechten Krieg teilgenommen hat und ich nicht?«

Sandy war sehr bleich. Das konnte nicht allein von der Anstrengung kommen. Die Lippen waren ein dünner Bogen, an den Mundwinkeln nach unten gesenkt. Die Stirn wirkte niedriger, als ich es je bei ihm gesehen hatte. Nur die geblähten Nasenflügel hatten noch Farbe.

Asimov taumelte einen halben Schritt zurück. Dann stand er wieder aufrecht. »Ich werde dir sagen, auf wen du wirklich sauer bist.« Er stand jetzt ganz gerade, beinahe in militärischer Haltung. »Du bist sauer auf dich, weil du dich von der Regierung als Kanonenfutter verwenden ließest, Du bist sauer auf dich, weil du ein hübsches kleines Land zerbombt und entlaubt und eine Menge Bauern umgebracht hast. Du bist sauer auf dich, weil du weißt, daß der Krieg ein großer Scheißdreck war und du damals so beschissen dämlich warst...«

Sandy schlug mit der flachen Hand zu – ein schneller, harter Schlag, der Asimov durchrüttelte. Er wäre zu Boden gegangen, wenn er nicht rasch zur Seite gesprungen und sich wieder aufgerappelt hätte.

Dann hielt ihm Asimov prahlerisch die andere Wange hin.

»Nein!« rief ich scharf. Es war genug.

Sandy gönnte mir nicht mal einen flüchtigen Blick. Er beobachtete Asimov mit unverhülltem Haß. Dann wollte er unters Jackett greifen.

Ich stürzte vor, doch nicht schnell genug. Wie zwei Dampframmen prallten die beiden Männer zusammen.

Danach entspann sich ein Ringkampf, bei dem sie sich drehten, vor- und zurücktaumelten und ich keuchend wie ein fanatischer Zuschauer am Ring um sie herumtanzte. Endlich trennten sie sich, und diesen Augenblick benutzte ich, um mich zwischen sie zu drängen.

Ich stand mit dem Gesicht zu Sandy, eng an ihn gedrängt. Sein Brustkasten schien glühende Haßwellen auszusenden. Einen Augenblick dachte ich, ich würde zwischen ihm und Asimov zerquetscht werden.

Hinter mir hörte ich eine Glocke läuten, dachte aber nicht, daß es von der Tür kam. Mein Bewußtsein war von zwei schwitzenden Männern eingeengt.

Dann klang Barbara Nottatas Stimme durch die Adrenalinstöße. Sie sagte in völliger Gelassenheit: »Laura, kann ich Sie mal sprechen?«

Ein Luftzug im Rücken verriet mir, daß Asimov sich entfernt hatte.

Ich sah über die Schulter zu Barbara, brachte aber keine Antwort über die Lippen. Nur vage nahm ich davon Notiz, daß Bresenzcy durch die offene Tür ins Freie verschwand.

Ich schaute Sandy an. Er wirkte verschwitzt und ausgelaugt, und ich erinnerte mich – zu meinem Kummer – daß ich in seinen Armen gelegen hatte.

Er sah über mich hinweg. Sein Mund verzog sich, aber nicht zu einem Lächeln. »So, so«, flüsterte er. »Würdest du dir das mal ansehen?«

Ich drehte mich um.

Keith Asimov hielt einen Revolver in der Hand.

Ich fühlte Sandys Hand auf meiner Schulter. »Meiner«, sagte er leise. »Ich fragte mich schon, wann der Hurensohn ihn mir endlich abnehmen würde und ob überhaupt!« Er machte einen Schritt zur Seite und ging um mich herum. »Du kannst also mit Schußwaffen umgehen. Hab ich mir gedacht.«

Asimov ließ die Trommel des kleinen Revolvers herausklappen und schaute in die Kammern. Dann warf er die Kanone weg.

Ich sah sie im Bogen durch den Raum fliegen und in einer sonderbar langsamen Spirale wieder fallen. Sie landete vor Sandys Füßen.

Asimov sagte: »Scheiße, Gott sei Dank ist sie leer. Du bist verrückt – viel zu verrückt, um mit einer geladenen Kanone rumzulaufen.«

Sandy hockte sich hin, hob den Revolver auf und ließ die Trommel wieder einrasten.

Und Barbara Nottata sagte: »Er ist nicht verrückt, Keith. Ich glaube, jetzt hast du ihm gezeigt, was er von dir wissen wollte.«

31

Barbara Nottata trat wie auf einer Bühne vor. Sie ging an Keith Asimov vorbei auf mich zu. Schließlich konnte ich ihrem Blick nicht länger ausweichen und sah sie an. Als sie glaubte, den richtigen Standort erreicht zu haben, blieb sie stehen. Dann sagte sie etwas, das mich aus dem Konzept brachte.

»Jemand hat für Sie hier angerufen. Ein Hal Di Palma.«

Es war ein krasser Übergang nach dem Kampf – eben hatte ich noch überlegt, was zum Teufel Sandy erreicht hatte und ob er dabei nicht seinen wahren Charakter enthüllt habe.

Sandy machte einen Rückwärtsschritt, stand nun neben mir und legte mir den Arm um die Schultern. Hinter Barbara Nottata reckte Asimov die Arme, so daß sie plötzlich wie die indische Göttin Kali aussah, nur mit Hochfrisur.

»Wann hat er angerufen?«

»Vielleicht vor einer Stunde.« Sie knöpfte ihre Matrosenjacke auf. Nun kam der Fair-Isles-Pullover zum Vorschein, in dem ich sie heute morgen gesehen hatte. »Die Mitteilung war so ungewöhnlich, daß ich mehrmals versucht habe, Sie zu erreichen.«

»Was hat er gesagt?« Warum in Gottes Namen hatte er die Mitteilung hier hinterlassen?

»Das möchte ich Ihnen lieber unter vier Augen sagen.«

Sandy verstärkte den Druck um meine Schultern. »Wenn er sich mit dir treffen will«, sagte er, »laß mich mitkommen! Könnte sein, daß du Hilfe brauchst.«

Die Aussicht auf ein Wiedersehen mit Hal ließ alles andere unwichtig erscheinen. »Will er sich mit mir treffen?«

Sie deutete mit dem Kopf zur Tür. »Die Mitteilung war nur für Sie bestimmt.«

Um ihr nachzugehen, mußte ich Sandy erst wegschieben. Beim Hinausgehen sah ich, daß Asimov sich an eine Wand zurückzog, an der lauter Ankündigungen hingen: *Nachtwache zum Hiroshima-Tag, Abendessen zugunsten der Nicaraguanischen Helden- und Märtyrermütter, Demonstration gegen die Atomrüstung, Notruf der Frauenallianz Bucht von San Francisco.*

Draußen wartete Barbara auf mich. Sie stand mit dem Rücken zu den Streichholzjalousien und sah zu der Schlange von untergehakten Pärchen vor dem Restaurant auf der anderen Straßenseite hinüber. Ein paar Meter hinter ihr musterten Leute mit hochgeschlagenen Kragen kritisch die Preise in den Schaufenstern. Der scharfe Abendwind hatte ihr toupiertes Haar flachgedrückt. Nun sah sie nicht mehr so hübsch und weniger städtisch aus.

Mit der Schulter hielt ich die Tür zur Vermittlungsstelle auf. »Was hat er gesagt?«

Sie schien abgelenkt und blinzelte im Wind. »Er sagte, er sei in Dannys Haus gewesen. Und daß Sie hingehen sollten.« Sie nahm die Unterlippe zwischen die Zähne und schaute an mir vorbei zur Tür. »Außerdem hat er gesagt: ›Sie muß Sandy loswerden‹.«

Ich trat langsam einen Schritt vor und ließ die Tür zufallen. »Ist Hal jetzt da? In Dannys Wohnung?«

Sie zog die Jacke enger um sich. »Das weiß ich nicht.«

Nicht mehr im Schutz des Hauses, spürte ich, wie der Wind meine Hosenbeine flattern ließ und meine Haare nach hinten legte. Urplötzlich ein beißend kalter Herbst. Ich hatte nur einen Pullover an und hätte eigentlich frieren müssen, aber ich fror nicht. »Haben Sie einen Wagen?«

Sie nickte.

»Würden Sie mich hinfahren?«

Sie schaute besorgt durch die Jalousien. »Jetzt gleich?«

»Bitte.« Ich zählte auf die anerzogene, typisch mittelwestliche Hilfsbereitschaft dieser Frau.

Sie kaute kurz an ihrer Unterlippe. »Ich habe heute abend Telefondienst beim Notruf für Vergewaltigungskrisen. Wenn jemand anruft und ich bin dann nicht für sie da…«

»Hal ist aus einem Rehabilitationscenter weggelaufen. Ich fürchte, wenn ich ihn nicht finde…« Trotz des scharfen Windes wurde mir heiß. Das Herz schlug mir bis in den Hals hinauf. »Wahrscheinlich muß er im Freien übernachten. Es könnte ihm gesundheitlich sehr schlecht gehen.« Und sicherlich war er völlig durcheinander. Warum war er sonst gestern im Büro gewesen? Warum hatte er mich in einem Zentrum für politische Aktionen angerufen?

»Er hat nicht gesagt, daß er da sein wird.« Ihre Stimme klang eher besorgt als vorsichtig, der Tonfall einer Krankenschwester. »Ist dieser Mann Sandy?«

»Ja.«

Sie hatte einen sehr schlimmen Sandy erlebt und würde sich kaum darüber wundern, daß Hal mir geraten hatte, ihn ›loszuwerden‹.

»Es ist nur, daß ich mich verpflichtet habe, unter allen Umständen beim Notruf zu sein...«

»Asimov ist doch da. Er könnte ans Telefon gehen.«

»Können Sie sich vorstellen, mit Keith zu sprechen, wenn Sie gerade...«

»Es dauert ja nicht lange. Bis dahin wird er schon damit fertig werden.«

Sie wirkte schockiert. »Nun ja... wenn es Ihnen nichts ausmacht, daß ich Sie nur dort absetze.«

Rasch ging sie an mir vorbei die 24th Street hinunter. Ich legte die Hand auf den Türknopf. Ich wollte Sandy sagen, daß ich wegführe.

Aber Barbara hatte es offensichtlich eilig. Und vielleicht fürchtete ich auch, daß sie sich da drinnen schon wieder schlagen würden, wenn ich die Tür öffnete.

Bald holte ich Barbara ein. Zu meinem Erstaunen fuhr sie einen flotten kleinen Colt, ein hübsches, sauberes, fast neues Auto, das unter der Straßenlaterne glänzte. Sie schloß an der Fahrerseite auf, stieg ein und nahm erst einen Stapel Papiere und eine abgetragene Aktentasche vom Beifahrersitz, bevor sie mir aufmachte.

Beim Einsteigen warf ich einen Blick über die Schulter. Sandy kam auf uns zu.

Ich hätte auf ihn warten und ihm erklären können, wo ich hinwollte. Aber Barbara hatte ihn auch schon gesehen. Sie stieß einen leisen Schreckenslaut aus und steckte schnell den Zündschlüssel ins Schloß.

Mit quietschenden Reifen fuhr der Wagen vom Parkplatz. Ich drehte die Seitenscheibe herunter und schrie: »Rufe dich nachher an!«

Dann hörte ich Sandy schreien. Ich verstand nur das Wort ›Idiot‹. Womit wahrscheinlich ich gemeint war.

Als wir schon einen halben Block entfernt waren, stand Sandy in der leeren Parklücke und schrieb etwas in sein Notizbuch.

Wahrscheinlich Barbaras Autonummer.

32

Im schwachen Licht des Halbmonds und einer entfernten Straßenlaterne wirkte Barbara Nottatas Gesicht ausdruckslos. Nur die weitaufgerissenen Augen verrieten, daß sie Angst hatte. So gelassen und abgebrüht sie sich auch gab, genau wie ich, dies war ein Viertel, das man ungern nach Dunkelwerden betrat.

Sie sah an mir vorbei aus dem Seitenfenster. »Wie kommen Sie rein?«

Im Mondlicht sah Crosettis Haustür solide und schwarz aus – das Siegel des Coroners hing nicht mehr dran. Die Gitter vor den Fenstern glitzerten. Dahinter waren zwei Fensterscheiben eingeschlagen. Über die Straße trudelten Zeitungen, Zigarettenkippen und zerknüllte Pappbecher. Irgendwo ließ ein Mann, der nicht zu sehen war, ein Wolfsgeheul los.

»Der Coroner hat mir ein Duplikat von Dannys Hausschlüssel gegeben. Es wurde nicht mehr gebraucht, weil das Siegel ja wieder abgemacht wurde.«

Das war ein Vorwand, es zu behalten. Aber der wirkliche Grund hatte mit Danny zu tun. Ich hatte an der anderen Seite der Tür gestanden und ihn gehört, als er im Sterben lag. Symbolische Wiedergutmachung meines damaligen Versagens, menschlich und rechtlich gesehen. Ich wollte mir den Zugang zu seinem Leben vorbehalten und die Ermittlung nicht einschlafen lassen – die Tür offenhalten.

Mit einem Griff in die Handtasche fischte ich meinen Schlüsselring heraus – Wagen, Appartementhaus, Wohnung, Bürohaus, Büroräume. Und das schimmernde, scharfkantige, vom Coroner erhaltene Duplikat von Dannys Schlüssel. Bevor ich die Wagentür aufstieß, holte ich noch einmal tief Luft. Die Straße war leer, aber sie sah dadurch nicht weniger bedrohlich aus.

Zu meiner Überraschung hörte ich, wie Barbaras Tür ebenfalls aufging. Sie flüsterte: »Sie brauchen doch jemand, der Sie zurückfährt.«

»Danke.« Das kam mir von Herzen.

In der Stille ringsum hörte sich das Zuschlagen der Wagentüren sehr laut an. Wir gingen auf Dannys Haustür zu. Plötzlich dröhnte aus der Wohnung darüber Musik auf, die flotte Erkennungsmelodie einer Schwankserie im Fernsehen. Es wirkte surrealistisch, weil es so gar nicht zu den trübseligen ›provisorischen‹ zweistöckigen Reihenhäusern paßte. Der Wind trieb den Geruch nach Salzwasser und ranzigem Fett die Straße hinunter.

Wieder erscholl das Wolfsgeheul. Zu der Fernsehmusik klang es aber eher albern als furchteinflößend. Immerhin war es eine Erleichterung, als die Tür auf war und wir hineingehen konnten. Und ich war froh, daß Barbara bei mir geblieben war.

Ich knipste das Licht an. Es bot in jeder Hinsicht einen deprimierenden Anblick, dieses Zimmer. Die Bettlakenvorhänge, die abgestoßenen Möbel, die Vorrichtungen für den behinderten Mieter, die von der Polizei durchgesehenen Papierstapel, die Poster mit Slogans und Demonstrationsaufrufen – das alles verbreitete die Atmosphäre einer ungleichen, von vornherein verlorenen Schlacht.

»Wo wohnen Sie, Barbara?«

»Im Missions-Viertel.« Mit einem Seufzer schaute sie sich im Wohnzimmer um. »Wo ich herkomme, gibt es kein mexikanisches Essen. Es ist wirklich fabelhaft dort.«

Die meisten Stadtviertel waren fabelhaft, jedes auf seine Art. Hunters Point war die Ausnahme.

Barbara hockte sich neben einen Zeitungsstapel und blätterte geistesabwesend darin. Dann sah sie hoch. Ihr Blick blieb an dem leeren Fleck an der Wand haften, wo einmal die Karte der Nuklearwache gehangen hatte.

»Sind Sie oft hier gewesen?« fragte ich sie.

Sie betrachtete immer noch mit gerunzelter Stirn den kahlen Fleck an der Wand. »Ja, mehrmals.«

»Da oben hing eine Landkarte, nicht wahr?«

»Ja. Und Stecknadeln mit verschiedenfarbigen Köpfen. Danny steckte sie immer um.«

»Nuklearwache, stimmt's?«

Sie kam aus der Hockstellung hoch und knöpfte ihre Matrosenjacke auf. Aus dem Fernseher in der Wohnung über uns erklang die laute Stimme eines altklugen Kindes, gefolgt von unbändigem Gelächter vom Band. »Ich glaube nicht. Ich glaube, es war der Querdurchs-Gelände-Friedensmarsch – er hat ein ganzes Jahr gedauert. Danny wollte damals mitmachen. Wissen Sie, auf Krükken, um richtig Eindruck zu machen.«

Sie irrte sich. Es war eine Karte von Kalifornien gewesen, und es hatte deutlich Nuklearwache daruntergestanden.

»Warum ist er nicht mitgegangen?«

Sie zog die Jacke aus. »Wegen der Publicity hatten ihm viele zugeredet, und er wollte es auch wirklich tun. Aber er sah ein, daß er es nicht schaffen würde. Es war einfach zu lang – es wäre für ihn schrecklich anstrengend und schmerzhaft geworden. Er hätte den ganzen Marsch nur aufgehalten. Wahrscheinlich hätte er es sowieso nicht bis zum Schluß durchgehalten. Er war ja keine Zwanzig mehr.«

Ich setzte mich auf Dannys Sessel, eine Sitzgelegenheit aus dritter Hand, doch der Schmutz und die gebrochenen Federn waren mir unangenehm. »Sie waren ja Krankenschwester. Hat er es mit Ihnen besprochen?«

Sie hängte gerade ihre Jacke über die Lehne eines harten Stuhls und hielt das Gesicht abgewandt. »Nein. Nur eine Annahme von mir.«

»Bitter.« Hätte Danny teilgenommen, wäre er jetzt vielleicht müde und krank irgendwo tief in Missouri, statt tot in der Geborgenheit seiner Heimatstadt.

Barbara setzte sich auf den Holzstuhl, das Rückgrat durchgedrückt, die Knie geschlossen, die Hände gefaltet.

»Barbara, was Sie mir von Hal mitgeteilt haben – er hat gesagt, ich soll hierher kommen, in Dannys Haus?«

Sie saß nur steif da und schwieg.

»Ich habe diesen ganzen Papierkram schon gesichtet. Polizei und FBI ebenfalls. Es ist nichts dabei. Außerdem« – ich warf einen Blick auf die vergitterten Fenster – »wäre Hal ja nach Dannys Tod kaum hereingekommen.«

»Das stimmt. Die Mitteilung...«

»Haben Sie nur erfunden, um selber hier reinzukommen. Sie wußten, daß ich einen Schlüssel habe, nicht wahr?«

Wir blickten uns an. Sie sah genauso aus wie das, was sie vorgab zu sein – eine Mittelklasse-Krankenschwester, die Aktivistin geworden war, um ihre Wunden zu heilen. Statistisch traf das wohl auf einen auffallend hohen Prozentsatz politischer Aktivisten zu.

Ich bemühte mich, die vorstehenden Federn in Dannys

Sessel und den uralten Hundegeruch nicht zu beachten, nicht auf den Wortschwall und das Gelächter in der Fernsehshow über uns zu hören. Und ich wollte auch nicht den unausweichlichen Schluß aus der Feststellung ziehen, mit der ich eben herausgeplatzt war.

»Bis eben bin ich nicht darauf gekommen. Sie sind wirklich gut, Barbara.«

Barbara war blaß. Besorgt zog sie die Brauen hoch und kaute an ihrer Wange.

Ich ließ mich schlaff zurückfallen. »Oh Gott, Hal kommt also gar nicht. Sie haben überhaupt nicht mit ihm gesprochen, nicht wahr? Warum sollte er auch ausgerechnet in der Vermittlungsstelle anrufen?« Meine Augen brannten, aber ich konnte nicht mehr weinen. »Und daß Sie mich zuerst nicht herfahren wollten, das war nur eine Show, nicht wahr? Ich sollte nicht merken, daß Sie mich absichtlich herlocken wollten.«

Ihre Stimme zitterte ein wenig. »Sie sehen furchtbar aus. Kann ich irgend etwas tun?«

»Dannys FBI-Akten waren gar nicht in der Vermittlungsstelle, nicht wahr? Sie haben sie direkt von der Quelle bekommen, nicht wahr?«

Sie war bleich und stumm wie eine Statue. Neben ihr stieg über einer Tischlampe Staub in die Höhe.

»Sie sind FBI-Agentin, nicht wahr, Barbara?«

Da sie keine Antwort gab, fuhr ich fort: Dannys Akten sollten nur als Köder dienen. Sie haben sie mir ins Haus gebracht, damit Sie freie Hand hatten, das zu suchen, wohinter euer Verein in Wirklichkeit her war.«

»Nein. Ich wollte Sie nur näher kennenlernen. Wollte sehen, ob ich mit Ihnen sprechen kann.«

Im oberen Stockwerk versprach ein Werbespot ›Erlösung von allen Schmerzen und Leiden bei Erkältung und Heuschnupfen!‹

»Sie hatten den Auftrag, John Lefevre zu überwachen. Seit seinem sechsmonatigen Fernbleiben vom Dienst traute ihm der FBI nicht mehr. Deshalb hat man ihn irgendwohin geschickt« – wie hatte Sandy die Vermittlungsstelle genannt? – »auf ein harmloses Betätigungsfeld. Und dann Sie hinterher. Sie sollten klären, ob Lefevre noch ein zuverlässiger Agent war.«

Barbaras Wangen färbten sich rosa. Ihr Blick senkte sich auf die sauber lackierten Fingernägel.

»Aber er erwies sich als unzuverlässig, nicht wahr? Er schloß sich eng an Dan Crosetti an, wurde sein Bewunderer und stimmte seinen Ansichten zu.«

Sie faßte mich ins Auge und sah mich fast flehend an. »Werfen Sie mir bitte nicht vor, ich hätte John erschossen! So etwas würde ich nie tun. So etwas gehört in keiner Weise zu meinen Dienstpflichten.«

Ich schloß die Augen. Gleich darauf wurde oben der Fernseher ausgeschaltet. Dafür hörte man ein rauhes Husten. Als es aufhörte, fing der Mann irgendwo draußen wieder mit dem Wolfsgeheul an.

Ich sagte: »Als Danny sterbend in der Badewanne lag, hat er versucht, mir zu erklären, was ihn zum Selbstmord getrieben hatte. Daß er nichts mehr habe, wofür es sich zu leben lohne.«

»Doch«, sagte Barbara ruhig. »Seine Sache und die Treue seiner Freunde. Wissen Sie, ich war es, die ihnen verriet, daß John ein Agent war. Ich tat es ganz vorsichtig, über Keith. Ich erzählte Keith, ich hätte John aus dem FBI-Büro im Bundeshaus kommen sehen. Ich wußte, daß Keith das so drehen würde, als wäre damit das Schlimmste bewiesen – er war eifersüchtig auf Johns Beziehung zu Dan. Ferner wußte ich, daß er mir für den Tip nie Anerkennung zollen würde. Das ist nicht Keiths Art.«

»Warum haben Sie es getan?«

»Ich hatte bereits einen ganzen Monat dort vergeudet – in der Vermittlungsstelle geht nichts vor, das illegal oder auch nur bedrohlich wäre. Doch ich hatte festgestellt, daß wir John nicht mehr trauen konnten – Danny hatte ihn völlig in die Tasche gesteckt. Manchmal fragte ich mich sogar, ob sie eine Liebesaffäre hätten, obwohl in beider Akten nichts auf homosexuelle Neigungen hinwies. Jedenfalls gab ich die Empfehlung, John zu feuern. Mein Auftrag lautete nun, ihn bei den Leuten von der Vermittlungsstelle in Mißkredit zu bringen – ich sollte erreichen, daß sie ihn hinauswarfen, damit er nicht etwa mit ihnen über Operationen unserer Seite sprechen konnte.«

Ich schlug die Augen wieder auf. Barbara saß vorgeneigt und beobachtete mich. Offenbar warb sie um Verständnis. Zwei Karrierefrauen unter sich?

»Also haben Sie für John das Aus veranlaßt.«

»Es ist aber nicht so, daß ich Dan Crosetti verletzen wollte. Wirklich nicht.«

Irgendwie war dies der traurigste Nachruf, den ich mir vorstellen konnte. Danny hatte für den FBI keine Gefahr dargestellt. Die Agenten hätten ohne weiteres milde mit ihm umgehen können.

Sie fuhr fort: »Wir sind nicht mehr der FBI, der wir unter Hoover waren. Wir beurteilen alles viel realistischer. Ehrlich.«

Ich rief mir ins Gedächtnis zurück, was Danny mir durch die Badezimmertür gesagt hatte. Wieder hörte ich sein Klagelied – auf Befehl der Regierung wurde er von Lastwagen überfahren. Die Invalidenrente wurde ihm gestrichen. Viereinhalb Jahre Gefängnis. Und nach achtzehn Jahren Leiden, Armut und Unterdrückung der letzte Schlag: er mußte erfahren, daß sein Freund ein Agent der Regierung war. Doch eins hatte Dan Crosetti nicht gesagt – nicht dementiert.

Noch immer hatte ich Dannys Empörung, Wut und Schmerz im Ohr, als er mir erklärte, warum er sich das Gewehr gekauft hatte. »Hat er John Lefevre wirklich ermordet? Hat er das wirklich getan?«

»Laura, Sie müssen mir glauben, daß ich wünschte, ich hätte ihnen nie die Wahrheit über John gesagt.«

Wieder einmal hatte die Regierung Dan Crosetti niedergewalzt. Und diesmal schien es persönliche Motive zu geben – nicht allein politische oder wirtschaftliche. Das war mehr, als er ertragen konnte. Diesmal schlug er zurück. Er ermordete John Lefevre.

Mein Gott, er hat John Lefevre ermordet!

Mit vor innerer Bewegung belegter Stimme sagte Barbara: »Ich habe nie – keine von uns hätte je vermutet, daß Crosetti...«

Ich schaute sie gebannt an. Die ganze Geschichte klang schrecklich vertraut. Vor drei Jahren hatte ich es erreicht, daß Wallace Bean auf freien Fuß gesetzt wurde, und drei Menschen mußten deshalb sterben. Sie starben, weil ich mein Mandat ordnungsgemäß ausgeübt hatte.

Wir waren schon ein sauberes, ein tüchtiges Paar, Barbara Nottata und ich. Über frischen Gräbern bauten wir unsere Karrieren auf.

»Sie haben die Krücken rausgebracht?«

»Ja. Ich war gekommen, um Danny die Wahrheit zu sagen. Er sollte wissen, daß ich FBI-Agentin bin – daß ich John verraten hatte, weil er sich gegen den FBI stellte.«

»Die Beichte tut der Seele gut, nicht wahr?«

Ihre Kinnlade fiel herunter. »Was immer es bewirken mochte, ich wollte ihm zu verstehen geben, daß John sein Freund war. Ehrlich.«

»Sie haben zugelassen, daß Dan Selbstmord beging.«

»Die einzige andere Möglichkeit wäre das Bundeszuchthaus gewesen. Ich habe nur...« Sie wurde blutrot und sah schnell weg. Auf der Oberlippe erschienen kleine Schweißtropfen.

»Sie haben zugelassen ...«

»Ich habe zugelassen, daß er die Entscheidung selber traf! Es war sowieso klar, was er vorhatte. Ich wollte ihm nur zu verstehen geben ...« Sie wand sich auf dem harten Stuhl. »Ja, ich habe die Krücken rausgebracht.«

»Warum?«

»Zu meiner Beruhigung. So würde ich mich weniger schuldig fühlen.«

»Warum haben Sie sie weggebracht?«

Sie sah mich von der Seite an. »Damit Sie ... ich dachte, Sie könnten ...«

Ich sprang auf die Beine. Wie konnte sie nur? »Sie wollten Verwirrung in die Angelegenheit bringen. Und ich sollte Staub aufwirbeln.«

»Nur um Dannys willen. Damit Zweifel blieben. Damit die Menschen, die dazu neigten, ihn als Märtyrer im Gedächtnis behielten.« Ihre Augen wurden strahlend.

Ich machte einen raschen Gang durchs Zimmer. Blieb vor ihr stehen. Es kribbelte mir in den Fingern, ihr ins Gesicht zu schlagen.

Ich hatte mich also in der Fernsehshow unsterblich blamiert. Im Geist sah ich, wie meine Karriere in die Binsen ging.

Sie sah zu mir hoch, mit dem feuchten, hingerissenen Ausdruck einer heiligen Johanna. »Das war ich Dan Crosetti schuldig. Wenn der FBI es herausfindet, werden sie mich kreuzigen. Aber das ist mir gleich. Ich mußte es tun.«

Ich wandte mich ab. Zwei FBI-Agenten hatten, jeder auf seine Art, der Regierung um Dannys willen ein Schnippchen geschlagen. Wenn das kein Testament war ...

Dennoch fühlte ich mich wie die Katze, die sich die Pfoten versengt hat.

Ich ging im Zimmer auf und ab. Wandte mich dann wieder an die Frau, deren verspätete Skrupel mir so teuer zu stehen gekommen waren. »Was suchen Sie jetzt noch? Was haben Sie in meinem Büro gesucht?«

»Das war ich nicht. Gestern abend in Ihrem Büro – das war ich nicht.«

Durfte ich ihr glauben? Mit finsterer Miene sagte ich: »Warum sind wir denn jetzt hier? Sie haben behauptet, Hal hätte angerufen.«

»Das tut mir leid – aber ich mußte mit Ihnen sprechen. Die Information über Ihren Vetter habe ich von der Behörde. Man hat mich auch den Krankenbericht einsehen lassen.« Sie sah aus, als werde ihr übel. »Sie stehen Hal Di Palma sehr nahe, nicht wahr? Es ist nicht nur, weil Sie verwandt sind?«

Ich holte mehrmals tief Luft. Ich durfte nicht zusammenbrechen, bevor ich erfahren hatte... »Was also tun wir hier?«

Sie preßte die Lippen aufeinander und schloß die Augen fest. Eine Träne rann ihr über die Wange. »Ich habe einen Auftrag erhalten. In New Bedford, Massachusetts.« Sie schlug die Augen wieder auf. »Morgen vormittag fahre ich ab.«

Eine beschissene Abschiedsbeichte? Wozu, zum Teufel?

»Wenn Ihr Detektiv seine Ermittlungen fortsetzt, wird ihm klar werden, wer ich bin.«

»Also haben Sie es mir nur gesagt, weil ich es ohnehin herausgefunden hätte.«

»Ich dachte, wenn ich es Ihnen hier in Dannys Haus sage, würden Sie verstehen...«

Ich wich einen Schritt zurück. »Meine Güte, eine FBI-

Agentin gibt sich dazu her, einen Märtyrer aus einem Mann zu machen, der...«

Sie zuckte zusammen. »Ich weiß. Er hat jemand ermordet. Und Sie haben wahrscheinlich durchaus das Recht, es bekanntzugeben.«

»Oh Gott!« Ruhelos ging ich hin und her, und der traurige Anblick von Dannys schäbigen Möbeln und Wänden, der Gedanke an seinen verratenen Idealismus verfolgte mich.

Barbara Nottata hatte recht. Wenn ich nichts sagte, würden Gerüchte entstehen. Dann würde es immer Menschen geben, die glaubten, Danny wäre ermordet worden. Oder daß er den Selbstmord nicht aus Reue beging, sondern weil man ihn gnadenlos verfolgt hatte.

Ich hatte ja selber daran geglaubt. Ich hatte in Danny einen Märtyrer gesehen. Und zu meinem Entsetzen merkte ich, daß ich es immer noch tat.

Doch andere würden es nicht tun. Ihnen würde es gleichgültig sein, daß man Danny so weit getrieben hatte.

Barbara wischte sich die Tränen ab. »Ich habe Danny gesagt, wer ich bin, und... und ich sagte ihm, daß John den FBI verlassen wollte. Es war ja meine Schuld, daß Danny sich so hintergangen fühlte. Ich wollte ihm einfach zu verstehen geben... Es mußte doch ein Trost für ihn sein, daß John wirklich etwas für ihn übrig hatte. Meinen Sie nicht?«

»Ja.« Ich brachte dieses eine kurze Wort nur über die Lippen, weil Barbara sich so brennend wünschte, es von mir zu hören.

Sie kaute wieder an der Unterlippe. »Ich wünschte, ich wüßte, daß ich richtig gehandelt habe. Aber so oder so, Danny hätte nach seinem Mord an John ohnehin Selbstmord begangen. Er hat es mir an jenem Nachmittag in der Vermittlungsstelle deutlich zu verstehen gegeben. Ich erkannte es an seinem Verhalten – es war, als sei er schon halb und halb nicht mehr auf der Welt. Später habe ich allen weisgemacht, daß er beschlossen hätte, in den Untergrund zu gehen. Aber das stimmte nicht.«

Wenn ich die Wahrheit bekanntgab, würde das John Lefevre auch nicht mehr lebendig machen. Ich hätte nur die Genugtuung, Barbara die Karriere zu verbauen, so wie sie dazu beigetragen hatte, mir meine zu verbauen. Es könnte sogar den FBI zeitweise schlecht aussehen lassen. Aber Danny hatte seine Schuld mit ins Grab genommen, damit die Wahrheit nicht ans Tageslicht kommen sollte. Ich war mir nicht klar, was das über ihn aussagte. Ich wußte nur, daß er ein Freund gewesen war und daß man die Geheimnisse eines Freundes bewahren soll.

Barbara hob beschwörend die Hand. »Und was hätte ich denn tun können, um Danny davon abzuhalten? Was gab mir überhaupt das Recht, es zu verhindern? Ich bin ihm in sein Haus gefolgt und habe ihm die Wahrheit gesagt. Er sprach kein Wort. Er ging einfach ins Bad. Nach einer Weile ging ich ihm nach und holte die Krücken heraus. Danny schien es nicht einmal zu bemerken. Er saß da und hatte das Rasiermesser in der Hand, saß einfach so da und hatte das Rasiermesser in der Hand. Er hatte es noch nicht getan, aber er war schon...« Sie suchte nach dem richtigen Wort.

Ich dachte an mein letztes Gespräch mit Dan Crosetti, und daher wußte ich das Wort. »Er war schon hinüber.«

»Kurz bevor Sie kamen, war ich wieder in der Vermittlungsstelle.«

»Und die ganze Zeit über, in der wir uns dort unterhielten, wußten Sie, daß Danny...«

»Ja.« Tränen liefen ihr über das nun wieder unbewegliche Gesicht. Sie sah aus wie eine weinende Statue. »Ich wußte, daß er hinüber war.«

33

Ich stand an Dannys Vorderfenster und sah durch die zerbrochene Scheibe und die Stahlgitter, als Barbaras kleiner Colt abfuhr.

Heute würde sie so plötzlich wieder aus der Aktivistenszene im Gebiet der Bucht verschwinden, wie sie dort aufgetaucht war. Sie würde vorgeben, an Heimweh zu leiden und sich wieder mit ihrem erdichteten Mann versöhnen zu wollen.

Was danach geschah, hing allein von mir ab. Barbara Nottata wußte das genauso wie ich. Sie hatte mir nicht widersprochen, als ich gesagt hatte, ich würde lieber ein Taxi anrufen, als mit ihr zurückzufahren. Sie war wieder völlig gelassen gewesen. Als echter Profi wußte sie, wann es gut ist zu reden und wann nicht.

Ich ließ den Bettlakenvorhang herunter. Dann wandte ich mich den Wänden mit den unzähligen Stecknadellöchern, dem Staub und Schmutz, den Papierstapeln zu.

Es war jetzt ganz still. Kein Fernseher im Obergeschoß, kein Wolfsgeheul, keine Passanten, kein nächtlicher Verkehr. Hunters Point war so still wie ein großes, verkommenes Museum.

Langsam schritt ich durchs Wohnzimmer. Barbara hatte eine Disziplinarstrafe und Arbeitslosigkeit riskiert, nur um mir zu zeigen, wie tief Dan Crosetti sie beeindruckt hatte. Sie baute auf meine Treue zu Danny. Darauf, daß ich mithelfen würde, sein beflecktes Ansehen wieder reinzuwaschen.

Ich trat in den Flur mit seinem Bretterfußboden und schaute wieder zur Badezimmertür hinein.

Ich faßte nach dem alten Porzellantürknopf. »Danny? Es tut mir leid. Es tut mir leid, daß man dich so weit getrieben hat.«

Ich machte die Augen zu, umklammerte den Knopf und lauschte der Stimme eines Toten durch die geschlossene Tür.

Die Welt beweint die Opfer, und da bleibt wenig Mitgefühl für die Täter. Ich wußte, daß ich bei der Verteidigung von Mördern oft zynisch gehandelt hatte. Aber wer würde zugeben, daß die Begriffe manchmal ineinander zerflossen? Wer würde das schmerzliche Grau erkennen?

Dann hatte ich die Antwort. Ich hörte ihn in dem Singsang, der sich vor wenigen Stunden meinem Ohr eingeprägt hatte: *Hier wieder Susan Yen, 989 10 10.*

Ja, ich würde an die Öffentlichkeit gehen. Ich würde der Welt sagen, daß Dan Crosetti unschuldig war.

Doch die Wahrheit war noch viel komplizierter. Und viel trauriger.

34

Susan Yen trug wieder Rot. Sie ließ die Haare nicht frei fallen wie bei der Pressekonferenz der Unterstaatsanwältin, sondern hatte sie aufgesteckt. Aber noch immer hatte sie den Blick eines Orakels, eines Menschen, der größere Dramen sieht als das gewöhnliche Auge.

Es war auch kein gewöhnliches Auge, das sich an diesem Abend auf mich richtete. Es waren die glitzernden schwarzen Linsen einer Minikamera, unterstützt von einem Scheinwerfer, der auf Dan Crosettis Sessel eingestellt war.

»Ich spreche zuerst eine kurze Einführung«, sagte sie mit ruhiger Stimme, »ähnlich der, die wir nachher im Studio geben werden – und dann stelle ich Ihnen eine sehr allgemein gehaltene Frage, so daß hauptsächlich sie zu Wort kommen können.«

An ihre Stimme erinnerte ich mich noch von einem Interview her, das vor anderthalb Jahren nach der Urteilsverkündung im Mordfall des Juracolleges stattgefunden hatte. Ich konnte mich allerdings nicht mehr entsinnen, warum ich damals gerade Susan Yen ein Interview gewährt hatte. Denn viele hatte ich nicht gegeben. Und Kanal 33 war nur ein kleiner Fisch, der sich zu sehr auf ›Nachrichten aus der Gemeinde‹ und auf Schwankserien der sechziger Jahre verließ. Vielleicht gibt es entscheidende Augenblicke im Leben, deren Wurzeln tief in die Vergangenheit zurückreichen.

Für mich war es so ein Augenblick. Ich saß kerzengerade in Dan Crosettis Lehnstuhl. Es war mir gleichgültig, wie ich aussah und was für einen Eindruck ich machte. Heute abend würde meine Glaubwürdigkeit nicht von Äußerlichkeiten abhängen. Entweder würden die Menschen aus meinen Worten die Stimme der Gerechtigkeit heraushören oder nicht. Ich konnte nur hoffen, daß sie meine Erklärung richtig verstanden.

Susan Yen drückte auf einen Knopf, und das sanfte Surren der Kamera erfüllte das Zimmer. Sie sagte: »Laura Di Palma ist eine sehr bekannte Strafverteidigerin, die sich den Ruf erworben hat, bei für schuldig befundenen Angeklagten milde Strafen zu erreichen. Vor zwölf Tagen übernahm sie die Vertretung von Daniel Crosetti, einem hier ansässigen Friedenskämpfer, der des Mordes an John Lefevre, einem anderen Friedenskämpfer, beschuldigt wurde. Die Anklage warf Crosetti vor, sich ein Gewehr gekauft und damit John Lefevre erschossen zu haben, nachdem er erfahren hatte, daß Lefevre in Wirklichkeit FBI-Agent war. Vor drei Tagen beging Crosetti, der gegen Kaution auf freien Fuß war, Selbstmord. Ich sitze jetzt mit der Anwältin Di Palma im Wohnzimmer Daniel Crosettis. Miss Di Palma, würden Sie uns sagen, was Ihrer Ansicht nach wirklich geschah?«

Ich ließ den Blick von den Kameralinsen zu der nicht verdeckten Gesichtshälfte der Reporterin gleiten. Sie beobachtete mich mit der gespannten Vorfreude, die ich bei Inspektor Kelly gespürt hatte, als ich mich anschickte, das Vernehmungsprotokoll zu unterschreiben.

Daniel Crosetti hatte sich verpflichtet, an einer Straßenblockade teilzunehmen, und dabei Blut und Knochen lassen müssen. Er hatte sich Idealen verpflichtet, die ihm jede Hoffnung auf Wohlstand und Bequemlichkeit nahmen.

Ich sah wieder in das Kameraauge und verpflichtete mich, die reine Wahrheit zu sagen. »Daniel Crosetti hat John Lefevre getötet. Und nun möchte ich Ihnen erklären, warum er es tat.«

35

Ich steckte den Schlüssel ins Schloß meiner Haustür und atmete tief den Mentholgeruch des Windes ein. Eukalyptusbäume rauschten. Draußen küßte sich ein Pärchen im Lampenlicht. Eine Garagentür öffnete sich, und ein blitzender, grüner Jaguar fuhr heraus. Auf dem Gehsteig lief ein Jogger in einem Stanford-Sweatshirt mit hüpfenden Schritten vorbei.

Zum erstenmal seit Tagen erfüllte mich das Gefühl der Sicherheit und Vertrautheit mit dankbaren statt mit Schuldgefühlen.

Ich machte die Haustür auf und trat auf das gebohnerte Parkett der Halle. Draußen hörte ich Susan Yen abfahren.

Ich stieg zu meiner Wohnung hinauf und öffnete die Tür. Das Wohnzimmer war dunkel, aber es war nicht leer. Vor dem Erkerfenster stand im Mondlicht ein großer Schatten.

Jetzt bewegte sich der Schatten.

»Sandy?«

»Ja. Nottata ist FBI-Agentin, stimmt's?«

»Ja.« Ich begab mich zur Couch. Das Licht ließ ich aus. Die Dunkelheit war beruhigend.

»Ich habe hier die ganze Zeit über diese Frau nachgedacht, Laura. Über ihre stets korrekte Aufmachung, über ihren netten, bürokratischen kleinen Wagen. Und da fiel mir ein, daß sich manche Dinge leicht erklären lassen, wenn sie zu den weißen Oberhemden gehört.«

»Sie hat es durchsickern lassen, daß Lefevre ein FBI-Agent war. Sie hat es Asimov gegenüber angedeutet und es ihm überlassen, den ›Ruhm‹ für diese Entdeckung für sich zu pachten.«

»Also war Lefevre schon im Begriff auszusteigen?«

»Er sollte gefeuert werden, weil er sich mit Crosetti zu stark angefreundet hatte. Als erstes wollte ihn der FBI bei den Leuten von der Vermittlungsstelle in Mißkredit bringen.«

»Und die G-Lady machte sich Vorwürfe, als Crosetti mit dem Mord an Lefevre reagierte.«

»Ja.«

Langes Ausatmen. »Typisch Frau!«

Ich ließ die Bemerkung hingehen. Sie war ein weiteres Beispiel für das, was uns trennte. Heute hatte ich Sandys Verachtung für Pazifisten kennengelernt. Hatte erkannt, daß sich hinter seinen gespielten Sticheleien gegen Asimov ein echter Haß verbarg. Bisher hatte ich mir nie Gedanken über Sandys politische Ansichten gemacht. Seit Jahren hatte ich den politischen Ansichten anderer Leute keine Bedeutung mehr beigemessen.

»Sie hat auch Dannys Krücken hinausgeschafft. Sie wollte Indizien für die Theorie schaffen, daß Danny ermordet worden sein könnte – ein lange vorbereiteter Mord. Weil viele Leute, die in Danny einen Märtyrer sehen wollten, ohnehin daran glaubten. Sie sagt, sie habe es für Danny getan.«

»Ein bißchen spät, sich um Crosetti Sorgen zu machen.«

»Das meine ich auch. Deshalb habe ich im Kanal 33 die Wahrheit gesagt.«

Er wandte mir den Rücken zu und schaute durchs Fenster auf die im Mondlicht sichtbaren Gummibäume und die hügeligen Fairways des Golfplatzes. »Okay.«

»Nottata sagte, mit Doron White habe sie nichts zu tun gehabt. Sie sei gar nicht in meinem Büro gewesen. Das glaube ich ihr auch.«

»Es war Asimov.«

»Mein Gott, Sandy.« Hatten wir diesen Tanz nicht schon einmal inszeniert? Den Mann beschimpft, angegriffen und geschlagen?

»Es muß Asimov gewesen sein«, beharrte Sandy.

»Ich weiß, daß du ihn nicht leiden kannst, aber...«

»Ach, laß mich in Frieden!« Er drehte sich um, verließ den Erker und hockte sich vor mich hin. »Kannst du nicht mal einen Augenblick mit diesen rührseligen sentimentalen Anwandlungen aufhören, Laura? Du mußt mir schon einräumen, daß ich weiß, was ich tun muß, nämlich mir Gedanken über diese...« Ein tiefer Seufzer.

Im grauen Halbdunkel des Mondlichts sah ich, wie sich Sandys langes Gesicht vor Kummer verzog.

»Warum gerade Asimov?«

»Crosetti sagte, er sei in der Nacht, nachdem du ihn auf Kaution herausgeholt hattest, in dein Haus gekommen. Dort habe er dann mit Hal gesprochen.«

»Ja.«

»Und wer hat ihn hingefahren?«

»Soviel wir wissen, hat er ein Taxi genommen.« Ich ließ mich in die Couchkissen sinken. War ich müde!

Sandy strich sich glättend über die Haare. »Angenommen, Asimov hat in dieser Nacht Crosetti hergefahren. Crosetti wollte dir von dem Gewehr erzählen – vielleicht sogar alles andere auch. Aber er wollte vermeiden, daß Asimov es mit anhörte. Wäre ihm zu peinlich gewesen, stimmt's?«

»Ja.« In Ordnung, es wäre Danny zu peinlich gewesen.

Sandy beugte sich vor, als würde die Annäherung seine Argumente unterstützen. »Also bittet er Asimov, im Wagen draußen auf ihn zu warten.«

Wir blickten uns an. Ich fühlte mich ausgetrocknet und leidend. Ich sah nicht ein, was es für eine Bedeutung haben sollte, ob Asimov in jener Nacht draußen im Wagen gewartet hatte.

Ungeduldig fuhr Sandy fort: »Was muß Asimov sich dabei gedacht haben?«

»Inwiefern?«

»Er muß angenommen haben, Crosetti hätte dir etwas gegeben – vielleicht einen Gegenstand, der ihn belasten könnte. Zum Aufbewahren.«

»Was denn zum Beispiel?«

Sandy ließ sich auf dem Fußboden nieder. Seine Knie ragten in den Raum wie die von Daddy Langbein.

Ich schloß die Augen. »Geh nach Haus, Sandy! Ich bin fix und fertig.«

Er strich mit der Hand über meine und drehte die Handfläche nach oben.

Ich wußte, was er vorhatte. Es war schon drei Jahre her, daß er meine Handfläche zum letztenmal geküßt hatte, aber ich wußte es. Mit einem Ruck entzog ich ihm die Hand.

»Laß mich bleiben!« sagte er leise.

Ich schloß die Augen und sagte mit der mir noch verbliebenen Kraft: »Geh nach Hause!«

36

Noch immer lag ich, zu einem Ball zusammengerollt, auf der Couch. Meine Glieder fühlten sich taub an. Das Zimmer war dunkel – noch dunkler als bei Sandys Weggang. Ich wußte nicht recht, was mich geweckt hatte, und streckte die verkrampften Beine aus. Da hörte ich ein Geräusch.

Es war der Wind. Ich hatte vergessen, die Vorhänge zuzuziehen. Doch der Wind war zu laut. Ich fühlte und roch ihn nicht nur, ich hörte ihn auch.

Vorsichtig setzte ich mich auf. Die kalte Luft strich mir durch die Haare und stach auf den Wangen. Irgendwo mußte ein Fenster offenstehen.

Hatte Sandy es geöffnet?

Plötzlich war ich hellwach. Ich drehte mich um und sah zu den Erkerfenstern hin. Ja, eins war auf. Nein, Sandy hatte es bestimmt nicht geöffnet.

Rasch stand ich auf. Mir war etwas übel. Ich wollte rufen, wollte wissen, ob jemand da war, ließ es dann aber lieber sein.

Auf Zehenspitzen schlich ich zu dem Fenster. Wenn es von außen geöffnet worden war, während ich geschlafen hatte, dann konnte jemand in die Wohnung eingedrungen sein. Jemand, der angesichts der dunklen Zimmer und der aufgezogenen Vorhänge annahm, daß die Wohnung leer wäre. Dem es entgangen war, daß ich, zu einem Ball zusammengerollt, hinter der dicken Seitenlehne des Sofas gelegen hatte. Vielleicht war er noch da.

Ich blickte aus dem Fenster. Der Nachtnebel verhüllte den Mond, und jeder knackende Zweig, jedes rauschende Blatt nahm etwas Bedrohliches an.

Zuerst hatte ich die Leiter nicht gesehen. Dann streckte ich die Hand aus und tastete nach ihr. Als ich mit den Fingern an das kalte, eingekerbte Aluminium stieß, hörte ich mich aufstöhnen.

Dann vernahm ich irgendwo hinter mir ein Geräusch. Wahrscheinlich kam es aus dem Schlafzimmer. Vor dem Schlafzimmerfenster war an den Bäumen ein Lichtschimmer zu sehen. Jemand ging da drin mit einer Taschenlampe herum.

Die Nachtluft war so kalt wie das Wasser eines Sees. Ich bekam eine Gänsehaut.

Plötzlich verschwand der Lichtschimmer an den Zweigen. Ich blickte über die Schulter und sah einen hellen Streifen auf dem Perserläufer des Flurs.

Keine Zeit mehr, durchs Wohnzimmer zur Wohnungstür zu laufen. Mit dem Handrücken fuhr ich prüfend über die Leiter.

Dann hob ich das Bein über das Fensterbrett. Der Lichtstrahl der Taschenlampe bewegte sich schwankend durch den Flur.

Egal, ob man mich hörte, ich mußte mich beeilen. Ich schwang das andere Bein über die Leiter und fand mit dem Fuß eine Sprosse.

Ein erschrockener Ruf vom Flur. Plötzlich fuhr mir der Lichtstrahl in die Augen.

Geblendet packte ich das vom Nebel feuchte Metall und klammerte mich daran fest. Ich glitt aus, rutschte keuchend die Sprossen hinunter und schürfte mir die Schienbeine auf.

Bevor ich unten ankam, verloren meine Füße vollends den Halt. Die letzten anderthalb Meter waren ein freier Fall, und die Leiter bog sich nach außen und kam auf mich zu.

Ich hob die Arme, um mich vor dem Anprall zu schützen. Wieder leuchtete mir die Taschenlampe ins Gesicht. Dann sah ich flüchtig Hände, nicht meine. Zwei Hände, die die Leiter zur Seite wegstießen. Plötzlich riß mich jemand aus dem Lichtkegel.

Mein rechtes Knie und die rechte Hand schrabten über den Kies zwischen dem Haus und der betonierten Gasse. Links packten mich grobe Hände an Arm und Schulter. Sie zerrten mich, hoben mich an und zogen mich quer über die Gasse. Ich wehrte mich nicht, ich hatte zu große Angst. Und ich war so benommen, daß ich nicht wußte: wurde ich entführt oder gerettet?

Der Mann und ich stolperten gegen die hüfthohe Steinmauer, die an die Fairways des Presidio grenzte. Die Taschenlampe fand uns wieder. Aber bevor ich den Mann ansehen konnte, war sein Pullover vor meinem Gesicht. Er packte mich an den Schultern, und ich wurde rücklings über die Mauer gestoßen.

Ich landete mit einem schmerzhaften Aufprall. Rippen, Kinn und Schulter taten weh. Ich sah nicht viel, doch ich merkte, daß ringsum Tautropfen glitzerten. Der Strahl der Taschenlampe hatte meinen Sturz verfolgt.

Der Mann mit dem Pullover landete neben mir. Sein Bein traf mich. Ich fiel mit dem Gesicht in das Gras und drohte zwischen Zweigen und Erde zu ersticken.

Der Mann wälzte sich hinter die Mauer. Mich zog und riß er mit sich. Ich hustete die Erde aus Mund und Augen. Jetzt konnte ich sehen, daß wir im Schatten der Mauer lagen. Der trübe Lichstrahl der fernen Lampe zuckte suchend nicht weit von uns über den Rasen.

In dem Augenblick, wo ich etwas sagen wollte, wußte ich plötzlich Bescheid. Vorher war ich ja gar nicht zur Besinnung gekommen.

Er rang nach Luft. Aber seine Stimme klang so spöttisch wie immer. »Man sieht, du hältst dich aus allem Ärger heraus.«

»Hal!«

37

Mir war es ganz egal, wer in meiner Wohnung war und was er da wollte. Wenn er dort etwas wollte, dann sollte er es machen. Wenn er rauskommen und mich holen wollte, gut. Aber dann hätte er mich von Hal losreißen müssen.

In diesem Augenblick schien es für mich kein größeres Problem zu geben als den Fünftagebart an Hals Kinn.

Hal zog sich ein wenig zurück. Mit einem Arm hielt er mich noch fest. Mit der freien Hand strich er mir übers Haar. »Wer ist denn eigentlich hinter dir her?«

»Ich habe keine Ahnung.«

»Was denkst du?« flüsterte er. »Sollen wir wegrennen?«

»Verlange nicht, daß ich denken soll!«

»Würde ich dir so was antun?« Er meinte es nicht als Scherz. Das tat er selten. »Ich stinke ein bißchen.«

»Macht mir nichts aus.«

Die Ernüchterung konnte jeden Moment eintreten, und ich klammerte mich an Hal. Ich klammerte mich an den Augenblick. Im Dunkeln konnte ich mir einbilden, er wäre derselbe wie immer. Ich konnte mir einbilden, er sähe mich so an, daß nichts anderes mehr zählen würde. Doch im kalten Licht des Tages würde ich, wo immer wir uns dann befänden, einen Mann vorfinden, der noch immer an Körper und Seele ein Krüppel war.

»Du weißt wahrscheinlich nicht, ob dein Freund eine Schußwaffe hat?«

»Nein.« An Hals Pullover steckten abgebrochene Zweige. Sie kratzten mich. Die Haut an seinem Hals war rauh, zerschunden und feuchtkalt. »Bist du in Ordnung, Hal?«

Ein spöttisches Kichern. »Klar. Mir geht's glänzend.«

Eine Welle des Mitgefühls überkam mich. Doch ich wehrte mich dagegen. Das würde nichts einbringen.

»Wir sollten uns wahrscheinlich auf die Socken machen, Laura. Dein Verehrer kommt bestimmt nicht nach dieser Seite raus – die Leiter liegt ja unten. Wir sollten vornherum gehen und nachsehen, ob er weg ist.«

Er stand auf und reichte mir die rechte Hand. Ich ergriff sie. Ich spürte, wie seine Finger sich um meine schlossen. Nicht sehr fest, aber immerhin.

»Wollen wir diesmal wie die Spießer durch die Vordertür gehen?«

Hal ging auf eine Öffnung in der Mauer zu. Ich spürte einen Stich im Herzen. Er zog das rechte Bein nach.

Über der Haustür strahlte eine Straßenlaterne geheimnisvolles, vom Nebel gedämpftes Licht aus. Sichelförmige Eukalyptusblätter schwebten herum und waren verzerrte, tanzende Schatten. Hal ging wie durch eine trübe Pfütze. Ich war einen halben Schritt hinter ihm und beobachtete ihn. An der verkrampften Schulterhaltung erkannte ich, daß er meinen Blick spürte. Er ging über unebenen und von Blättern übersäten Boden. Doch es hätte ebensogut der Fußboden des Rehabilitationscenters gewesen sein können.

Er würde sich dessen immer bewußt sein. Und merken, daß ich nach Anzeichen einer Besserung spähte.

Unter der Straßenlaterne drehte er sich zu mir um.

»Das Phantom der Oper«, sagte er.

Ich betastete seine rechte Gesichtshälfte. Die Wange fühlte sich unnormal eingefallen an, der Mundwinkel wirkte unnormal steif. Das rechte Augenlid hing leicht herab. Aber die linke Gesichtshälfte war nicht mehr in Verwirrung und Angst verzogen. Kein Vorwurf verdunkelte den Blick seiner Augen.

»Dir geht es schon viel besser«, sagte ich.

Er lächelte, und ich sah, daß die rechte Gesichtshälfte noch nicht voll beweglich war. »Besser als was?«

Seine Haare hingen wild herum, die Haut war beschmutzt, der Pullover dreckig und ausgebeult.

Tränen strömten mir über die Wangen. »Wo warst du denn, Hal? Ich bin beinahe wahnsinnig geworden.«

»Ich habe doch angerufen«, erinnerte er. »Zweimal. Damit du wußtest, daß ich nicht...«

Ich sah ihn sprachlos an. Glaubte er wirklich, diese Anrufe wären ein Trost gewesen?

Er runzelte die Stirn, was ihn um zehn Jahre älter machte. »Und ich bin bei dir im Büro gewesen. Ich dachte, du wärst da.«

Ich verdrängte Doron White aus meinen Gedanken. Dafür war später noch Zeit. »Wo hast du dich aufgehalten?«

»Gleich hier. Habe auf dem Golfplatz gelebt.«

»Auf dem Presidio?« Gleich hinter meiner Wohnung? »Im Freien?«

»Ja. Habe von den Bäumen aus deine Wohnung beobachtet. Und nachgedacht.«

Ich legte die Arme um seine Hüften. Hatte er sich selbst beweisen wollen, daß er in einem Zustand leben konnte, in dem man sich den Teufel um irgendwas schert? Daß er ohne mich leben konnte?

Müde sagte er: »Ich bin zu dem unausweichlichen Schluß gelangt: ich bin zu scheißalt für so was, Laura.«

Ich hielt ihn fest im Arm.

»Ich bin wohl weich geworden. Ich halte das einfach nicht mehr aus – die Kälte, den harten Boden, das Organisieren – es ist einfach zu hart.«

Ich dachte an Dan Crosetti und den Querfeldein-Friedensmarsch, den er sich nicht mehr zugetraut hatte, weil er zu alt und zu krank gewesen war.

Hal vergrub das Gesicht in meinen Haaren. Seine Stimme klang gedämpft, doch der Schmerz darin war unüberhörbar. »Von einem Tag zum anderen, ja, von einem Tag zum anderen bin ich alt geworden.«

Also war er doch nicht mehr der Mann, der er einmal gewesen war. Der sich den Teufel um irgendwas scherte.

»Jammere mir nichts vor, Hal! Das mochte ich nie an dir.«

»Das ist die gute Nachricht.« Er packte mich fester.

Dann trat er zurück, ließ aber einen Arm um meine Schulter. »Ich sollte mir wahrscheinlich einen Scheißspazierstock besorgen. Ich habe immer Äste benutzt.«

Langsam gingen wir am Haus entlang. Hal stützte sich auf mich. Er war offensichtlich müde und kurzatmig.

»Ich bin gefeuert worden. Doron hat mich gefeuert.«

Schweigen. Als wir den Hauseingang erreichten, fragte er: »Bist du okay? Was ist mit der Stellung?«

»Ich weiß nicht. Wahrscheinlich hätten sie mich wieder eingestellt, wenn ich reumütig angekrochen wäre.« Und mich eine Zeitlang von der Öffentlichkeit ferngehalten hätte, nicht in den Nachrichten von Kanal 33 aufgetaucht wäre. »Es war wohl meine eigene Entscheidung.«

»Was willst du jetzt machen?«

»Auf einem Frachter nach Alaska fahren?«

Ich versuchte die Haustür. Natürlich abgeschlossen.

Hal drückte auf den Knopf mit der Aufschrift: Appartement 2. »Vielleicht ist dein Verehrer noch oben. Vielleicht läßt er uns rein.« Hal lächelte. Es war ein etwas verkniffenes Lächeln, doch nicht ohne Charme.

Und wirklich kam nur eine Sekunde später der Summton, der anzeigte, daß die Tür elektronisch aufgesperrt wurde.

»Gastfreundliches Kerlchen«, bemerkte Hal. »Wirst du tapfer sein?«

»Ja.«

Er hielt die Tür für mich auf. »Dann geh du zuerst rein!«

38

In der linken Hand hielt Mark Bresenzcy ein handgeblasenes Wasserglas. Blonde Haarsträhnen fielen ihm über die blassen Wangen, die schmalen Schultern hingen herab. Zum erstenmal in dieser Nacht brannten die Lampen, und die Vorhänge waren zugezogen.

Bresenzcy wippte unruhig auf dem Daunensessel. Ich hatte mich neben Hal auf den Fußboden gesetzt und wünschte, Bresenzcy würde aufhören, sich zu entschuldigen, und zum Schluß kommen. Ich wollte mit Hal allein sein.

Um ihm Dampf zu machen, faßte ich zusammen: »Asimov hat Ihnen gesagt, daß er eines Abends zu später Stunde Danny zu meiner Wohnung gefahren habe. Und daß er dachte, Danny hätte mir etwas gegeben, das ich aufbewahren sollte.« Sandy hatte in beiden Fällen recht gehabt, jedoch nicht mit den Schlüssen, die er daraus gezogen hatte.

Bresenzcy nickte bedrückt.

»Dann sind Sie es vermutlich auch gewesen, der im Büro meinen Schreibtisch durchsucht hat...«

Schweißtropfen bildeten sich auf Bresenzcys Stirn und verfingen sich in den Haarsträhnen. »Es tut mir leid. An dem Tag, als Keith, Barbara und ich ins Büro kamen, hatten Sie mir gesagt, ich solle mich mit zwei der Referendare in Verbindung setzen. Eine der Frauen ließ mich am Abend rein. Ich sagte ihr, ich sollte noch weiterforschen.«

Die Referendare! Sandy hatte mit den Programmierern und Richtern gesprochen. An die Referendare hatten wir nicht gedacht.

»Ich saß gerade an Ihrem Schreibtisch, da kam dieser Mann – Mr. White – herein und fing an rumzuschimpfen. Ich wollte ihm nichts tun, ehrlich! Ich wollte einfach rausrennen, aber er hielt mich am Pullover fest. Ich habe ihn nur gestoßen, ihm ein paar leichte...«

»Und Doron fiel um, prallte auf den Sessel und erlitt eine Herzattacke.«

Neben mir erstarrte Hal. »Was? Doron White hatte eine Herzattacke?«

»Er ist tot.«

»Ich habe gerade im Sommer mein Examen wiederholt«, sagte Bresenzcy mit leiser, flehender Stimme. »Und ich glaube, diesmal habe ich es bestanden. Jetzt braucht nur noch die Anwaltskammer des Staates zu prüfen, ob ich praktizieren darf.«

Ich schloß die Augen und lehnte den Kopf an Hals Schulter. Er stank wirklich: ungewaschen, nach Moos und Erde und einem feinen Hauch von Desinfektionsmitteln.

Soviel mir bekannt war, hatte Doron Whites Frau ihn genauso heiß geliebt, wie ich Hal liebte. Wenn ich Bresenzcys Geheimnis bewahrte, würde sie nie erfahren, was ihrem Mann wirklich zugestoßen war. Sie würde in ihrem Leben nie den Verdacht loswerden, daß Doron White von einem seiner Kollegen angegriffen worden wäre, von einem, der sich über die Folgen im klaren gewesen sein mußte.

Die wenigen Tage ohne Hal hatten mir vor Augen geführt, wie schrecklich Ungewißheit sein kann. Nein, ich konnte Bresenzcy nicht helfen. Morgen vormittag würde ich Inspector Krisbaum anrufen.

Ich fragte: »Wonach haben Sie denn gesucht? Nach etwas, wovon die Anwaltskammer nichts wissen darf?«

Röte schoß in Bresenzcys Wangen. »Danny und ich hatten uns auf nicht ganz legale Weise Informationen beschafft – das heißt, wir waren moralisch dazu berechtigt, aber juristisch, streng genommen, nicht...«

»Juristisch, streng genommen, nicht. Hatte es mit der Nuklearwache zu tun?«

Er nickte.

»Dann habe ich eine ziemlich schlechte Nachricht für Sie. Der FBI weiß das bereits.« Denn aus welchem Grunde hätte Barbara Nottata sonst wegen der abgenommenen Landkarte der Nuklearwache so umständliche Lügen erzählt?

Unvermittelt setzte Bresenzcy das Wasserglas ab. Fast hätte er den Beistelltisch verfehlt.

»Die gute Nachricht ist, daß der FBI die Sache wahrscheinlich nicht weiterverfolgen wird. Und zwar, weil sein eigenes Vorgehen in der Vermittlungsstelle ein wenig anrüchig war.« Ein Agent, dem sie nicht trauten, und eine Agentin, die ihn deshalb bespitzeln wollte. Beide Agenten waren dabei mehr oder weniger politisch umgedreht worden. Der FBI würde schweigen. Er würde sich hüten, durch unbedeutende Festnahmen das Feuer zu schüren. »Sie werden die Information nur in Ihre Akte heften.«

Bresenzcy schien dahinzuwelken. »Aber die Anwaltskammer...«

»Wird die Akte zur Einsicht erhalten. Und wahrscheinlich nicht gestatten, daß Sie praktizieren dürfen.«

An jedem anderen Tag hätte mir Mark Bresenzcy erheblich mehr leid getan. Heute wünschte ich keinem Menschen, eine Anwaltspraxis zu führen.

Ich war selbst bestürzt, wie ich jetzt über meinen Beruf dachte. Denn ich hatte ihn immer in Ehren gehalten. Sonst hätte ich nicht meine ganze Energie darauf verschwendet.

Ich vergrub den Kopf in Hals Pullover. Vorhin hatte ich es im Scherz gesagt, aber vielleicht war es gar keine schlechte Idee. Vielleicht war es gerade das, was mir –

und Hal – jetzt nottat: auf einem Frachter nach Alaska zu fahren.

Hal legte die Arme um mich.

Dann hörte ich ihn zu Bresenzcy sagen: »Gehen Sie jetzt. Und nehmen Sie Ihre Scheißleiter mit!«

Als nächstes hörte ich Bresenzcys Schritte. Zögernde Schritte. Hörte, wie er noch einmal an der Tür stehenblieb, bevor er endgültig verschwand.

Hal faßte mich ans Kinn und drehte mein Gesicht zu seinem. »Herr des Himmels, du hast eine schlimme Woche hinter dir.«

Ich nickte.

Er befeuchtete sich die Lippen und küßte mich. »Ich muß mich erst mal säubern.« Er stand auf.

Ich sah ihn an. »Deine telefonische Mitteilung... du hast darin gesagt, du seist Crosetti in der Nacht nachgegangen... in der Nacht, als du den... als du krank geworden bist. Warum hast du das getan?«

Hal fuhr zusammen. »Als Crosetti an dem Abend herkam, habe ich mich mit ihm unterhalten. Er war am Rand des Zusammenbruchs. Ich dachte, daß er vielleicht... ich dachte, es würde ihm guttun, wenn jemand bei ihm wäre, der nicht so tat, als wäre er von ihm enttäuscht.«

Durch einen Schleier von Tränen sah ich ihn an. Und ich dachte daran, wie ich ihn gefunden hatte, wie er, unverständliche Worte flüsternd, versucht hatte, sich zur Tür zu schleppen. »Was geschah dann? Was ist dir zugestoßen?«

Sein Gesicht wurde hart und verlor jeden Ausdruck. Wollte er nicht an seine Hilflosigkeit erinnert werden?

»Ein Anfall. Hat man das nicht auch im Krankenhaus gesagt?« Er wandte sich ab.

Bald darauf hörte ich die Dusche angehen. Ich ließ ihm fünf Minuten Zeit. Dann ging ich zu ihm.

Epilog

Hal Di Palma saß allein in dem dunklen Zimmer. Er glaubte nicht, daß Laura so bald aufwachen würde. Aber zur Vorsicht hatte er die Schlafzimmertür zugemacht, bevor er ins Wohnzimmer gehinkt war.

Er hatte Schmerzen. Nicht so sehr in der rechten Körperhälfte als vielmehr überall. Ein Trost: das beidseitige Gefühl kam wieder. Und die Schmerzen waren nichts im Vergleich zu den letzten Tagen. Diese letzten Tage hatten ihn schwer mitgenommen, körperlich und gefühlsmäßig.

Einem Mann gab er die Schuld daran. An dem, was ihm zugestoßen war, und an dem, was auch in Zukunft sein würde: die Schwäche im rechten Arm, die starren Gesichtsmuskeln, die ihm ein finsteres Aussehen gaben. Der Spazierstock, auf den er sich stützen mußte. Er hatte das Gefühl, er habe sich von einem Augenblick zum anderen von einem Jungen in einen alten Mann verwandelt.

Und er erinnerte sich jetzt an diesen Augenblick. Ganz genau.

Wie aufs Stichwort steckte jemand den Schlüssel in das Schloß der Wohnungstür. Leise ging die Tür auf. Vor dem hellen Licht der Treppe erschien ein schlanker Schatten.

Die Gestalt kam herein und zog behutsam die Tür hinter sich zu.

»Ich dachte mir schon, daß Sie vorbeikommen würden«, sagte Hal.

»Di Palma! Mein Gott, wo haben Sie...« Sandy Arkelett prallte einen Schritt zurück.

Hal stand auf und schaltete die Leselampe neben dem Sessel ein. »Sie haben wohl gehofft, ich würde nicht mehr wiederkommen?«

Sandy gewann sein Gleichgewicht wieder und steckte die Hände in die Hosentaschen. Konzentriert stand er da und musterte Di Palma sorgfältig.

Hal ertrug die Musterung geduldig. Er wußte wohl, was der andere sah. Ein abgezehrtes Gesicht, das auf einer Seite eingefallen wirkte. Einen Körper mit Schlagseite, der sich auf das rechte Bein stützte. Aber auch einen Mann, der sauber und zufrieden aussah. Ein Mann, der eine Weile weggewesen war und nun die Absicht hatte zu bleiben.

Er sagte: »Werfen Sie mir den Schlüssel rüber, Arkelett!«

Sandy zog den Schlüssel aus der Tasche und warf ihn rüber. Er landete auf Hals Jeans und rutschte ihm auf den nackten Fuß.

»Hören Sie, Di Palma, Sie müssen schon entschuldigen. Ich war so stinksauer, daß ich mich vergaß. Sie haben sie aber auch behandelt wie...«

Reue überkam Hal. Aber er dachte nicht daran, mit diesem Menschen über das Thema zu streiten. »Ihr macht das nichts aus!«

Sandy klopfte an seine Schläfe. »Ich hätte es nie getan, wenn ich gewußt hätte, was das bei Ihnen auslösen würde. Nicht in Millionen Jahren. Ich habe mich wie ein elender Wurm gefühlt.«

»Aber Sie verschwiegen ihr, daß Sie mich niedergeschlagen hatten.«

Ein Laut, halb Stöhnen, halb Lachen. »Ich sollte ihr sagen, daß ich hergekommen war, um Crosetti zu entlarven, und statt dessen Sie krankenhausreif geschlagen habe? Sie hätte mich ihr Leben lang gehaßt.«

Hal rieb sich die Stelle, wo der Schädel in den Nacken übergeht. Es war ein furchtbarer Schlag gewesen, hinter dem die ganze Wucht wütender Eifersucht gelegen hatte. »Sie haben mich einfach da liegenlassen.«

»Ich wußte doch nicht, daß es so schlimm war. Ich dachte, daß Sie nur mal eben zu Boden gegangen wären.«

Die beiden Männer sahen sich an.

»Sie haben es ihr doch auch nicht gesagt. Warum nicht?«

Hal kreuzte die Arme vor der Brust. »Weil sie gern mit Ihnen zusammenarbeitet. Und weil Ihre Arbeit wichtig für sie ist.«

Unter zusammengezogenen Brauen sah Arkelett auf seine Hand, als überlege er, ob er sie ihm reichen sollte. Aber Di Palma blieb mit vor der Brust gekreuzten Armen stehen.

Da drehte der Detektiv sich um und ging.